Jet van Vuuren

ZOMERZIN

Karakter Uitgevers B.V.

Opmaak binnenwerk: ZetSpiegel, Best
Omslagontwerp: blauwblauw-design | bno
Omslagbeeld: Shutterstock

ISBN 978 90 452 0160 3
NUR 305

FSC www.fsc.org MIX Papier van verantwoorde herkomst FSC® C110751

Zomerzin is fictie en alle overeenkomsten met bestaande personen en gebeurtenissen berusten louter op toeval.

I

'Doe het nou, laat mij maar op de winkel passen. Je hebt het zo verdiend! Trouwens, praktisch iedereen is op vakantie. Ik red het hier makkelijk.'

Ik voel de ogen van mijn vriendin op me rusten. We drinken koffie in het zitje achter de toonbank. Het zonlicht trekt een strakke lijn door de etalage. De deur van mijn winkel staat uitnodigend open, er is niemand op straat. Alleen het geluid van de straatveger bromt rusteloos langs de stoepen.

Die lieve, zachte blik van mijn vriendin. Altijd begripvol en meelevend. Vanaf het moment dat ik hier ben komen wonen zijn we al bevriend. Hoe lang geleden inmiddels? Het moet al bijna dertig jaar zijn. Zo lang al? Waarom heb ik de tijd zo aan me voorbij laten gaan? Omdat ik vond dat ik niet gelukkig mocht zijn? De beste jaren liggen achter me.

Mijn vriendin was er altijd.

Haar ravenzwarte haar is inmiddels grijs geworden. Zij is gestopt met verven. Ik nog niet. Ze loopt een aantal jaren op mij vooruit. Twaalf jaar ouder en wijzer, heeft ze vaak gezegd als ik weer eens diep in de put zat en zij mij troostte. Als ik nachten achtereen niet kon slapen omdat die eeuwig drukkende schuldvraag me achtervolgde en wakker hield.

Ik voel haar hand over de mijne glijden. Een zacht kneepje. Haar mooie, slanke vingers met de gelakte nagels omklemmen de mijne. Een lach ligt om haar mond. 'Heus, ik meen het,' zegt ze. 'Ga nou!'

'Maar Ben dan?' vraag ik.

'Ben kan heel goed een weekje zonder mij.' Weer die lach, moederlijk standvastig.

Het vooruitzicht van een vakantie trekt me enorm. Zeker omdat ik me dat de afgelopen vijftien jaar niet heb gegund. Op de eerste plaats kwam altijd de boekhandel. Hoewel het indertijd een buitenkans was om de goedlopende winkel van mijn baas over te nemen, zijn de laatste jaren behoorlijk zwaar geweest. De moordende concurrentie op internet, de toename van grote winkelketens en de afnemende belangstelling voor het gedrukte boek maken het vrijwel onmogelijk om als kleine zelfstandige boekhandelaar het hoofd boven water te houden. Als ik niet zo veel steun van Ben en José had gekregen – zowel financieel als moreel – dan weet ik niet of mijn winkeltje nog zou bestaan.

'Bovendien, je weet maar nooit wie je daar tegen het lijf loopt,' zegt ze en speels trekt ze een wenkbrauw op. Met een vrouwen-onder-elkaarknipoog laat ze me merken dat het hoog tijd wordt voor vaste verkering.

Ook daar heb ik de laatste jaren geen aandacht aan besteed. Een serieuze relatie zat er door het werk niet in. Welke man wil een vrouw die meer tijd tussen de boeken doorbrengt dan thuis? Die voortdurend piekert over haar omzet, klanten en boekhouding. Laat staan een vrouw die nooit tijd weet vrij te maken voor uitjes, vakanties of huiselijke gezelligheid zoals een gezin. Als onafhankelijke single mag ik dan in de ogen van sommigen een benijdenswaardig leven leiden, niemand weet hoe eenzaam dat leven kan zijn als er nooit iemand op je wacht. Als het huis waar je 's avonds thuiskomt er nog net zo bij ligt als 's ochtends toen je vertrok.

'Oké dan. Maar zodra je het zat wordt, of als er iets anders is, bel je me,' antwoord ik kordaat. 'Beloof je dat? Dan kom ik meteen terug.'

'O, ja? En hoe wil je dat dan doen? Je gaat toch niet halverwege zo'n bezinningsweek er opeens mee stoppen?' Haar blik wordt streng. 'Daar betalen wij niet voor!'

Ze zegt het spottend, maar ik voel dat ze het meent. Het is waar, ik heb eerder ooit een studie afgebroken. Ook dat is heel lang geleden. Hoewel ik daar toen alle reden voor had, heeft het ertoe geleid dat ik nooit verder ben gekomen dan dit winkelwerk. Ik heb me er vaak voor geschaamd. Een intelligent mens uit een gezin vol academici had toch minstens haar studie kunnen afmaken, heb ik vaak gedacht.

José heeft me altijd aangemoedigd. 'Het is nooit te laat om de bakens te verzetten,' zei ze laatst toen ik mijn zorg uitsprak over de boekhandel. 'Waarom begin je niet eens met zo'n zomerweek,' stelde ze voor. 'Kijken wat er nog meer uit je tevoorschijn komt.' En hoewel ik toen twijfelde, zette het idee zich vaster en vaster in mijn hoofd. Het zou een ideale combinatie kunnen zijn. Wandelen in een mooie, bosrijke omgeving, een beetje lezen en zwemmen en me daarnaast richten op een wending in mijn leven. De pijn over dat grote verdriet zou ik een plaats leren geven en ik hoefde me niet langer te laten leiden door angst. Waarom zou ik mezelf geen nieuwe uitdaging gunnen?

Een klant wandelt binnen. Onderzoekend kijkt hij om zich heen. Als hij aarzelend op de toonbank afloopt, sta ik automatisch op. José is me voor. Ze zet haar voet voor de mijne.

Ik voel haar elleboog tegen mijn arm duwen waardoor ik terugval op mijn krukje. Verschrikt kijk ik haar aan.

Ze begroet de man allervriendelijkst, maakt een praatje, laat hem een boek zien en draait zich ondertussen om naar mij. Zie je wel, zegt haar blik, zie je wel dat je niet onmisbaar bent. Ik geef haar een dankbaar knikje en op dat moment besluit ik op haar aanbod in te gaan.

Diezelfde ochtend nog loop ik door de stille winkelstraat naar huis. Ik bel naar het zomeroord. Ik heb mazzel: ze zaten vol, maar er is zojuist nog een plaatsje vrijgekomen, of ik meteen wil beslissen.

2

Het is alweer een tijdje geleden dat ik autoreed. Jarenlang wilde ik nooit meer iets met auto's te maken hebben. Nog wat onwennig rijd ik de ringweg op. Weifelend haal ik het vrachtverkeer in. Ook al is het vanwege de vakantietijd niet druk op de weg en bestaat de route naar het adres uit één rechte lijn, toch tuur ik zenuwachtig op de borden die me naar het midden van het land moeten leiden. Het gaat goed, zeg ik in mezelf. Jij rijdt en niemand rijdt jou aan. Er overkomt je geen ongeluk en er is niemand die je achtervolgt.

Desondanks blik ik om de minuut gespannen in mijn spiegeltje. Als ik meen dat een auto verdacht lang achter me blijft hangen, klemmen mijn handen zich strakker om het stuur. De verkrampte houding doet me transpireren. Mijn billen gloeien. Als ik op zoek ga naar de knop van de stoelverwarming, blijkt die niet te bestaan. Ik voel mijn onderrug trekken en ook het litteken bij mijn heup heb ik sinds lang niet zo pijnlijk voelen protesteren. Pas als de afslag naar het bezinningsoord in zicht komt, ontspan ik. 'Neuroot!' vloek ik tegen mezelf.

Het is nog vroeg. Hoewel het hoogzomer is en de omgeving onder een groen dak van bladeren schuilgaat, is het al dagen bewolkt. Prima weer voor bezinning, denk ik. Te veel zon zou alleen maar afleiden.

De parkeerplaats is zo goed als leeg. Ik rijd naar het eind van de vakken. Daar waar het bos begint. Als ik de auto onder een boom wil draaien schiet er opeens iets onder mijn bumper door. Geschrokken trap ik op de rem. De auto slipt. Ik zie nog net een eekhoorn wegglippen. De kleine acrobaat spurt vliegensvlug omhoog tot halverwege een boomstam. Daar klemt hij zich vast, zijn staart maakt een slinger en met zijn donkere kraaloogjes neemt hij me op. Ik slaak een zucht en giechel om mijn domme schrikachtigheid. Snel kijk ik om me heen, niemand te zien. Opgelucht draai ik de auto het parkeervak in.

Zodra ik het raampje open, adem ik de geur van bos in. Meteen realiseer ik me dat ik veel te lang in de stad heb gezeten. Ik ben de natuur ontwend. Ik sluit mijn ogen en luister naar het drukke gekwetter van vogels om me heen. Mijn hoofd zit nog vol met werk en stadsleven. Het wordt tijd om daarvan los te komen.

Ik leg mijn hoofd tegen de hoofdsteun. Mijn halflange haar schuif ik achter mijn oren en ik draai het spiegeltje naar me toe. Mijn bleke teint kan best wat meer kleur gebruiken en de kringen onder mijn ogen lijken zich daar voorgoed te hebben vastgezet. Ik wijt het aan slaapgebrek en te weinig zon. Ook daar ga ik hier iets aan doen.

Als ik niet zo'n ongekende mazzel had gehad met een vriendin als José, die me zomaar een week haar auto uitleent en zelfs aanbiedt om er nog een weekje aan vast te knopen ('Neem vooral de tijd om die week te laten bezinken,' zei ze toen ik de autosleutels kwam halen), dan had ik de zoveelste zomer in hartje Amsterdam doorgebracht. Weer had ze me aangemoedigd me vooral niet schuldig te voelen, maar ervan te genieten. Hoezo niet schuldig?

Nu ik hier onder die bomen sta en de stilte van de natuur me verwelkomt, voel ik pas echt hoe moe ik ben. Ik sluit mijn ogen en denk aan dat eeuwige schuldgevoel waar ik mijn leven mee deel sinds die noodlottige dag. De dag dat Sebastiaan dood werd gevonden. Ik wil vergeten. Dat incident moet ik een keer kunnen loslaten.

Als ik mijn ogen open, laat ik ze over het dashboard dwalen. Zodra ze op het klokje stuiten, raak ik opnieuw in verwarring. Meteen realiseer ik me dat het nog op wintertijd moet staan. Het lijkt alsof ik terug ben in de tijd. Het moment waarop ik een uur geleden de voordeur afsloot en mijn etage verliet. De plek waar ik me de laatste jaren steeds beter ben gaan voelen. De plek die Peter niet kent.

Hoewel het bijna dertig jaar geleden is dat ik hem voor het laatst zag, is hij geen moment uit mijn gedachten geweest. En ook al is de dood van Sebastiaan onlosmakelijk met hem verbonden, ik denk vaker aan wat zich in de tijd na Sebastiaans dood heeft afgespeeld dan aan de tijd daarvoor. Ook daar moet ik van zien los te komen.

Tegelijkertijd zal ik realistisch moeten blijven. Ik kan wel met hoge verwachtingen aan de komende week beginnen, maar wellicht valt het zwaar tegen. Uit de korte omschrijving op de website kreeg ik de indruk dat het eerder om een spirituele dan om een filosofische week gaat. En als er iets is waar ik niet op wil lijken, dan is het wel op zo'n zweefteef.

De aangename stilte wordt plotseling doorbroken door het geluid van een naderende auto. Een zwarte Toyota rijdt in volle vaart het terrein op. Het grote bakbeest maakt een scherpe bocht naar links, scheert rakelings langs mijn auto en komt recht achter me tot stilstand. Zodra de deur wordt geopend zak ik wat onderuit op mijn stoel. In mijn spiegel volg ik de persoon die uitstapt.

Het is een klein, mollig vrouwtje. Ze heeft geblondeerd haar en draagt een strak, blauw mantelpakje. Ze is gehaast. Haar blik gaat even in de richting van mijn auto, maar ze ziet mij niet. Uit de kofferbak haalt ze een paar zwarte pumps. Snel trekt ze aan de veters van haar sneakers en onhandig steunend verruilt ze die voor de hoge hakken. Vervolgens haalt ze een koffer en een weekendtas tevoorschijn en ze gooit de sportschoenen op de plek waar de pumps zich bevonden. Voordat ze wegloopt, knoopt ze haar jasje dicht en strijkt ze met haar handen over haar brede heupen om te voelen of haar rok goed zit. Nu schudt ze met haar hoofd. Het geblondeerde haar valt losjes langs haar gezicht. Terwijl ze haar tas en koffer optilt, richt ze haar autosleutel op de deur. Vier flikkerende oranje lichtjes geven aan dat de auto op slot zit. Prompt laat ze haar koffer vallen en ze grijpt in haar schoudertas. Een rinkelende mobiel komt tevoorschijn en op een geaffecteerde toon staat ze de beller te woord. Afwezig blikt ze naar mijn auto.

Een schok gaat door me heen. Ik meen haar te herkennen. Is het een klant? Vlug duik ik weg om zogenaamd iets uit mijn tas te pakken. Als ik weer opkijk, zie ik dat de vrouw naar de ingang van het complex strompelt. Mijn gezicht gloeit, mijn hart bonst in mijn keel. Wie is deze vrouw, die me zo bekend voorkomt? Het laatste wat ik wil, is hier een bekende tegen het lijf lopen.

1985

Het jaar is bijna om. Over twee dagen vier ik kerst in mijn nieuwe woonplaats en word ik drieëntwintig. Na ruim drie maanden op en neer reizen tussen Nijmegen en Amsterdam komt daar morgen voorgoed een einde aan. Het vooruitzicht hier te moeten vertrekken is nog wat onwennig. Maar hoe ik mijn studie, huisgenoten en geboortestad ook zal missen, het kan niet anders dan dat ik wegga. Om echt te kunnen vergeten, zal ik afscheid moeten nemen van alles wat me vertrouwd was.

Over twee maanden komt hij vrij. Wegens goed gedrag, zegt men. Veel eerder dan iedereen had verwacht. Maar dan ben ik van de aardbodem verdwenen. Nooit, maar dan ook nooit, wil ik hem nog tegenkomen. Ik zou niet voor mezelf instaan; ik zou hem kunnen vermoorden.

Het is guur en koud als ik de voordeur van ons studentenhuis open. Rillend sla ik mijn sjaal wat dichter om mijn hals. Mijn windjack is niet berekend op deze kou. IJzig klampt een windvlaag zich vast aan mijn tengere lichaam.

Ik kijk naar buiten, waar onder luid geraas een voertuig de stoep op wordt gereden. Een van mijn huisgenoten heeft iemand met een busje geregeld. Lomp rijdt de bestuurder het ding tot vlak voor de deur. Uit het raampje schalt popmuziek. Een paar voorbijgangers kijken meewarig naar de blonde, jongensachtige kop die vals 'Like a virgin' meebrult. Ze schudden hun hoofd. Typisch studenten, zie ik ze denken.

Ik geef een seintje naar het openstaande raam op de tweede etage, waar een andere huisgenoot staat te wachten. De eerste dozen kunnen naar beneden komen.

Aan hulp geen gebrek. De mannelijke hulpkrachten die me assisteren zijn in een opperbeste stemming. Wij gaan die meid even helpen, hebben ze vorige week besloten. Als dank zou ik hen op bier en een maaltijd trakteren.

Als ik de trap op ren, komt een van mijn studiegenootjes haar kamer uit. Met een verwarde haardos en een slaperige blik vraagt ze of ze me kan helpen. Maar in diezelfde blik lees ik: wie gaat er nu in de kerstvakantie verhuizen? Ik kijk langs haar heen en vang nog net een glimp op van een vriendje dat is blijven slapen. Een kerstmuts piept boven het gebloemde dekbed uit.

'Nee, hoor, ik red het wel,' antwoord ik opgewekt. Opgelucht sluit ze de deur.

Tja, als ik niet dat geweldige aanbod had gekregen om in die vrije kamers te trekken, had ik mijn vakantie waarschijnlijk ook anders besteed. Ach, kerstvakantie. Sinds de dood van Sebas voelt iedere vrije dag als een zware en lege plek die opgevuld dient te worden. Zo veel mogelijk afleiding, dacht ik toen het net gebeurd was en ik gek dreigde te worden. Aanvankelijk waren er genoeg vriendinnen en vrienden die me die afleiding konden bezorgen. Met name Peter was niet van mijn zijde weg te slaan. Dag in dag uit hing hij om me heen, net zo lang totdat het misging.

3

Inmiddels zijn er nog vijf auto's het terrein op gereden. Twee jonge vrouwen, een oudere man, een dito vrouw en een stel lachende vriendinnen zijn me al voorgegaan naar binnen. Ik zal me nu toch echt over mijn zenuwen moeten heen zetten om te gaan inchecken.

'Hou op met dat achterlijke vluchtgedrag,' grom ik tegen mijn spiegelbeeld als mijn hand het autosleuteltje terugsteekt in het contact. 'Je blijft hier!'

Ik recht mijn rug, pak mijn tas en stap uit de auto. Als ik mijn weekendtas uit de kofferbak haal, staar ik besluiteloos naar mijn wandelschoenen. Zal ik ze hier achterlaten of meenemen? De verontrustende waarschuwingsbordjes met daarop BUIT ERUIT ALS JE DE AUTO NIET GOED AFSLUIT geven me het gevoel dat het hier niet pluis is. Zelfs in een bezinningsoord met verlichte zielen lopen blijkbaar nog ongure types rond.

Er loopt iemand achter me langs. Het is een kalende man, hij knikt vriendelijk naar me. Ik voel me betrapt in mijn gestuntel. Snel gooi ik de klep dicht en laat de oude schoenen voor wat ze zijn. Ik sluit de auto af en zonder om te kijken begeef ik me in de richting van het gebouw. Een groepje mensen gaat net voor mij naar binnen. Allen zien er keurig uit. Beschaafd en prettig in de omgang, dat zie je zo. Niemand schijnt bezinning nodig te hebben, denk ik als ik aan mijn eigen onrustgevoelens denk.

Wanneer ik de ingang bereik, houdt een wat oudere man de deur voor me open. Ongemakkelijk worstel ik me met mijn weekendtas en rugzakje langs hem heen. In tegenstelling tot mij heeft hij maar één koffer bij zich. Het is een groot gevaarte op wieltjes. 'Ga je gang,' zegt hij hartelijk en hij maakt een soort van buiging.

'Bedankt,' zeg ik schor. Ik voel me opgelaten. Durf hem nauwelijks aan te kijken. Over het algemeen houden mannen nooit een deur voor me open. Toen ik nog jong was, paste het niet bij een geëmancipeerde vrouw, en nu ik ouder ben, zien mannen me vaak niet eens meer staan. Verlegen stap ik naar binnen.

Voor de incheckbalie heeft zich een rijtje van wachtenden gevormd. Ik sluit aan en tuur ondertussen naar een grote zaal die achter de balie ligt. Onder een lichtkoepel staat een vleugel en er zijn diverse zitjes; ook zie ik een bibliotheek. Links daarvan is een eetzaal. Tafeltjes staan uitnodigend gedekt voor een hoge wand van glas. Daarachter ligt een terras, ook daar staan diverse stoelen en tafeltjes. Het terras kijkt uit over een zwembad waarvan het turkooizen water zich oogstrelend mengt met de groene omgeving. Loofbomen en dennen wisselen elkaar in grootte af. En weer zie ik eekhoorns voorbijschieten.

'Uw naam?'

Verstrooid kijk ik op. Een jonge vrouw met een professioneel vriendelijke blik tuurt naar een beeldscherm. Haar ogen zijn zwart aangezet, net zo donker als de rest van haar outfit, die uit een zwart coltruitje en een strakke, zwarte broek bestaat. Ze tikt met haar pen op de balie terwijl ze door het menu op de pc rolt.

'Iris van Egmond,' zeg ik op bijna fluisterende toon en ik zet mijn weekendtas op de grond voor de balie.

'Sorry?' Haar scherpe stem klinkt ongeduldig. Zij zit hier om gasten in te checken, niet voor de cursus, zegt haar lichaamstaal. Ik herhaal mijn naam. Ze geeft een kort knikje en tikt op haar toetsenbord. Daarna schuift ze me een lijst toe; of ik mijn naam wil afvinken.

'Een paraaf volstaat,' zegt ze als ze me aarzelend naar de lijst ziet turen.

'U hebt geluk,' vervolgt ze op dezelfde zakelijke toon, en zonder me aan te kijken reikt ze me een plastic kaartje aan. 'Het hoofdgebouw zit vol. U zit in de nieuwe vleugel.' En in rap tempo legt ze uit hoe ik daar moet komen.

De helft van de informatie ontgaat me door haar afgemeten manier van praten en handelen. Voor ik het weet, sta ik met een informatiemap onder mijn arm en een plastic kaartje in mijn zak buiten voor de hoofdingang. Ik kijk om me heen.

Een aantal mensen loopt naar een gebouw dat zich aan de zijkant van het hoofdgebouw bevindt. Kennelijk moet ik daar ook zijn. Ik voel me onhandig. Waarom laat ik me zo snel uit balans brengen door zo'n hip jong wezen? Iemand als ik, die aan de grote stad gewend is, zou beter moeten weten. De jeugd is vlot en ad rem, soms op het arrogante af. Daar trek ik me toch niets van aan?

Ik volg de groep die voor me uit loopt en laat me via een smal paadje langs het gebouw naar mijn afdeling leiden. Half verscholen achter een haag van liguster ligt daar de 'nieuwe vleugel', zoals de vrouw het noemde.

Een lange, overdekte gang met deuren slingert zich langs het niet zo lang geleden geplaatste prefab bijgebouw, dat nog kaal en onafgewerkt oogt. Net zo kaal als het braakliggende terrein dat eromheen ligt en voornamelijk uit brandnetels bestaat.

Ik zit in kamer 216. Het blijkt de een na laatste kamer te zijn. Behalve een kamernummer draagt iedere deur de naam van een filosoof. Grappig, denk ik als ik voor mijn deur sta en de naam Socrates lees. Het is lang geleden dat ik filosofie als bijvak koos, slechts één jaar heb ik er werkelijk van kunnen genieten en in dat jaar was het juist deze Griek die de hoofdmoot vormde. Meteen als ik naar binnen stap zie ik zijn portret aan de muur hangen. Ik aarzel. Misschien moet ik voordat ik aan deze week begin eerst even mijn basiskennis ophalen.

Mijn wens wordt onmiddellijk vervuld als ik naast de afstandsbediening van de tv een flyer zie liggen met informatie over de oude wijsgeer. Wat zorgvuldig, gaat het door me heen, ik hou er wel van als er over dit soort details is nagedacht.

Dat geldt ook voor de kamer, die licht en ruim is. Het litsjumeaux, dat praktisch de hele kamer beslaat, voelt nieuw en stevig, evenals de onderlakens en de dekbedhoes van krakend frisse katoen. Er is een eenvoudige kledingkast, een ruime badkamer en een aparte wc. Het aantrekkelijkst van alles is het zitje op het terras, dat uitzicht biedt over heide en vennetjes. En meteen als ik de schuifdeur open, stroomt de zo kenmerkende geur van dennen naar binnen. Een ongekende rust komt over me, en al snel ben ik zowel de jonge vrouw bij de receptie als de vrouw die me bekend voorkwam vergeten.

Een deel van de weekendtas pak ik vast uit. Naast twee ongelezen boeken haal ik ook nog een paar versnaperingen tevoorschijn. Een flesje port, een bijpassend glaasje, wat fruit en iets te knabbelen, zo kom ik mijn tijd hier wel door. Dan pak ik de informatiemap en loop ermee naar buiten.

Nog maar net heb ik plaatsgenomen op het terrasje of bij de naastgelegen kamer gaat de schuifdeur open. Het matglas waarmee de terrassen worden afgeschermd geeft me geen zicht op wie daar verblijft, wel hoor ik iemand praten. Het is een vrouw, en zo te horen is ze aan het bellen.

Ik probeer me voor haar af te sluiten door me op de inhoud van de map te concentreren. Als ik zie hoe overweldigend het aanbod is, vraag ik me af waar te beginnen en wat te kiezen. Van mindfulness tot meditatie, van sjamanisme tot boeddhisme en van herkaderen tot praktische filosofie; de hele week kun je je suf bezinnen. Iedere dag, van 's ochtends vroeg tot 's avonds laat, is gevuld met activiteiten. Tussendoor is er gelegenheid om te wandelen, te zwemmen of aan yoga te doen. Alleen de maaltijden liggen vast. Ontbijt, lunch en diner, ze vallen zo te zien iedere dag op hetzelfde tijdstip. Ik lees snel verder en blader dan gedachteloos door de bomvolle multomap. Opnieuw bekruipt me een gevoel van twijfel. Wil ik dit wel allemaal?

'Godallemachtig, ga nou niet opeens moeilijk doen, zeg! Het is in je eigen belang, doe je het niet, dan weet je wat er gebeurt...' De stem van de bellende vrouw naast me schalt over de stille heide.

Ik zit meteen rechtop in mijn stoeltje. Haar hoge uithalen liegen er niet om. Ze is duidelijk zwaar geïrriteerd. Blijkbaar is ze ook op zoek naar rust en inkeer, en zo te horen is ze er harder aan toe dan ik.

Door dat gegil ben ik meteen uit mijn weifelende gemijmer. Ik kijk op mijn horloge en besluit de stoute schoenen aan te trekken. Wat heb ik te verliezen? Over een kwartier is de verwelkoming en wordt iedereen geacht aanwezig te zijn in de grote ontvangsthal. Voorzichtig sluit ik de schuifdeur – ik wil niet dat mijn buurvrouw denkt dat ik haar afluister – en loop naar de badkamer om mijn uiterlijk te inspecteren. Ondanks het feit dat ik moe ben en bleek zie, blijft het meisje in mij zichtbaar. Ik glimlach naar mijn spiegelbeeld en bestudeer mijn nog steeds donkere wenkbrauwen boven mijn eveneens donkere, vragende ogen. Nergens nog een rimpel te zien, zelfs geen frons. Ik schik mijn haar en stift mijn lippen, spuit een frisse eau de toilette achter mijn oren en tevreden over het resultaat pak ik mijn spullen om de deur uit te gaan.

Nog maar net heb ik die geopend of ik sta oog in oog met mijn buurvrouw. Ook zij sluit net haar deur af. Een lichte schok gaat door me heen, het is de geblondeerde vrouw in het blauwe mantelpak. Als ze haar hoofd omdraait kijkt ze me stralend aan.

'Hi,' zegt ze, terwijl ze haar hand uitsteekt. 'Joke van Dam.'

Verbaasd brabbel ik mijn naam. Een grijns verschijnt op haar gezicht. Meteen keert ze zich om en snelt ze weg op haar korte benen en hoge hakken. Ik kijk haar na.

Ik ben overrompeld. Ze heeft me niet herkend. Ik haar wel. Vroeger was ze donker, net als ik. Iets minder dik misschien, maar wel een propje, toen heette ze nog Stoep. Joke Stoep.

Dit kan niet waar zijn, schiet het door me heen. Wat moet ze hier, en zo vlak naast mij? De zenuwen slaan door mijn lijf en doen me beven bij de herinneringen die plotsklaps naar boven komen. Ze brengen me uit balans. Ze blijven hangen bij hem. Bij Peter. De man voor wie ik verhuisde. De man op wie Joke verliefd was.

4

'Goeiemorgen allemaal. Welkom in de bezinningsweek "Begraaf het verleden: leef in het nu". Mijn naam is Joke van Dam, ik werk als coach voor Positive Life, een organisatie die door middel van counseling helpt bij relatieproblemen – zowel in de privésfeer als op de werkvloer –, levensvraagstukken en traumaverwerking. Ik ga jullie de komende week begeleiden en wegwijs maken in het grote aanbod aan praktische filosofie dat hierbij een rol kan spelen. Samen met mijn collega's, van wie jullie de namen en achtergrondinformatie in jullie map kunnen vinden, zal ik zo veel mogelijk trachten iedereen persoonlijk te adviseren...'

Ze is niets veranderd. Nog even ambitieus. Ik vraag me af of het hier echt zo bedompt is, of dat ik het van Joke Stoep benauwd krijg.

Minstens tien minuten heb ik voor mijn deur staan wachten. Net zo lang tot zij uit het oog verdween. Uiteindelijk besloot ik me dan toch maar naar het gebouw te begeven. Wat kon ik anders? Ik wil me niet door haar laten verjagen. Maar nu ik weet dat zij de leiding heeft, had ik misschien niet beter...?

'... en aangezien we met ruim zestig man zijn, hebben we

jullie in twee groepen verdeeld. Ook kunnen jullie in dezelfde map terugvinden bij welke groep je bent ingedeeld…'

Ik staar naar het propje van toen. Hoe noemt ze zichzelf nu, coach? Ha, wat een giller. En die naam, zou ze getrouwd zijn? Dat moet wel. Zou ze hebben ingezien dat Peter echt niets met haar te maken wilde hebben? Hoe lang heeft ze achter zijn kont aan gelopen? Minstens even lang als hij achter de mijne. Ze had hem mogen hebben, graag zelfs. Vanaf het moment dat ik erachter kwam hoe schofterig hij zich tegenover vrouwen gedroeg en hoe ver hij ging om ze vast te houden, gunde ik hem die bitch van harte. Zolang hij mij maar met rust liet.

'… daarom stel ik voor dat we ons eerst als groep aan elkaar voorstellen en daarna overgaan tot het programma van vandaag. Zijn er al vragen?'

Haar stem is nog even snerpend als toen. Het enige waaraan ze gewerkt heeft is haar accent. De zachte g is bijna niet meer hoorbaar, daarvoor in de plaats is een rollende r gekomen. Ze praat bekakt. Dat was vroeger wel anders.

Ik zie een paar handen de lucht in gaan. Beleefde, aarzelende vragen worden er gesteld. Ik kijk om me heen. Meer vrouwen dan mannen.

Mijn nerveuze blik zoekt nog meer herkenning uit het verleden. Ik speur en zoek, maar ontdek hem niet. Waarom ook? Het zou wel idioot zijn als hij hier ook zou zijn. Zou hij nog leven, vraag ik me ineens af. Tenslotte was hij drie jaar ouder dan ik. Maar ook deze vraag verwerp ik meteen als onzinnig. Wat is nou eenenvijftig? Zijn de meeste mensen die hier staan niet van die leeftijd? Als ik zo om me heen kijk ben ik zelfs een van de jongsten. Op Joke Stoep na dan. Zij moet nu zevenenveertig zijn, schat ik, een jaar jonger dan ik.

'In welke groep zit jij?' Een vriendelijk gezicht kijkt me aan. Het is een van de weinige mannen en hij ziet er nog jeugdig uit. Hoewel hij kalend is en een bril draagt, heeft hij een sportief voorkomen. Ik herken hem, het is de man van de parkeerplaats. Hij stelt zich voor als Hans.

Ik geef hem aarzelend een hand en noem mijn naam. Hij bladert in zijn map. Haast opgetogen roept hij dat we bij elkaar zijn ingedeeld. Zijn uitgelaten houding roept een zekere argwaan bij me op. Ik reageer nooit zo spontaan op een wildvreemde. Hij wijst naar een deur die naar een ander deel van het gebouw leidt.

'Zullen we daar dan maar vast naartoe gaan?' vraagt hij.

'Oké,' antwoord ik onzeker.

Ik voel me klunzig. Des te meer omdat ik me realiseer dat ik zojuist weer te veel in mijn eigen wereld verkeerde. Het is me totaal ontgaan dat we naar een andere zaal moeten. Wil ik hier de komende week iets opsteken, dan zal ik toch echt beter moeten opletten. Als ik nou eens begin met de deelnemerslijst te bekijken, mopper ik in mezelf en korzelig trek ik de map uit mijn schoudertas.

'Ben je hier al eerder geweest?'

Hans heeft de smaak te pakken. Hij wijkt niet van mijn zijde. Ook dat roept herinneringen op aan vervlogen tijden. Niet bepaald prettige herinneringen. Weer probeer ik me niet te laten afleiden door hersenschimmen uit het verleden, maar me te concentreren op het hier en nu. Daar zit ik hier voor.

'Nee, het is de eerste keer... En jij?'

Ik probeer belangstellend te kijken, maar ik voel slechts een verkrampte glimlach om mijn mond trekken. Ik baal van mijn houterigheid. Hans heeft daar kennelijk geen last van.

'Voor mij ook,' gaat hij opgewekt verder. 'Het zal tijd worden dat ik eens aan mezelf ga werken. Mannen doen niet zo veel aan zelfreflectie, is het wel? Laat staan dat ze zich met grote levensvragen bezighouden.' Hij lacht schalks en stapt vrolijk voor me uit.

'Eh, tja... ik weet niet...' zeg ik.

In de haast Hans bij te houden glijdt er iets uit mijn map. Het is een los velletje papier. Als ik het tracht te grijpen dwarrelt het als een veertje door de lucht en het valt op de grond. Iemand achter me bukt zich en raapt het op.

'Je verliest iets,' zegt een gezette vrouw van middelbare leeftijd en ze overhandigt me het blaadje.

'O, eh, ja... bedankt. Ik had geen idee dat er nog een los vel tussen zat,' verontschuldig ik me. En opnieuw voel ik me betrapt omdat ik zo weinig voorwerk heb gedaan. Ik heb alleen maar naar het programma gekeken en me niet verdiept in waar en met wie ik aan dat programma ga werken.

De vrouw lacht afwezig, ze loopt meteen langs me heen naar het groepje dat vóór ons de zaal in loopt. En alsof men weet waar de beste plek is, stapt iedereen zelfverzekerd op een tafel en stoel af. Besluiteloos kijk ik om me heen en als ik op zoek ga naar een lege stoel, zie ik Hans ineens naar me zwaaien.

'Hier is er nog eentje vrij,' zegt hij.

Ik schuifel achter een paar tafels langs. Stap over een laptoptas, struikel bijna over een stoelpoot en terwijl ik mezelf in evenwicht probeer te houden zie ik Hans naar me stralen.

'Hier,' zegt hij, zodra ik naast hem zit. 'Heb je al gezien waar we vanochtend mee beginnen?'

Ik schud mijn hoofd en begin snel mijn spullen op tafel uit te stallen. Pen, blocnote en multomap. Pas als ik echt helemaal geïnstalleerd ben en mijn oog over het losse, bijgevoegde A4'tje laat glijden, slaat de kou mij om het hart. Het bloed trekt weg uit mijn gezicht en trillend staar ik naar de tekst voor me op het blaadje.

Wijziging: In verband met de afwezigheid van mevrouw drs. Y. van der Vlist zal de heer drs. P. Schaap haar taken overnemen.

Het is niet waar, raast het door mijn brein. Bloednerveus blik ik opzij naar Hans, die afwachtend naar het projectiescherm tuurt. Als hij mijn blik opvangt, knikt hij me vriendelijk toe. Hij heeft er duidelijk zin in. Ik niet. Integendeel. Ik wil weg en wel zo snel mogelijk. Zenuwachtig graai ik mijn spullen bij elkaar. Vlug stop ik ze terug in mijn tas. Net als ik me wil verontschuldigen bij Hans omdat die vraagt of alles goed gaat, zie ik hem binnenkomen. Een rijzige man in een licht zomerpak.

Achter hem dribbelt niemand minder dan Joke Stoep, ze sluit de deur. Bevend grijpen mijn vingers zich vast aan de tas en ik laat me terugvallen op mijn stoel. Voor me staat de man die het grootste deel van mijn leven heeft verpest.

1985

Als de trein het station binnenrijdt, loop ik zo snel mogelijk naar de achterste wagon. Ik wil dat zeurkind niet meer tegenkomen. Ik wil geen gesprek over Sebastiaan. Niet over hem en niet over Peter. Ik dacht dat ik eroverheen was. Dat ik straks weer gewoon mijn studie zou kunnen oppakken. Maar schijnbaar zijn de wonden nog te vers. Als ik uitstap, zie ik haar lopen. Ik volg haar op gepaste afstand. Ze loopt naar de tramhalte, ik sla snel rechts af en loop de fietsenstalling in, daar pak ik mijn fiets en dan voeg ik me tussen de andere fietsers op weg naar het werk. Zodra ik afsla en over een van de grachten fiets, lost het meisje met de moeilijke vragen heel langzaam op. Stom kind, denk ik, wat weet jij nou van de ware toedracht van de dood van Sebas? Iedereen gokt maar wat. Hoe kan het ook anders? Probeer maar eens te bewijzen dat het geen ongeluk was. Zoals toen bij mij, waar hij nu voor vastzit.

Dat was tenminste wel duidelijk. Poging tot doodslag, was het oordeel van de rechter. De eis werd vier jaar met aftrek. Reken maar op hooguit twee jaar, zei de advocaat indertijd. En toen ik na al die weken van stilte in dat ziekenhuis bijkwam, klonk dat als muziek in mijn oren. Twee jaar van die etterbak te zijn verlost, twee volle jaren de tijd om mijn studie af te maken, te herstellen en een nieuw leven op te bouwen. Het leek een eeuwigheid, nu is er al bijna een jaar van om.

Het is nog vroeg, even over halftien, ik hoef me niet te haasten. De winkel gaat pas om tien uur open. In dit deel van de stad slaapt praktisch iedereen uit. Ook al is het een doordeweekse dag, de eerste klanten zullen pas rond de middag verschijnen. Vaak zijn het kantoormensen die even een ommetje maken in hun lunchpauze. Dwalend over de gracht, met een boterham in hun hand, stappen ze dan automatisch de boekhandel binnen. Een beetje neuzen tussen de nieuwste titels of soms iets bijzonders uit de opruimingsbak halen. Meestal zijn het geen grote aankopen die dit soort klanten doen. De vaste afnemers bestaan voornamelijk uit omwonenden. Mensen uit de tv-wereld, de mode- of de kunstscene. Het is een prettige manier van bestaan, die boekhandel. Ik ben het zo gaan waarderen dat ik de paar dagen die ik hier nu per week werk, niet meer zou willen missen. En sinds mijn baas heeft laten doorschemeren dat hij er over niet al te lange tijd mee wil stoppen en mij misschien als zijn opvolger ziet, trekt het idee om me hier voorgoed te vestigen me meer en meer.

Als ik even later een plekje voor mijn fiets zoek, hoor ik opeens een bekende stem mijn naam noemen. Het is de moeder van Sebas.

'Hoi, Iris,' zegt ze. 'Heb je zo even?'

Altijd als ik haar zie, voel ik me schuldig. Omdat ik het overleefd heb. Ik wel en haar zoon niet. Sinds de dag dat hij verdronk, heeft ze die dieptrieste blik in haar ogen. Alsof ze hem gisteren nog begroef.

Ik zie nu dat ze iemand bij zich heeft. Het is een lange, jonge vrouw met gitzwart haar. Ze heeft een mooi, symmetrisch gezicht met helblauwe ogen. Ik schat haar zo'n tien jaar ouder dan mezelf.

'Hallo,' zegt ze opgewekt en ze stelt zich voor als José, een vriendin van de moeder van Sebastiaan. Ik schud haar de hand en loop naar de nog dichte winkeldeur.

'Ik moet hier eerst even de winkel in orde maken,' zeg ik. 'Maar waarom lopen jullie niet vast mee?' vervolg ik als ze afwachtend op de stoep blijven staan. 'Dan zet ik meteen koffie.'

De twee vrouwen volgen me door het duister van de winkel naar de meterkast. Als ik de knoppen van de verlichting aanzet en ze op het koffiehoekje achter de toonbank wijs, vraagt José of ze kan helpen.

Ik vertel haar waar ze het koffiezetapparaat kan vinden en laat haar het kleine keukentje zien. Meteen gaat ze aan de slag. En alsof we elkaar al jaren kennen, is het direct vertrouwd tussen ons. Bewonderend volgt ze mijn vaste handelingen als ik de lade van de kassa uit de kluis haal, de kranten in een rek schuif en het bordje OPEN *voor de deur draai.*

'Doe je dit werk al lang?' vraagt ze.

'Nou, eigenlijk niet,' antwoord ik. 'Maar het schijnt bij me te passen.' En lachend til ik een stapeltje boeken op dat voor de etalage bestemd is. 'De eigenaar vertrouwt me in ieder geval zijn winkel toe, zelf komt hij meestal pas tegen de middag aanzetten.'

Het is waar. Zo kort als ik hier nog maar ben, zo vanzelfsprekend hoort dit werk bij mij. En door het werk vergeet ik vaak hoe ik hier ben terechtgekomen. Dat mijn studie abrupt is afgebroken en dat ik goed moet nadenken of ik daar nog wel mee door wil gaan.

'Ik heb hier om de hoek een appartement gekocht,' zegt José opeens. 'Begin december kan ik erin.'

Haar blauwe ogen beginnen te stralen als ze me beschrijft hoe ruim en fraai de etage aan de gracht eruitziet.

'Maar ja, met zo veel kamers is het wel wat groot voor mij alleen. Wat denk je? Zou het iets voor jou zijn om in Amsterdam te komen wonen?'

Stomverbaasd kijk ik haar aan. Dit moet zo zijn, denk ik verheugd. En meteen verdwijnt alle twijfel over mijn studie naar de achtergrond. Vlak voor de kerstdagen kan ik bij haar intrekken.

'Vieren we kerst in ons nieuwe huis,' zegt ze opgetogen. Haar ogen glimmen als ze mijn handen vastgrijpt en me door de winkel trekt om een dansje te maken. Alsof we zojuist besloten hebben te gaan trouwen.

5

Ik ben in shock als ik naar hem staar. Hij is geen klap veranderd. Hooguit iets dikker, maar nog steeds diezelfde flamboyante verschijning en diezelfde brutale oogopslag met de aan-vrouwen-geen-gebrekblik. Arrogant tuurt hij langs de rijen. Terwijl de mond van Joke maar doorbabbelt over het invallen voor een ziek geworden collega en hoe blij ze is dat deze docent bereid was haar taken over te nemen, likt Peter grijnzend langs zijn volle lippen. Nonchalant veegt hij een haarlok uit zijn gezicht en hij woelt daarbij met zijn hand door zijn haar. Ik ken die gebaren, ik ken ieder maniertje van hem.

Mijn lichaam maakt zich zo klein mogelijk. Weggedoken achter de rug van een forse vrouw die voor me zit, luister ik naar de o zo bekende, omfloerste stem die Joke bedankt voor haar introductie. Daarna begint hij te vertellen over zijn workshop en waar het programma uit zal bestaan. Hij zal deze week twee dagen voor zijn rekening nemen: vandaag en donderdag. Dat stelt me gerust. Ik hoef hem dus maar één dag te ontlopen. Donderdag moet ik zorgen dat ik ben vertrokken.

'Mooi,' gaat hij verder en weer gooit hij zijn hoofd zelfverzekerd in zijn nek. 'Vandaag krijgen jullie een filosofische onderhoudsbeurt.' Hij lacht schamper om zijn dubbelzinnige grapje en wijst op de tafel voor hem. 'En alles wat jullie daarbij nodig hebben staat hier.'

Op de tafel staat een ijzeren gereedschapskist. Hij vouwt hem open en haalt er een hamer, beitel en koevoet uit. Demonstratief zwaait hij met de hamer door de lucht.

'We gaan aan de hand van deze "tools" – of denkgereedschappen, zoals ik ze liever zou willen noemen – ons denken aanpakken,' vervolgt hij en weer buldert hij van het lachen als een vrouw op de eerste rij terugdeinst voor de hamer, die rakelings langs haar hoofd scheert. Ik zie die bekende grijns op die valse tronie. Nog voor de lunch heeft hij een poging gedaan haar te verleiden. De vrouw lacht ongemakkelijk terug, geeft een antwoord dat ik niet versta, maar waar iedereen om moet lachen, en begint vervolgens druk te schrijven.

Zodra hij achter zijn tafel vandaan stapt en via het middenpad de groep in loopt, buk ik me naar mijn tas. Half onder de tafel verscholen vraag ik me af hoe ik hier straks zonder op te vallen kan wegkomen. Er is maar één uitgang. Ik zal hoe dan ook langs hem heen moeten.

Terwijl mijn hersens koortsachtig op zoek gaan naar een ontsnappingsmogelijkheid, hoor ik hem luchtig doorpraten en vragen stellen. Zijn woordenstroom gaat langs me heen. Hij wil dat we voor onszelf een vraag opschrijven. Een prangende vraag die ons hiernaartoe heeft gebracht. Een vraag die met een terugkerend probleem of een trauma te maken heeft en waar we deze week voorgoed mee willen afrekenen. Via het 'wezensdenken' en het 'transcendentaal denken' gaan we proberen dat probleem voor eens en altijd de wereld uit te helpen, hoor ik hem zeggen.

Ik volg zijn voeten, die voorbijschuifelen in het gangpad.

Italiaanse schoenen draagt hij. Modieus en elegant ogen ze, net als hijzelf. Zoon van een Italiaanse moeder en een Nederlandse vader. De meest begeerde student filosofie indertijd. Meisjes in overvloed. Aan iedere vinger van zijn smalle handen wilde er wel eentje schitteren.

Toch nam hij mij.

'Gaat het?' Het vrolijke hoofd van Hans duikt nu ook onder de tafel. Bezorgd kijkt hij me aan.

'Eh, ja, ja, ik ben op zoek naar mijn leesbril,' zeg ik.

Voorzichtig kom ik onder de tafel vandaan en ik schuif mijn stoel zo dat ik bijna tegen de muur aan zit. Ik voel Hans bevreemd naar me kijken. Ik draai mijn hoofd in zijn richting en glimlachend gebaar ik dat ik de bril niet heb kunnen vinden, maar dat het zonder ook wel zal lukken.

Ondertussen galmt de stem van Peter nog steeds in een hoog tempo door de grote zaal. Er wordt gelachen en er worden vragen gesteld. Op zijn zo typische, jongensachtige manier heeft hij in no time iedereen voor zich weten te winnen. Nog steeds, denk ik. Hij is zijn trucjes nog niet verleerd.

Ik kijk op mijn horloge. Over een halfuur hebben we een koffiebreak, tot die tijd moeten we in groepjes van twee of drie met het zogenaamde 'denkgereedschap' dat hij ons aanreikt aan de slag. De vrouw die naast Hans zit, probeert mijn blik te vangen. 'Wij?' vraagt haar blik en ze wijst op Hans en mij.

Ik knik afwezig en kijk vervolgens waar Peter uithangt. De drie rijen voor me bieden mij weliswaar bescherming, maar ze benemen me ook het zicht op hem. Mijn ogen spieden onrustig rond. Als ik hem eindelijk ontdek, zie ik dat hij zich over de twee jongste vrouwen van onze groep buigt. Ze hangen aan zijn lippen terwijl hij hun aanwijzingen geeft.

Naast me hoor ik hoe Hans en zijn buurvrouw zich aan elkaar voorstellen. Ongedwongen en opgewekt klinkt hun conversatie. Was ik ook maar zo ontspannen, denk ik, terwijl ik voel hoe de spieren van mijn nek zich samentrekken.

Wanneer de vrouw haar hand naar mij uitsteekt, vraagt ze wat mijn doel is deze week. Ik ontwijk haar vraag door op te merken dat we misschien beter eerst naar een ander zaaltje kunnen gaan om daar verder te praten. Nu iedereen is opgestaan en door elkaar heen loopt om groepjes te vormen, wil ik zo snel mogelijk mijn kans benutten om te ontsnappen. Hans en zij stemmen in. Ze zijn beiden rijzige personen, wat mij met mijn gemiddelde lengte goed uitkomt. Zodra ze van hun stoel omhoogkomen, schiet ik achter hen langs. Druk babbelend lopen ze voor me uit. Geen van beiden merkt iets van mijn gespannen houding. Als een schim volg ik hen naar de uitgang. Alles gaat goed. In het voorbijgaan blik ik snel even naar de tafel van de twee jonge vrouwen op wie Peter zijn charme loslaat. Goddank, hij ziet me niet. Ik slaak een zucht en vriendelijk knikkend naar mijn voorgangers volg ik ze naar de grote hal.

Zo dadelijk neem ik de benen. Dan zal ik me verontschuldigen tegenover Hans en... hoe heet ze ook alweer? Anna? Ik zal zeggen dat ik me opeens niet goed voel en even wil gaan liggen. De rest van de dag hoef ik me dan niet meer te laten zien. Pas tegen de avond, als het diner begint en Peter hoogstwaarschijnlijk huiswaarts is gekeerd, kan ik me weer vertonen.

Nog maar één stap ben ik verwijderd van mijn vrijheid. Nog maar één ademteug te gaan en dan ben ik aan die lul ontsnapt. Ik staar naar de vloer, stap over de drempel en volg Hans de zaal uit.

Dan hoor ik hem mijn naam roepen. 'Iris! Dus toch!'

Verstijfd blijf ik staan. Hans draait zich om. Nieuwsgierig kijkt hij van Peter naar mij. Mijn hart bonkt in mijn keel. Ik durf niet achterom te kijken.

Ik hoor hoe hij met grote stappen op me afloopt. Ik hoor zijn hakken tikken, ik ruik de geur van zijn aftershave. Vlak achter me houdt hij in. Bijna voel ik zijn adem langs mijn gespannen nek glijden. Ik versteen. Mijn blik blijft hangen op de wachtende Hans, die me vragend aanstaart. Ik zie dat Anna al is doorgelopen.

'Ik had je naam wel op de lijst zien staan, maar ik wist niet of je in deze groep of bij de anderen zou zitten...'

Die stem. Zo dicht bij mijn oor. Ik tril en hap naar adem. Ik staar naar Hans. 'Red me,' wil ik tegen hem gillen. 'Help me, en laat me hier niet als een gewond dier achter.'

Maar het enige wat ik kan fluisteren is: 'Jee, ja, hoe toevallig.'

6

'Hij doet het goed, hè?'

'Ik vind hem leuk, didactisch is hij geweldig.'

'Ja, hij weet hoe hij ons "studenten" moet bespelen.'

'Charmant ook...'

We zitten in de grote eetzaal te lunchen. Om me heen wordt druk gepraat. Peters uitstraling gaat over de tong. De meesten zijn na één ochtendje al om. Ik weet hoe dat werkt, zijn charisma. Voor je het weet, tuin je erin. En voor je het weet, kom je er nooit meer van af.

Nadat ik in blinde paniek achter Hans en Anna was aan gerend, durfde ik me niet meer zonder hen te vertonen.

'Wat vind jij van hem? Ken je hem?' Anna buigt zich over de tafel naar me toe. Hoewel haar grote, zwarte brilmontuur haar gezicht iets strengs en onaangenaams geeft, heeft ze een vriendelijke stem. Haar donkere ogen kijken me scherp doch belangstellend aan. Ze neemt een hap van haar salade. Een stukje wortel blijft aan haar mondhoek kleven. Ze merkt het niet. Haar kaken gaan snel op en neer, de wortel beweegt mee. Ik kan niets anders doen dan ernaar staren.

Ze zullen me wel volslagen gek vinden, denk ik, als ik terugdenk aan het afgelopen uur, dat ik voornamelijk stamelend met hen heb doorgebracht.

Anna liep voorop. Hans en ik volgden zwijgend. Weglopen zat er niet meer in. Mijn plan om te vertrekken werd ondermijnd door het enthousiasme van Anna. Bovendien was ik met zo veel stomheid geslagen door de ontmoeting met Peter dat ik niets anders kon doen dan me laten meesleuren.

Anna wees ons op een kleine ruimte achter de bibliotheek waar we ons konden terugtrekken. Eenmaal daar haalde ze meteen voor iedereen koffie. Hoewel ze als een regelnicht op me overkomt, is ze ook heel hartelijk. Ze werkt al jaren in de gezondheidszorg en vindt dat ze daar niet meer op haar plek zit. Ze is compleet vastgelopen in de bureaucratie, zoals ze vertelde, en ze vraagt zich af of het geen tijd wordt om iets totaal anders met haar leven te doen. Daarom zit zij hier.

Hans heeft een heel ander verhaal. Hij is kortgeleden gescheiden, heeft twee puberdochters en wil zich deze week bezinnen over wat er nou precies is misgegaan in zijn huwelijk. Hij wijt de breuk aan zichzelf. 'Ik heb veel te weinig oog gehad voor mijn echtgenote,' zegt hij steeds en hij voegt er dan schuldbewust aan toe dat zijn carrière altijd op de eerste plaats kwam.

Het is mij ontgaan waar die carrière uit bestond, maar aangezien ik de helft van de tijd met mijn gedachten elders verkeerde, is het heel goed mogelijk dat hij dat wel heeft verteld. Naderhand durfde ik er niet meer naar te vragen. Ik was toch al zo afwezig. Door diezelfde afwezigheid kon ik ook niet zo snel iets voor mezelf bedenken.

'En jij, Iris?' vroeg Anna. 'Waarom zit jij hier? Wat wil jij veranderen?'

Prompt verslikte ik me in mijn koffie en toen ik uitgehoest

was, mompelde ik in een opwelling dat ik over mijn auto-ongeluk heen wilde komen. Het kwam er spontaan uit. En blijkbaar trok ik er zo'n ernstig gezicht bij dat zowel Anna als Hans me geschokt aankeek. Meteen verontschuldigde ik me door te zeggen dat het al heel lang geleden was en dat het me niet meer dagelijks bezighield, maar ja, een dergelijke traumatische ervaring gaat je niet in je koude kleren zitten, probeerde ik er zo luchtig mogelijk aan toe te voegen. 'Het heeft toch zijn weerslag op je leven...'

Ik stond perplex van mijn eigen gebazel. Want waarom zou ik het hier met twee totaal onbekende mensen over mijn ongeluk willen hebben? Waarom zou ik me verbeelden hier in een paar dagen tijd over een jarenlang slepend trauma heen te kunnen komen? De enige met wie ik tot nog toe wel eens mondjesmaat over dit onderwerp had gesproken, was José. Zij kende mijn geschiedenis, ze wist van de paniekaanvallen en de angstdromen, zij luisterde naar de verhalen die bij die vreselijke gebeurtenis hoorden. Niemand anders.

'Ja, ik ken hem,' antwoord ik Anna, die me opeens halverwege een hap van haar salade verbluft aankijkt, omdat ze kennelijk alweer vergeten was wat ze me gevraagd had. En als ik naar de tafel achter haar kijk, en Peter daar druk en geanimeerd zie keuvelen met een paar van de jongere vrouwen, dan voeg ik er tot mijn eigen schrik aan toe: 'En wat ik van hem vind? Ik vind hem een klootzak!'

7

De harde woorden vliegen als ongeleide projectielen over de tafel. Ze treffen mijn medecursisten, die verstoord mijn kant op kijken. Eentje schudt haar hoofd. Een ander begint te giechelen, de volgende trekt haar wenkbrauwen op.

Hans kijkt verrast op als ik plotseling mijn stoel naar achteren schuif en opsta. Het onaangeroerde bord met broodjes, sla en gebakken makreel laat ik voor wat het is. Geen hap krijg ik nog door mijn keel. Ik grijp naar mijn tas en verblind door tranen ren ik de eetzaal uit.

Zwalkend op mijn benen begeef ik me door de lange gang naar mijn kamer. Zodra ik de deur achter me heb dichtgegooid, smijt ik de programmamap tegen de grond. Het gammele ding valt direct uit elkaar. Losse blaadjes vliegen in het rond, een pen klettert tegen het nachtkastje.

Apathisch staar ik naar de lege ruimte voor me. De stilte van de kamer omarmt me als een bezorgde moeder die me wil troosten. Snikkend geef ik me aan haar over en ik laat me op het bed vallen. Alle opgekropte angst van de afgelopen uren jank ik eruit. En terwijl de tranen maar blijven stromen, probeer ik mijn rusteloze geest tot stilte te manen. Ik wil me niet gek laten maken. Niet hier, niet nu. Ik moet doorgaan en volhouden. Maar wat kan ik doen?

Ze zitten in mijn toilettas. Ik aarzel. Ik heb ze al heel lang niet meer ingenomen, ik weet hoe ze werken. Ik ken de bijwerkingen, wil ik dat wel? Weer voel ik mijn hart bonzen, harder en harder dreunt de slag ervan door in mijn hoofd. Mijn lichaam schudt en beeft en ik dreig de controle te verliezen. Ik weet hoe erg dat is, ik weet wat de gevolgen zijn; die kan ik niet meer aan.

In paniek begeef ik me naar de badkamer, angstig staar ik naar mijn gespannen beeltenis in de spiegel. Aarzelend haal ik het doosje tevoorschijn. Mijn vingers trillen als ik het plastic bekertje dat op het plankje voor de spiegel staat oppak en uit het folie haal. Zodra ik het gevuld heb met water, druk ik een pil uit de strip. Ik neem een slok water en leg de pil op mijn tong. Wil ik dit echt? Ik was ervanaf. Ik kan hem nog uitspugen. Dan buig ik mijn hoofd, neem nog een slok water en slik het medicijn door. Mijn bleke, betraande gezicht staart me vanaf de spiegel aan, er is geen weg meer terug. Doodmoe werp ik me weer op het bed en vrijwel direct val ik in slaap.

Uren later schrik ik wakker door getik op de deur. Ik kijk op mijn horloge en zie dat het al tegen het einde van de middag loopt. De voordracht van Peter heb ik verzuimd. Zou iemand mij hebben gemist? Is het Hans? Anna misschien? Ik besluit niet open te doen. Maar de persoon achter de deur houdt vol. Opnieuw tikt iemand met een voorwerp tegen het matglas, harder en langer houdt hij dit keer aan.

Het moet Hans zijn, alleen hij weet dat ik in deze kamer verblijf, denk ik versuft. Ik heb hem verteld van Socrates. Hij maakt zich vast zorgen, zo'n type man is het wel. In een paar stappen ben ik bij de deur. Uit het silhouet kan ik niet opmaken of hij het is. De schim staat te ver van de deur af. Verstoord open ik de deur en meteen krijg ik spijt als ik in het spottende gezicht van Joke Stoep staar.

Voor ik er erg in heb, heeft ze zich naar binnen gewurmd. Brutaal loopt ze door naar de terrasdeur en schuift hem zo ver mogelijk open. Zomerse geluiden verspreiden zich door de kamer. Gespetter uit het zwembad en de stemmen die daarbij horen vermengen zich met het drukke vogelgekwetter uit de bomen. Joke leunt tegen de balustrade en neemt me van top tot teen op.

'Zo, dus jij sluit je hier op,' zegt ze uitdagend. 'Nu al genoeg van het dure programma?'

Ze wijst op de map, die opengevallen op de grond ligt. Opzichtig strijkt ze door haar geblondeerde haar. Haar bepoederde craqueléwangen geven haar gelaat iets van een oud fresco waarvan de beeltenis ieder moment in elkaar kan storten.

'En wat gaat jou dat aan?' snauw ik.

'Alles! Ik heb hier deze week de leiding. En men wil hier geen problemen. Dat zou de naam van de organisatie kunnen schaden...'

'Omdat ik besluit een middagje over te slaan?' lach ik. 'Kwam ik hier niet voor mijn rust?'

Ik voel mijn kracht terugkomen. Hoe kan het anders? Zodra ik dit walgelijke schepsel zie, begint mijn bloed te koken. Alle herinneringen aan haar en haar intrigantengedrag zijn in één klap terug. Het liefste zou ik haar een duw geven, een enorme zet tegen die mollige schoudertjes. Zodat ze over de balustrade klapt en midden in de brandnetels belandt en haar bleke, vlezige armpjes zich venijnig zullen branden. O, wat zou me dat goeddoen, maar in plaats daarvan vraag ik haar zo kalm mogelijk om te vertrekken.

'Ik neem aan dat het niet met Peter te maken heeft?' vraagt ze zo sullig mogelijk.

Ik slik. Vals kreng, denk ik, zoekend naar woorden.

'Ik wist niet dat Peter hier zou zijn, anders was ik nooit...'

'Natuurlijk, schat, dat begrijp ik. Ik had je natuurlijk meteen herkend vanochtend, zat je niet in dat zwarte Renaultje naar me te gluren? Bovendien wist ik dat je op de deelnemerslijst stond. Je had mazzel dat er iemand uitviel. Op het laatst toch nog besloten om mee te doen? Nog steeds een weifelkontje?' Omzichtig knoopt ze haar jasje open.

Mijn ademhaling stokt. Zeg iets, raast het door me heen, dien dat takkewijf van repliek.

'Als je alles al van me wist, waarom stelde je je dan vanochtend aan me voor?' probeer ik zo onderkoeld mogelijk te vragen.

'Om je even uit balans te brengen,' grinnikt ze. 'Dat doen we hier namelijk ook, weet je. Veranderen gaat nou eenmaal met schokken gepaard, ha ha... Pff, het is hier erg warm, zeg.'

Dat valse lachje. Diezelfde lach, nog steeds datzelfde hijgerige gehik. Net als toen. Alsof ze na iedere lach even naar adem moet happen.

'De komende week zal je goeddoen,' zegt ze, en opnieuw laat ze haar blik over mijn lichaam gaan. 'Ik moet zeggen: je bent geen sikkepit veranderd, nog steeds die onnozele, fletse uitdrukking op je gezicht. Meid, waar heb je toch al die jaren ondergedoken gezeten?'

Ik antwoord niet.

'Tja, voor mij was het ook puur toeval dat ik Peter hier tegen het lijf liep, hoor. We zijn elkaar indertijd uit het oog verloren. Ik meen dat het vlak na dat ongeluk van jou was dat ons contact verwaterde. Tragisch dat je hem daarvoor liet opdraaien. Ik heb er geen goed woord voor over. De arme jongen. Heb je daar nooit een schuldgevoel aan overgehouden? Poging tot doodslag, was het niet? Nou, om eerlijk te zijn: ik heb het nooit geloofd. Volgens mij was het je eigen schuld. Slik je nog steeds van die pillen?'

Zwijgend luister ik naar de tirade die ze over me uitstort. Het enige wat ik bij deze vrouw kan voelen, is leegte. Ik zie een diep gat als ik haar aanstaar.

Het zal de Seresta wel zijn. Meestal maakt het me duf en slaperig. Maar soms ga ik er vreemde dingen door zien. Het ligt ook aan de dosis en de heftigheid van de depressie. Dit keer was er nog geen paniekaanval. Alleen maar de angst dat het terug zou komen.

'Ik wil dat je vertrekt,' herhaal ik, en mijn stem klinkt kalm.

'Oké, maar je zult deze week mee moeten doen met het progamma. Of je wilt of niet. Deze kamer is te duur om alleen maar als toevluchtsoord te dienen voor neuroten zoals jij. Daar proberen we hier juist vanaf te komen. Kijk, dat je geen zin hebt in die nietszeggende praatjes van Peter, oké. Maar ga dan iets anders doen. Mediteren lijkt me wel wat voor jou. Of wat denk je van mindfulness? Typisch een manier om in het hier en nu te blijven. Hoef je je niet vast te klampen aan al die akelige dingetjes uit het verleden.'

Mijn geduld is op, ik draai me om en loop naar de deur. Als ik naar buiten stap en tegen haar roep dat ik er iemand bij ga halen, komt ze in beweging. Snuivend stapt ze langs me heen. Ik ruik haar zoete parfum, even glijdt haar hand langs mijn arm. Snel trek ik hem terug. Dan grinnikt ze plotseling dicht bij mijn oor. Ik deins achteruit. Haar valse, hijgerige lachje lost op in de beltoon van haar mobiel. Geërgerd grijpt ze ernaar. Terwijl ze me strak blijft aankijken begint ze te praten.

'Ja, ja, ik kom. Ik moest even iets checken in mijn kamer. Nee, ik ben op tijd bij het diner, uiteraard. Ja, hoor, vlees én vis, ik lust alles. Nee, zeg, waar zie je me voor aan? Vind je mij een type om vegetariër te zijn? Ha ha!'

1985

'Hoi, ben jij niet Iris?'

'Hm, ja, en wie ben jij?'

'Ik ben een vriendin van Ellen, Wendy. Ik woon sinds kort in jullie huis. Een van de zolderkamers, niet zo groot, maar ja, beter dan op en neer reizen naar Velp.'

'O, dan hebben we elkaar nog niet eerder gezien. Ik ben het afgelopen halfjaar weinig in Nijmegen geweest. Ik werk in Amsterdam.'

'Werk je?'

'Ja, bij een boekhandel.'

'Je studeert toch Nederlands?'

'Deed ik, ja. Ik ben gestopt.'

'Tijdelijk?'

'Dat weet ik nog niet. Misschien wel voorgoed.'

'Jee, en wat vinden je ouders daarvan?'

'Alleen mijn moeder leeft nog. Mijn vader is al een paar jaar dood. Ik ben de jongste,' grijns ik. 'Een soort van ongelukje...'

Mijn woorden worden opgeslokt door het geluid van de binnenkomende trein. Voor eind oktober is het een mooie dag. Hoewel de zon schijnt, is het behoorlijk fris. Ik kijk naar het dun geklede meisje voor me. Ze oogt heel hip in haar wijdvallende trui met gigantische schoudervullingen. Haar felgekleurde broek past goed bij het kleurrijke dessin van de trui. Zelf ben ik nogal ge-

matigd in mijn kledingkeus. Meestal draag ik sportieve broeken en stoere schoenen. Net als nu loop ik graag in een wijdvallend T-shirt en een tweedehands trui. Niet te veel opsmuk.

Sebastiaan hield niet van make-up. 'Je bent mooi genoeg van jezelf,' zei hij vaak en dan doelde hij op mijn dikke, donkere haar en donkere ogen. Sebas, ik mis hem nog iedere minuut. Zijn lieve kop, zijn mooie, jongensachtige lichaam. Zijn altijd opgewekte stem. Mijn waterpoloman, mijn waterrat, die nooit meer boven zou komen.

'Ik ga vandaag een dagje naar Amsterdam. Kun je me vertellen waar de leuke winkeltjes zijn?'

'Ligt eraan waar je heen wilt.'

Ik stap snel de trein in, ik weet welke plaatsen de beste zijn. Ze liggen in de stilste coupés. Het is een lange reis.

'Ik ben op zoek naar leuke kleren.'

Het meisje hobbelt achter me aan. Gooit haar tas in het bagagenet en neemt vlak naast me plaats. Als een pijl schiet ik omhoog en ga tegenover haar zitten. Ze wordt irritant.

'Oké. Nou, je kunt naar de Jordaan gaan bijvoorbeeld. Of waar ik zelf wel erg van hou, is het Waterlooplein. Tweedehandskleding, niet duur en veel keus.'

'Nee, gat, zeg!'

Het meisje trekt een vies gezicht, alsof ik haar zojuist een oneerbaar voorstel heb gedaan. 'Ik ga niet in gedragen spullen rondlopen,' snauwt ze naar me.

'Oké,' antwoord ik zuchtend.

Ik word haar nu echt zat, ik moet de hele dag nog. Meestal lees ik in de trein. Mijn baas is heel blij met een boekenwurm als ik, en zelf verlies ik me na mijn ongeluk graag in het overzichtelijke werk van de boekhandel.

Het zou toen een voorlopige oplossing zijn. Na al die weken

dat ik in coma had gelegen, moest ik heel langzaamaan weer overeind krabbelen. Als de moeder van Sebastiaan me toen niet op dit baantje had gewezen, dan weet ik niet wat ik had gemoeten. Mijn studie was in het slop geraakt en de verslagenheid over Sebas' dood leek me niet te willen verlaten. Het liefste was ik ook dood.

'Was jij niet de vriendin van Sebastiaan Klein?'

'Ja, hoezo?' Ik slik. Ik wil niet over hem praten. Zeker niet met zo'n wildvreemd kind. Waar moet zij hem van kennen, zo'n eerstejaars?

'Mijn broer zat in zijn team. Hij speelde voor dezelfde club. Niemand begreep hoe iemand zoals hij, die zo goed kon zwemmen...'

'Vind je het erg als we van onderwerp switchen?'

Ik pak mijn boek en schuif naar het raampje. Ik voel de blik van het meisje op me rusten. Ga weg, wil ik tegen haar gillen. De woorden blijven steken in mijn keel.

'Mijn broer heeft altijd beweerd dat het geen ongeluk was, maar dat iemand hem bewust heeft uitgeschakeld. Wat denk jij?'

De ogenschijnlijk onschuldige vraag treft doel. Als bij een venijnige en onverwachte wespensteek voel ik hoe de angel zich pijnlijk in me vastzet. Dit is de druppel. Het enige wat ik nog kan doen is vluchten.

Trillend van de zenuwen pak ik mijn spullen, ik ruk aan de coupédeur en zoek mijn weg door de voortrazende trein. In de laatste coupé is nog net één plekje over, naast de deur neem ik plaats aan het gangpad. Daar sluit ik me op. En terwijl ik uit het raampje staar en de tranen achter mijn ogen voel branden, besluit ik dat het tijd wordt om zo snel mogelijk op zoek te gaan naar andere woonruimte.

8

Meteen nadat ik de deur heb afgesloten, bel ik José. Ik krijg Ben aan de lijn. Hij vertelt dat zijn eega nog in de boekhandel is. 'Ja, ja, Iris, ze maakt er echt werk van, hoor.' Hij lacht vaderlijk. Ik zwijg. Hij had mijn vader kunnen zijn. De vader die ik nooit heb gehad omdat ik mijn eigen vader nauwelijks gekend heb. De laatste jaren van zijn leven sloot hij zich op in zijn studeerkamer. Ik heb me nooit echt welkom gevoeld als nakomertje. Ben daarentegen was net als José een goed alternatief voor de ouders die ik zo miste. Na de dood van mijn vader verdween mijn moeder vrijwel meteen in haar eigen wereld van dementie. Ze heeft niets van mijn studententijd meegekregen, laat staan van het ongeluk, of van mijn strijd om er weer bovenop te komen.

José en Ben moeten dat aangevoeld hebben, zij waren er altijd. Terwijl José toch maar twaalf jaar ouder is dan ik. Dit jaar wordt ze zestig. Ben heeft als verjaarscadeau een reis naar Afrika geboekt. 'Misschien wel de laatste verre reis voor mij,' had hij gezegd. En toen had hij op zijn hart gewezen. De laatste jaren liet dat hem een paar keer in de steek. Komend jaar wordt hij tweeënzeventig.

Ik moest beloven er tegen José niets over te zeggen. Zij zou het zonde van het geld vinden. Ze is altijd zo zuinig geweest, vertelde hij me trots.

Ik wist dat ze puissant rijk waren, maar dat José zuinig was, wist ik niet. Naar mij toe was ze altijd gul. Ook dat moet met haar moedergevoelens te maken hebben gehad. Waarschijnlijk omdat ze zelf nooit kinderen heeft gekregen.

Ben en ik nemen afscheid, hij wenst me veel wijsheid en bezinning, en als hij daar nog iets aan wil toevoegen, zeg ik hem gehaast gedag. Straks ga ik nog janken en dat is het laatste wat ik wil. Meteen toets ik het nummer van mijn boekhandel in. De telefoon gaat heel lang over.

'Neem nou op,' roep ik zenuwachtig in mijn mobieltje.

Ik kijk op mijn horloge, het is iets over vijven. Zou ze al weg zijn? Net als ik de verbinding wil verbreken, neemt ze op.

'Goedemiddag, u spreekt met boekhandel Looyman.' De naam van mijn oude baas klinkt me vreemd in de oren. De man is al jaren dood. Misschien wordt het tijd een nieuwe naam voor de winkel te verzinnen, denk ik verstrooid.

'Hallo?! Met wie spreek ik?'

'Met Iris.'

'Nee maar, ga je me nu al controleren? Je bent nog maar een paar uur weg!'

Ik aarzel. Moet ik haar wel lastigvallen met mijn getob? Ze zal hier niet op zitten wachten. Wat kan ze doen? Ze heeft me deze bezinningsweek cadeau gedaan, haar auto geleend, mijn winkelwerk overgenomen, me zelfs nog een extra weekje vrij-af gegeven, en wat doe ik? Na één toevallige ontmoeting uit het verleden hang ik meteen als een onzeker, jankend kind aan de lijn.

'Denk je dat ik het niet aankan? Nou, eerlijk gezegd was

het redelijk druk vandaag, komt vermoedelijk omdat het even geen strandweer is. Vooral als je in je eentje staat en er ook nog zo'n zending ramsjboeken binnenkomt... Was dat jouw idee om die nog snel even te bestellen?'

Ik hoor haar gemaakt zuchten. Ik weet hoe chaotisch een dag kan verlopen, vooral als er ook nog extra boekenzendingen binnenkomen en daar klantenbestellingen bij zitten. Die gaan voor alles. Uitpakken, mailen, bellen en tussendoor de winkel runnen.

'Ik, eh, vroeg me af of het wel allemaal lukt.'

'Kind, waarom zou het niet lukken?'

'Nou ja, misschien waren er nog dingen die ik je niet verteld had...'

'Denk je dat ik je dan niet weet te vinden? Ik heb je nummer, ik weet waar je uithangt.'

'Oké.'

'Weet je zeker dat je daarvoor belt?'

'Eh, jawel...'

'Iris?'

'Ja... nee, er is niets.'

Ik tracht kordaat over te komen, maar ik hoor mijn stem kraken. Opnieuw probeer ik de tranen te bedwingen.

'Voel je je wel goed? Heb je gehuild?'

Ik hoor het belletje van de winkel door haar bezorgde stem heen klinken. Ze groet een klant. Ik hoor de stem van een man. Dan weer de stem van José.

'Zal ik je vanavond nog even terugbellen?' vraagt ze.

'Nee, dat hoeft niet. Ik ga vroeg naar bed. Ik ben... eh, nogal moe.'

'Goed dan. Dan ga ik nu gauw verder, hoor. Morgen bel ik jou wel even, oké?'

'Ja, fijn.'

'Je hoeft je geen zorgen te maken, alles gaat hier goed! Geniet nou maar van je weekje, voor je het weet is dat weer om!'

Ze verbreekt de verbinding. Ik druk op de knop van het toestel. Mijn oog valt op de fles met port. Ik weet hoe slecht de combinatie van mijn medicijnen en alcohol is, toch schenk ik mezelf een vol glas in. Verdoving is wat ik nodig heb. Over een goed halfuur begint het diner en ik wil me niet laten kennen.

9

Hans zit onder een van de kleurrijke schilderijen in de hoek van de eetzaal. Zodra hij me ziet binnenkomen, kijkt hij verrast op en klapt zijn mobiel dicht. Hij maakt een uitnodigend gebaar. Ik weifel. Wil ik wel bij hem zitten? Ik tuur om me heen. Alle tafels zijn bezet. Een druk geroezemoes van stemmen bepaalt de sfeer in de hoge ruimte. Mijn oog zoekt Peter, die ik nergens kan ontdekken. Zou hij al weg zijn? Vast. Ook Joke Stoep is in geen velden of wegen te bekennen. Dat geeft me de moed om door te lopen.

'Hoi, ik heb een stoel voor je vrijgehouden. Ik miste je vanmiddag. Waar was je?' Hans is opgestaan. Ik zie dat hij zich heeft omgekleed. Hij draagt een kaki bandplooibroek en een roze gestreept overhemd onder een zachtblauw linnen jasje. Gewaagd, denk ik en ik realiseer me dat ik nog steeds rondloop in mijn oude jeans en een gestreept T-shirt. Ook valt het me nu pas goed op dat het haar rondom Hans zijn oren uit kleine, peper-en-zoutkleurige krulletjes bestaat. Hij lacht vriendelijk en biedt me de stoel bij de muur aan. Aarzelend kruip ik achter de tafel. Als ik hier ga zitten, kan ik niet snel weg, denk ik nerveus, maar ik heb zo wel goed zicht op de zaal. Nog voordat ik iets kan antwoorden, loopt iemand van de bediening op ons tafeltje af en vraagt wat ik wil drinken. Rode of witte wijn? Een andere keus is er niet. Water staat al op tafel. Ik kies voor wit.

Hans kijkt me verwachtingsvol aan. Ongemakkelijk sla ik mijn ogen neer en staar naar mijn volle wijnglas.

'Proost!' zegt hij spontaan. Hij heft zijn glas.

'Proost,' antwoord ik timide en ik tik mijn glas voorzichtig tegen het zijne.

De spontaniteit waarmee Hans me bejegent mag dan wat overweldigend zijn, hij haalt me wel even uit mijn gepieker. En dat is op dit moment precies wat ik nodig heb.

We eten een frisse carpaccio vooraf, en terwijl ik nog steeds schichtig om me heen blijf kijken, praat Hans gezellig door. Hij vertelt over de afgelopen middag, die voor hem zeer leerzaam was. Voor iemand zoals hij, die nooit met spiritualiteit in aanraking is geweest, biedt dit een heel verhelderende kijk op het leven, zegt hij. En hij verheugt zich dan ook op de rest van de week. Dat ik nog steeds niet verteld heb waar ik de rest van de middag uithing, schijnt hem niet langer te interesseren. Vrolijk kletst hij door.

Zodra zijn glas leeg is, wordt het weer volgeschonken. Ik nip van het mijne. Ik voel nog steeds het effect van de port op mijn lege maag en de eerder genomen pil. Ik moet trachten helder te blijven.

Tijdens het hoofdgerecht blijven de pretogen van Hans opeens op zijn smartphone rusten. Zwijgend leest hij een binnengekomen berichtje. Zie ik daar een verontruste blik?

'Een van mijn dochters,' zegt hij verontschuldigend en hij lacht weer die ontwapenende lach waar ik na nog geen halve dag al aan gewend ben geraakt.

'Ze zijn bij hun moeder.'

'Oké.'

Ik doe mijn best om net zo ontspannen te lachen als hij, maar mijn mond blijft steken in een grimas.

'Heb jij kinderen?' vraagt hij terwijl hij de telefoon dichtklapt.

'Eh, nee.' Ik aarzel. 'Het is er nooit van gekomen,' voeg ik er binnensmonds aan toe.

'Nog wijn?' Een van de jongens die serveert houdt me een fles voor.

'Graag,' zeg ik om van hem af te zijn. Ook Hans wordt bijgeschonken. Meteen neemt hij een slok. Verbeeld ik het me, of is hij net als ik nerveus?

'Kom je vanavond wel?'

Zonder me aan te kijken neemt hij een hap van het hoofdgerecht, dat inmiddels is opgediend. Ik volg de bewegingen van zijn mes en vork. Mijn oog valt op zijn vingers. Het zijn niet de handen van iemand die kantoorwerk doet. Eerder van iemand die dagelijks in de grond wroet, of iets anders waar je handen van gaan kloven. Onder de nagel van zijn wijsvinger zit een grijs rouwrandje, net als onder die van zijn duim. Weer probeer ik me te herinneren wat hij ook alweer over zijn werk heeft verteld.

'Vanavond?' vraag ik.

'Ja, Peter laat ons dan kennismaken met bepaalde muziek die kan leiden tot oplossingsgericht denken...'

'Is hij er vanavond dan nog steeds?!' Zenuwachtig schieten mijn ogen door de zaal. Ik grijp naar mijn glas en neem een flinke teug van de wijn.

'Jazeker, heb je het programma dan niet bekeken? Het gaat tot tien uur door en daarna is er een nazit aan de bar.'

Fronsend kijkt Hans me aan. 'Ik geloof dat je wat afwezig bent geweest. Komt dat misschien omdat jullie elkaar kennen?'

'Wie?'

'Jij en Peter.'

Ik wil niet antwoorden. Ook al zijn de pretogen van Hans een welkome afleiding voor mijn duistere getob en ook al klinkt zijn warme stemgeluid als een lieflijk, kabbelend bergbeekje in een donker bos, praten over Peter gaat me niet lukken. Never!

'Ik was vanmiddag nogal moe,' zeg ik om van onderwerp te veranderen. 'Toen ik even ging liggen, viel ik meteen in slaap. Ik heb geen wekker bij me, daar zal ik nog iets op moeten verzinnen. Vandaar dat ik er niet bij was. Ik denk dat ik straks een wandeling ga maken. Om op te frissen. Ze hebben hier een paar aardige wandelroutes, heb ik begrepen.'

Ik merk dat zijn aandacht verslapt.

'Het ligt aan mij,' ga ik snel verder om een pijnlijke stilte te voorkomen. 'Ik moet altijd even acclimatiseren als ik aan iets nieuws begin. Morgen doe ik weer volop mee met het programma. Heb je al een idee waarover dat zal gaan?'

Hans geeft geen antwoord. Hij drinkt opnieuw zijn glas leeg. Blijkbaar begin ik hem te vervelen, vermoedelijk omdat hij genoeg krijgt van iemand die maar zo half betrokken is bij een dure zomerweek als deze.

Misschien denkt hij dat ik hier met een ander doel zit, en dat ik mijn oog daarbij op hem heb laten vallen. Maar is dat niet eerder andersom, corrigeer ik mezelf.

Nu heeft hij opnieuw zijn smartphone geopend en hij scrolt door het menu.

Ik kijk van hem weg. Mijn oog valt op Anna, die aan het

tafeltje naast me zit. Ze is in een druk gesprek gewikkeld met twee vrouwen. Een wat oudere man die bij hen aan tafel zit, zie ik af en toe beleefd knikken. Hij voelt zich duidelijk niet op zijn gemak, zijn ogen dwalen door de zaal. Even kruisen onze blikken elkaar. Dan wordt het dessert opgediend.

'Ik kijk naar de weersverwachting,' zegt Hans als hij opkijkt van zijn mobiel. 'Zo te zien komt de zomer vanaf morgen pas echt goed op gang. Hebben wij even geluk!'

Ik knik naar hem en erger me onmiddellijk aan mijn stomme gedachten van zo-even. Laat ik nou eens proberen niet steeds dingen in te vullen voor anderen, denk ik, en bijna schaamtevol blik ik naar Hans, wiens gezicht begint te stralen als hij me het weerbericht voorleest: 'Vannacht helder met weinig wind, en vanaf morgen flinke opklaringen met meer ruimte voor de zon. Stijgende temperaturen. De rest van de week aanhoudend warm zomerweer. Heb je je badpak meegenomen?' vraagt hij belangstellend. Weer is er die ondeugende blik in zijn ogen.

Een spontane lach ontsnapt uit mijn mond. Ik heb zijn aandacht weer te pakken. De wijn maakt me doezelig en loom. Ontspannen kijk ik naar de man die tegenover me zit en ik moet toegeven dat hij me wel bevalt. Hij heeft iets relaxeds, iets wat ik nog maar zo weinig tegenkom de laatste tijd. De meeste mannen die ik via mijn winkel ken, zijn vaak zo opgefokt. Sommigen zijn pas gescheiden en niet van plan zich ooit nog te binden. Anderen zijn juist aan de tweede leg of drinken zich iedere avond klem in het café. Weer anderen zijn zo eigengereid dat geen enkele vrouw belangstelling toont. Nee, deze man is een welkome afwisseling. En nu ik hem wat beter durf te bekijken, moet ik toegeven dat hij best een leuke kop heeft.

'Heb je er bezwaar tegen als we straks samen die wandeling gaan maken?' vraagt hij plotseling.

Ik schrik. Zou hij gedachten kunnen lezen? Heb ik hem zo zitten aanstaren? Een warme blos trekt over mijn wangen. Snel concentreer ik me op mijn toetje. Gaat het niet te snel tussen ons? Zoekend naar het juiste antwoord zie ik vanuit mijn ooghoek iemand op ons tafeltje aflopen. Hierdoor merk ik niet dat die persoon opeens achter Hans blijft stilstaan. En net als ik tegen Hans wil zeggen dat het me heerlijk lijkt als hij met me mee wandelt, staar ik in de grijnzende tronie van Peter Schaap.

Mijn hart bonst als een gek als ik hem over Hans heen zie buigen. En alsof hij Hans al jaren kent, slaat hij amicaal een arm om diens schouder. Terwijl hij mij strak aankijkt, vraagt hij aan Hans of het hem hier bevalt. Hans kijkt verheugd op. Zo veel persoonlijke aandacht van de tutor, zie je hem denken, dat willen we allemaal wel.

'Ja, hoor, het bevalt me hier uitstekend!' zegt Hans. 'Zeker in het gezelschap van zo'n mooie vrouw als Iris.' Hij geeft mij een knipoog en lacht stoer naar Peter.

Een misselijkmakend gevoel trekt door mijn maagstreek, doet mijn benen trillen en mijn bloed koken. Sodemieter op, wil ik gillen. Maar ondertussen staar ik glazig naar mijn halflege dessertbordje. Ik kan geen hap meer door mijn keel krijgen.

'We hebben je vanmiddag gemist,' zegt Peter zijig. 'Ga je dat straks goedmaken?'

'Nee,' grom ik. Het antwoord komt uit mijn tenen. Ik kijk hem bewust niet aan. Terwijl ik voel hoe hij mijn blik probeert vast te houden, gun ik hem van mijn kant geen blik terug. Ik wil niet in die valse ogen kijken, nooit meer.

'Is er iets wat je niet bevalt aan mijn programma?' Opnieuw die zoetgevooisde stem, die walgelijke maniertjes, dat quasigeïnteresseerde hoofd. Ik was bijna vergeten hoe erg het was.

Zwijgend pak ik het servet van mijn schoot. Met bevende vingers leg ik het terug op tafel. Als ik mijn ogen opsla naar Hans vang ik zijn onderzoekende blik. In zijn ogen ligt een door alcohol vertroebelde blik. Ook zie ik er onbegrip in branden. Voordat ik opsta, probeer ik naar hem te glimlachen. Het wordt een bemoedigend knikje. Dan schuif ik mijn stoel naar achteren en raap ik al mijn moed bijeen. Ik sta nu vlak voor Peter. Hij doet geen stap opzij. Nog één stap dichterbij en ik kan zijn adem voelen. Om zijn mond speelt dat overbekende lachje: zelfverzekerd en arrogant, een man-van-dewereldlach.

'Ik zal je zeggen wat mij niet aan jouw programma bevalt,' sis ik, terwijl ik me bevend op de vloer concentreer. 'Dat ben jij!'

1985

Het is half augustus. En hoewel het een prachtige dag is en de zon al dagen niet van de hemel wil wijken, heb ik het gevoel dat alles om me heen donker en kil is. Nerveus pluk ik aan een loszittend draadje aan mijn versleten T-shirt. De wachtkamer van mijn therapeut is koel. De dikke muren van het oude gebouw houden iedere zonnestraal buiten de deur. Om de minuut blik ik op mijn horloge. Altijd als ik hier ben, doemt het gevaarte weer voor me op. Dan word ik geacht erover te praten. Over de rode sportauto van Peter.

En hoewel mijn operaties voorspoedig zijn verlopen en de fysio-

therapeut dik tevreden is over mijn resultaten – 'Zeker na wat jou is overkomen,' zegt hij steeds –, ben ik psychisch een wrak.

Straatvrees, pleinvrees – welke vrees niet? –, irreële angsten, hartkloppingen en een niet afnemende doodswens hebben vanaf het moment dat ik wist wat me was overkomen mijn leven bepaald. Volgens mijn therapeut zaten die gevoelens er al veel langer. Maar dat had toen met de dood van Sebastiaan te maken. Na mijn ongeluk werd alles versterkt.

De sombere buien gingen over in een depressie en de woede over Peters gestalk maakte plaats voor een niet te stoppen doodsdrift. Vooral toen ik achter de ware toedracht van Sebas' ongeval kwam, wilde ik dat Peter voorgoed uit mijn leven zou verdwijnen. Het tegendeel gebeurde. Hij drong zich op als nooit tevoren.

Ik had alles aan mezelf te danken, het was mijn eigen schuld. Die gedachte liet me niet meer los. De dood van Sebas en het verdriet van zijn moeder... Als ik er niet meer zou zijn, zou iedereen gelukkig worden. Dan kwam alles vanzelf goed.

Volgens mijn therapeut is dat de grootste onzin die er bestaat. Hij noemt dat 'doemdenken' en hij vindt dat ik daar zo snel mogelijk vanaf moet.

Maar hij kent niet het hele verhaal. Dat ene deel waar ik niet met hem over spreek tijdens de sessies, dat stukje dat ik voor mezelf houd.

'Een jonge vrouw als jij die door duidelijk aantoonbare oorzaken in deze situatie is beland, moet zichzelf weer uit het dal omhoog kunnen trekken,' zegt hij vaak.

Hij verwacht dat ik met zijn hulp en de bijbehorende medicatie volgend jaar om deze tijd weer gewoon aan de studie ben. Hij heeft er alle vertrouwen in. Hij wel.

Misschien heeft hij gelijk, want nu ik erover nadenk ben ik, ondanks alle negatieve gevoelens, vandaag wel voor het eerst al-

leen hiernaartoe gekomen. Hij zal verrast zijn me hier zonder vriendin, huisgenootje of broer aan te treffen.

Om de seconde kijk ik nerveus van mijn horloge naar de deur die straks voor me openzwaait. Dan opeens hoor ik hem lopen. Hij is te laat. De oude vloer kraakt onder zijn gewicht. Hij zegt vaak dat hij een beetje te zwaarlijvig is. Ik vind hem ronduit vet. Vanochtend heb ik me voorgenomen de consulten te gaan afbouwen. Dat komt ook omdat de moeder van Sebas gisteravond belde, ze heeft een baantje voor me gevonden. Het is bij een boekhandel. Werken verzet de zinnen, vindt ze. Wat is ze flink. Met een brok in mijn keel beloofde ik haar zo snel mogelijk een afspraak met de eigenaar te zullen maken. Minutenlang stond ik nog met de hoorn in mijn hand naar de ingesprektoon te luisteren. Als de moeder van Sebas zo lief voor me is, dacht ik, dan moet ik ophouden met mijn gezeur. Dan wordt het tijd dat ik mijn leven weer ga oppakken.

10

Zo snel als ik kan vlieg ik de eetzaal uit in de richting van de grote hal. Langs de incheckbalie naar de uitgang. Naar buiten moet ik, weg van hier. Weg uit dit verstikkende gebouw. Als ik bijna de deur naar de uitgang heb bereikt, werp ik nog even een blik over mijn schouder. Goddank, hij komt me niet achterna.

In mijn haast om weg te komen zie ik de kleine, zwarte schoudertas die voor de incheckbalie staat over het hoofd. Voor ik er erg in heb, schiet mijn voet in het hengsel van de tas, ik blijf haken en word gelanceerd. Wild sla ik met mijn armen om me heen in een poging me aan de balie vast te grijpen. Het oppervlak is te glad. Ik glijd weg. Iemand grijpt me vast en vlak voordat ik tegen de grond kletter, voel ik hoe de handen mijn lichaam voor een valpartij weten te behoeden. Buiten adem draai ik me om naar degene die me beet heeft.

Het is een grote, zwarte man met dito ogen. Lachend kijkt hij op me neer. Hij draagt een spierwitte jurk over een zachtgroene pantalon en op zijn schouders dansen lange, zwarte rastakrullen. Verrast kijkt hij me aan. Over zijn gezicht ligt een zonnige glans en de eveneens spierwittetandenlach die daarbij hoort, doet me onmiddellijk smelten. Hij spreekt me in het Engels aan en vraagt waarom ik zo'n haast heb.

Ik begin te hakkelen. Ik ben zo verbaasd over deze bijzondere verschijning dat ik niets anders dan 'Sorry, sorry' kan zeggen. Opnieuw is er die stralende lach. Zijn ogen hebben een hypnotiserende werking. Ze lijken me te willen kalmeren, zoals een vader zijn huilende kind na een valpartij kalmeert, vol geduld en liefde.

Ik voel me steeds ongemakkelijker worden. Zeker nu hij zijn handen zo in elkaar vouwt dat het lijkt alsof hij voor me gaat bidden. Zwijgend maakt hij een kleine buiging voor me. Daarna keert hij zich weer om naar de balie, alsof er niets gebeurd is, en vervolgt zijn gesprek. Schutterig druip ik af naar buiten.

Nog enigszins verward over deze vreemde ontmoeting loop ik de parkeerplaats op. Daar is alles doodstil en verlaten. Iedereen zit inmiddels aan de koffie of maakt zich op voor de volgende lezing. Tja, welke idioot gaat er zo vlak voor de avondsessie ook zomaar vandoor, raast het door me heen. Automatisch loop ik in de richting van mijn auto.

Als ik de Renault ben genaderd, blik ik nerveus om me heen. Niemand te zien. Het valt me op dat de grote zwarte Toyota weg is. Mijn ogen speuren snel het terrein af. Heeft ze hem ergens anders geparkeerd?

Ik haal mijn autosleuteltje tevoorschijn en stap in de auto. Besluiteloos staar ik naar het contact. Wat kan ik doen? Ik kan een stukje gaan rijden. Maar vrijwel meteen besef ik hoe aangeschoten ik ben. Wat dan? Ik pieker er niet over om naar mijn kamer te gaan – voorlopig wil ik niemand tegen het lijf lopen –, laat staan dat ik weer naar het hoofdgebouw terugga.

Het autoklokje geeft kwart voor zeven aan. Ik tel er een uur bij op en neem me voor die avondwandeling te gaan maken. Wat anders? Wandelen doet me goed. Het maakt mijn hoofd leeg, en als er iets is wat ik nu kan gebruiken, dan is dat een lege geest.

Voordat ik uitstap kijk ik nog even in het spiegeltje. Geen Joke, geen anderen, alleen mijn eigen angstogen. Gehaast stap ik uit, ik pak mijn wandelschoenen uit de kofferbak en als ik de veters heb gestrikt ga ik op pad.

De vroege avondlucht is aangenaam zacht. Het zomerweer zal niet lang meer op zich laten wachten. Geen blaadje aan de boom dat beweegt, geen zuchtje wind dat zich doet voelen. En als ik niet zo opgefokt zou zijn over deze vreselijke dag, dan had dit een aangename afsluiting kunnen worden. Nu loop ik gehaast door. Zo snel mogelijk wil ik verdwijnen, weg van het hotel en van iedereen die daarbij hoort.

Het bospad dat naar een gemarkeerde route leidt, loopt schuin omhoog langs een op het oog leegstaande, houten schuur. In het voorbijgaan werp ik even een nieuwsgierige blik door een van de overwoekerde raampjes. Mijn romantische verwachtingen worden meteen de kop ingedrukt als ik zie hoe kaal en stoffig de ruimte vanbinnen is. Het enige wat ik kan onderscheiden zijn een paar tuintafels, parasols en stoelen.

Snel vervolg ik mijn pad. En zonder me af te vragen waar ze me zullen brengen, volg ik de rode stippen die hier en daar op een boomstam zijn aangebracht. Zodra ik het open veld bereikt heb, worden de stippen vervangen door rode paaltjes.

Ik moet al zeker een halfuur onderweg zijn als ik erachter kom dat zowel mijn mobiel als mijn horloge nog op mijn kamer ligt. Ook ontdek ik dat ik behalve mijn autosleutel geen enkele andere sleutel in mijn broekzak voel. Het plastic sleutelkaartje van mijn kamer moet ik hebben verloren.

Weer peins ik of ik er wel goed aan doe om te blijven. Tot nog toe heeft deze dag me alleen maar ergernissen, angst en paniekgevoelens opgeleverd. Maar als ik vertrek, waar ga ik dan heen? Teruggaan is geen optie. José ziet me aankomen.

Ik heb nog twee weken voor de boeg. Als ik die tweede week al zou laten zitten, zal ik toch iets met deze week aan moeten. Waar ga ik heen? Me zomaar in een ander hotel opsluiten? Ik heb er weinig trek in. Ook de financiën ontbreken me om zonder doel even ergens een weekje te gaan zitten in mijn eentje. Juist de combinatie van dit heerlijke oord in deze prachtige omgeving, de cursus en de aardige mensen die ik hier tref maken deze week zo aantrekkelijk...

Ik moet aan Hans denken. Ik heb hem niets over Peter verteld. Wederom ben ik zomaar weggerend. En dat terwijl hij zo aardig is en zo betrokken. Wat moet hij niet van mij denken?

Morgen, mijmer ik, morgen als Peter weg is, ga ik het goedmaken met Hans. En daarmee staat mijn besluit om te blijven vast.

11

Het is al behoorlijk donker als ik in de verte de buitenlichten rondom het terras zie fonkelen. Goddank, ik heb het hotel teruggevonden. Mijn voeten branden en mijn wangen gloeien. Ik moet uren hebben gelopen.

Toen de duisternis inviel en ik geen enkel rood paaltje of rode stip meer kon onderscheiden, wist ik opeens wat het verschil was tussen een bosrijke omgeving en de stad. Nergens ontdekte ik een teken van leven. Geen ANWB-paddenstoelen, geen bewoonde wereld. Behalve het bos om me heen was er niets te zien. Het enige wat ik kon doen, was mijn opkomende angst negeren en doorlopen. Langs dichte begroeiing en over open zandvlaktes. Waar iedere kuil op de vorige lijkt en waar geen einde aan de rulle, onbegaanbare grond komt. Waar het geluid van de nacht en de dieren die daarbij horen zich langzaam aan je opdringt.

Zo dwaalde ik, struikelend over boomstronken. Ik veegde spinrag uit mijn haar en sloeg laaghangende takken uit mijn gezicht. En net toen mijn zenuwen het leken te begeven, ging het bospad over in een schelpenpad en kon ik weer normaal lopen.

Meteen realiseerde ik me dat dit pad ergens naartoe moest

leiden. En weer liep ik door tot de volgende kruising. Dit keer was het een fietspad dat mijn weg kruiste. Er doemde een bord op en de naam van het hotel werd zichtbaar. Goddank, ik zat op de goede weg!

Nu heb ik mijn einddoel bijna bereikt. Doodmoe open ik het hek van de omheining van het landgoed. Ik steek de half donkere parkeerplaats over en sjok op mijn laatste benen in de richting van het hoofdgebouw. Of ik wil of niet, ik zal een nieuwe sleutelpas moeten halen. Bijna heb ik de ingang bereikt, of ik hoor plotseling de snerpende stem van Joke Stoep.

Stokstijf blijf ik staan. Ze staat onder de lamp bij de ingang. Een groepje rokers heeft haar aandacht. Hierdoor ziet ze mij niet aankomen. Als ik me vlug achter een struik verberg hoor ik haar over iemand uitweiden.

'We zijn heel blij dat hij ons centrum een bezoek brengt. Hij is maar kort in Nederland en dan net tijdens deze bezinningsweek. We mogen ons zeer gelukkig prijzen.'

Als je niet beter wist, dan zou je denken dat ze een heel bescheiden en integere vrouw is. Ik weet wél beter. Bij Joke is alles toneelspel. Ze kan heel goed acteren. Ook deze rokers windt ze een voor een om haar vingers met gelakte nagels. De heks.

'Oké, mensen, voor mij is het morgen weer vroeg dag,' gilt ze. 'Om zes uur heb ik eerst mijn ochtendmeditatie en daarna mijn yogalessen, daarom ga ik jullie nu verlaten. Ik wens jullie een fijne nacht. Maak je hoofd leeg en rust goed uit. Dan zie ik jullie morgenvroeg weer aan het ontbijt.'

Aansteller, denk ik. Ik walg van haar.

Als ik het korte tikken van haar hakken hoor, kom ik uit mijn schuilplaats tevoorschijn. Ongemerkt wip ik langs het groepje rokers het hotel binnen. Een kleine, wat oudere vrouw met opgestoken haar kijkt me vragend van achter de balie aan. Ze draagt dezelfde donkere kleding als haar jongere collega van vanochtend, maar is een stuk aangenamer in de omgang. Vriendelijk vraagt ze wat ze voor me kan doen. Ik vertel van de zoekgeraakte sleutelpas en dat ik niet weet waar ik hem heb verloren. Ik zeg dat het me spijt en dat ik hoop dat hij door iemand wordt gevonden. Ze knikt begripvol, tikt iets in op haar toetsenbord en overhandigt me een nieuw kaartje.

Ik bedank haar en spoed me meteen naar de uitgang. In het voorbijgaan blik ik nog even opzij naar de bar, waar ik vanuit mijn ooghoek Hans zie staan. Nonchalant hangt hij tegen de bar. En terwijl hij een whiskyglas in zijn ene hand houdt, heeft hij zijn andere hand diep in de zak van zijn broek gestoken. Hij praat tegen iemand die tegenover hem op een barkruk zit. Hoewel zijn gesprekspartner voor het grootste deel schuilgaat achter een zuil en slechts zijn broekspijpen en schoenen voor mij zichtbaar zijn, hoef ik niet lang te kijken om te weten bij welke persoon die kledingstukken horen. Het is Peter Schaap. Wat doet die hier nog, vraag ik me balend af. Zou hij niet weggaan?

12

Een jengelend en mechanisch melodietje wekt me uit mijn slaap. Verbaasd rek ik me uit. Kennelijk ben ik gisteravond nog in staat geweest om het alarm op mijn mobiel aan te zetten. Ik kan het me niet meer herinneren.

Het is halfacht. Een streep zonlicht valt door de spleet tussen de gordijnen. Zo te zien wordt het een mooie dag. Ik staar naar de sidetable tegenover mijn bed, met daarop de aangebroken fles port, en krijg onmiddellijk spijt van het slaapmutsje van gisteravond. Mijn hoofd is brak, mijn benen slap en lamlendig. Als ik mijn ene been optrek, zet zich een krampscheut vast in mijn kuit. Meteen spring ik naast mijn bed. Wrijven over de pijnlijke plek helpt niet, de kramp zet zich vast en spastisch spannen zich nu ook mijn tenen aan, ik vloek van de pijn. Hinkend bereik ik de badkamer, waar ik de douchekraan open. Zodra de warme straal mijn stijve lichaam ontspant, valt ook de druk op mijn kuitbeen weg.

Ik denk terug aan mijn wandeling van gisteravond en aan mijn besluit om hier te blijven. Ik wil me niets van die Joke Stoep – of van Dam, zoals ze zich nu noemt – aantrekken, en ook Peter ga ik zo goed en zo kwaad als dat kan ontlopen. Ik laat me deze week niet afpakken. José had volkomen gelijk toen ze zei dat ik zo veel mogelijk moet proberen te genieten. Haar wijze woorden 'Grijp die kans om voorgoed met je verleden te breken' resoneren nog in mijn hoofd.

Dat een groot deel van dat verleden zich hier nu ook ophoudt, mag dan misschien een waardeloze samenloop van omstandigheden zijn, ik kan het ook als een uitdaging beschouwen. Met de juiste dosering Seresta moet het lukken me erdoorheen te slaan.

Enigszins verkwikt door de douche begeef ik me een halfuurtje later op weg naar het hoofdgebouw. De sweater die ik om mijn schouders heb geslagen is al haast te warm, de temperatuur schiet met de minuut omhoog.

Het zomerse karakter heeft ertoe geleid dat alle terrasdeuren van de eetzaal openstaan. Een lange buffettafel met broodjes, yoghurt en vers fruit staat uitnodigend in het midden van de zaal. Een van de cursisten, een kleine, dikke man, heeft voor zichzelf een flink bord volgeladen met roerei en geroosterd brood.

Nog ietwat gespannen speur ik de rest van de omgeving af. Een groepje rokers zit druk pratend bij het zwembad. Het zonlicht beschijnt als een spotje hun bleke gezichten. Als mijn ogen op zoek gaan naar Peter kunnen die hem nergens ontdekken. Dat lucht op. Ook Hans heb ik nog niet gezien. De enige die ik ontwaar, en herken aan haar hoge uithalen, is Joke Stoep.

Ze draagt vandaag een strak getailleerde, okerkleurige zomerjurk. Onverbloemd toont de jurk haar vetrollen. Heen en weer zwikkend op haar hoge hakken probeert ze dan misschien de indruk te wekken over ellenlange benen te beschikken, in haar geval werkt het beslist averechts. Ze ziet eruit als een struisvogel. En als ik niet zo'n hekel aan haar had, dan zou ik haar bijna zielig vinden. Zo'n sneu en onooglijk vrouwtje waar je een diep medelijden voor kunt voelen.

Nu pas valt mijn oog op de persoon met wie ze staat te praten. Het is de lange, donkere man die me gisteravond bij mijn middel greep en me voor een val wist te behoeden. Zijn lange rastahaar heeft hij in een staart bij elkaar gebonden. Op zijn gezicht ligt weer diezelfde onbezorgde lach van gisteravond.

'Zo, eerst maar eens ontbijten, je krijgt hier trek van de gezonde lucht, vind je ook niet?'

Ik kijk achter me en zie daar Anna staan. Ook zij heeft zich in een zomerse outfit getooid. Haar lange, bleke armen steken kinderlijk uit een mouwloos bloesje. Het geeft haar iets kokets. Net als toen we kennismaakten, neemt ze me ook nu weer onderzoekend op. Ze wijst naar een tafeltje bij het raam. 'Daar?' vraagt ze terwijl ze me een ontbijtbordje van de buffettafel aanreikt.

'Eh... ja, goed, hoor,' zeg ik aarzelend en ik kijk naar de overdaad aan broodjes. Voor iemand als ik, die meestal haar ontbijt overslaat, is het al heel wat dat ik met één croissantje op mijn bord achter Anna aan schuifel naar het tafeltje bij het raam.

'Koffie?' vraagt ze als we zitten. Ze houdt de kan boven mijn kopje.

'Graag.'

'Nou, vandaag wordt een speciale dag, denk je niet?' Van achter haar brillenglazen kijkt ze me stralend aan.

'In welk opzicht?' vraag ik onwetend.

'Josh Curtis is er! Een van de belangrijkste Afro-Amerikaanse goeroes van dit moment!' roept ze opgetogen. En als ik haar niet-begrijpend blijf aankijken, kijkt ze geërgerd en staart ze me aan alsof ze tegenover de domste vrouw van de wereld zit.

'Hij is bekend geworden na een interview met Oprah Winfrey, schreef diverse boeken over "innerlijke vrijheid" en wordt door niemand minder dan Deepak Chopra geroemd. Je wilt toch niet zeggen dat je hem niet kent?!'

Vlug schenkt ze nog een kop koffie in. Zenuwachtig kijkt ze om zich heen.

'Heb je hem al gezien?' vraagt ze in de overtuiging dat ik weet over wie ze het heeft.

'O, ja, dat wil zeggen... ik geloof dat ik hem gisteravond al tegen het lijf ben gelopen,' mompel ik. 'Maar nee, ik ken hem niet, ik heb zelfs nog nooit van hem gehoord. Is dat erg?'

Anna luistert niet. Als ze het onderwerp van ons gesprek ziet binnenkomen, draait ze zich meteen om. 'Kijk, daar heb je hem!' fluistert ze opgewonden en haar hoofd raakt bijna het mijne als ze zich over het kleine tafeltje naar me toe buigt.

Mijn ogen volgen de donkere man, die in de richting van de grote zaal loopt. Achter hem dribbelt Joke Stoep. Anna kijkt op haar horloge. 'Zullen we ook?' vraagt ze gespannen terwijl ze haar stoel achteruitschuift.

Ik ben blij met Anna. Zonder me moeilijke vragen te stellen stuurt ze me heel kordaat in de richting die ik nodig heb. Ongemerkt kan ik me laten meeslepen in het programma van de dag. Ik pak mijn tas en wandel achter haar aan naar de zaal, die al bijna vol zit met cursisten. Anna begint te mopperen als ze ziet dat over sommige stoelen colbertjes of andere kledingstukken hangen, ze noemt dat hondsbrutaal. Ook de stoelen waar een laptopkoffertje onder staat kunnen wij maar beter laten voor wat ze zijn. Mij maakt het niet veel uit waar ik zit, maar Anna speurt naar de plek met het beste uitzicht op het podium. Als ze twee stoeltjes aan de zijkant bij het raam heeft gevonden, wenkt ze me dat ik moet opschieten.

'Prima plek,' zeg ik kalm. 'Lekker fris ook, zo dicht bij het raam en de buitendeur. Mochten we ons gaan vervelen, dan kunnen we zo het terras op lopen.'

'Vervelen?!' Geschokt kijkt Anna me aan. 'Waar héb je het over? Waarvoor zit jij hier eigenlijk?' zegt ze opeens heel bits. Haar blik wordt argwanend. 'Wilde je niet bevrijd worden van een verkeerstrauma, of heb je dat gisteren ter plekke verzonnen?'

Sprakeloos vanwege haar botte opmerking moet ik haar een antwoord schuldig blijven. En alsof iemand haar zojuist verteld heeft dat je mij maar beter niet kunt geloven, kijken haar brillenogen me wantrouwend aan.

Wat kan ik zeggen? Tot nog toe heb ik weinig van mezelf laten zien, laat staan dat ik heb bijgedragen aan het groepsgevoel. Ik ken de spreker van vandaag niet en over die van gisteren deed ik een niet mis te verstane uitspraak. Vervolgens nam ik de benen en liet ik me de rest van de middag niet meer zien.

Het is natuurlijk logisch dat ik in de ogen van een spontaan en primair reagerend type als Anna een tikkeltje vreemd ben. Maar hoe ik ook mijn best doe om haar een oprecht antwoord te geven, ja, me zelfs te willen verontschuldigen voor mijn onaangepaste gedrag, ik kan niets anders doen dan zwijgend in haar felle ogen staren.

1985

Zijn warme handen glijden over mijn blote schouders, zacht en sterk zijn ze. Als ze langs mijn nek omlaaggaan voel ik even een kleine tinteling. Behoedzaam zakken ze af naar mijn schouderbladen en langs mijn ruggengraat en mijn wervels kneden ze zich een weg naar beneden. Tot aan mijn heup gaat het goed. Pas als zijn vingers zich in de spieren rondom dat gewricht boren, schreeuw ik het uit van de pijn. De pin die daar de boel op zijn plaats moet houden protesteert. Meteen trekt hij zijn handen terug.

'Het gaat goed,' zegt hij opgewekt terwijl ik zachtjes blijf doorkreunen. Nu glijdt zijn hand langs mijn dijbeen, ook daar voelen de spieren hard en stijf. Zijn soepele vingers creëren ruimte en maken los wat vast zit.

'Ze wil in het wit, met alles erop en eraan. De kerk, een diner, een feest en daarna op huwelijksreis,' babbelt hij verder. 'Weet je wat me dat gaat kosten?!'

Ik heb geen idee. Ik heb me nog nooit in huwelijken verdiept. Het enige waar ik me tot nog toe mee bezighoud, is studeren, de bioscoop bezoeken en tot diep in de nacht doorzakken met mijn vriendinnen. Mijn leven gaat zijn gangetje. Ik heb een soort van verkering met Peter, die volgens mijn vriendinnen dé spetter van de universiteit is, en het leven lacht me toe.

Zeker toen ik de aandacht van Sebastiaan op me wist te vestigen was ik heel gelukkig. Sebastiaan vond Peter een dweil. Een opportunistische, rechtse slappeling. Ik moest vaak lachen om de strijd die beide mannen in mijn bijzijn voerden. Als twee kemphanen stonden ze dan tegenover elkaar. Hun woordenstrijd ging zogenaamd over de grote vragen des levens, terwijl ik wist dat het gewoon om seks ging. Wie van hen zou mij als eerste in zijn bed krijgen?

Avondenlang verbleven we in elkaars gezelschap. Drinkend, pratend, rokend. Tot diep in de nacht discussies voerend over wereldvrede, kernwapens of andere maatschappelijke zaken die ons zorgen baarden. En al die tijd wist ik dat het, na mijn gescharrel met Peter, Sebas zou worden. Hij was zo veel leuker en aantrekkelijker dan Peter. Ja, als ik al over een verbintenis nadacht, dan was dat met hem. Zelfs toen het even niet liep tussen ons.

'...maar ze krijgt alles van me gedaan, en dat weet ze. Ik gun het haar zo, die bruiloft. Dan maar weer een paar extra overuurtjes draaien en van die minder fortuinlijke meisjes een beurt geven...'

'Zeg, je houdt je wel een beetje in, hè?' zeg ik gesmoord in de handdoek waar mijn gezicht tegenaan drukt. Wanneer ik mijn hoofd optil, trekt er een pijnscheut via mijn rug naar mijn nek. Weer slaak ik een kreet.

'Aha, ik wilde even kijken of er nog leven in je zat. Mooi, dan zijn we nu klaar voor vandaag. Morgenochtend de andere kant. En vergeet je oefeningen niet. Als jij over een halfjaar weer normaal wilt kunnen lopen, dan zul je iedere dag moeten trainen. Hard trainen! Vergeet dat niet.'

Voorzichtig kom ik overeind. Hij steekt zijn hand uit. Galant glijden zijn vingers in de mijne. Als een prinses die uit haar koets stapt, zet ik een voor een mijn voeten op het krukje voor de massagetafel.

Ik kijk in de spottende ogen van mijn fysiotherapeut en mijn ogen vullen zich met tranen. Ik voel me doodongelukkig.

'Heel goed!' roept hij, terwijl hij mijn sombere blik negeert. En zelfverzekerd voegt hij eraan toe: 'Want als jij niet doet wat ik zeg, is er straks geen man meer die met je wil trouwen. Geloof me, niemand wil een mankepoot als vrouw.'

13

De ochtend vliegt om. Onderuitgezakt op mijn stoel laat ik de woorden van goeroe Josh over me heen komen. Hij heeft een aangenaam zachte stem en ook zijn woordkeus is prettig eenvoudig. Zelfs als je geen woord Engels begrijpt, zou je door de manier waarop deze leraar zijn blijmoedige verhaal naar buiten brengt verlicht kunnen raken. Het woord 'heart' valt regelmatig en ook de woorden 'open', 'free' en 'colourful' komen constant voorbij.

Als bij een speelse hond wipt de rastastaart van Josh heen en weer bij ieder gebaar van zijn handen. En hoewel het een beweeglijke man is, straalt hij tegelijkertijd enorm veel rust uit.

Ik blik naar Anna, die driftig in haar Moleskine-boekje aantekeningen maakt. Vanaf zijn binnenkomst zit ze ademloos naar de zwarte man te staren en te luisteren. En ik moet toegeven, ook mijn aandacht heeft hij minstens een halfuur weten vast te houden. Daarna kon de herhaling van zijn woordenstroom, die telkens op het overstijgen van ons ego neerkwam, mij niet langer boeien.

Het kan ook aan de warmte liggen dat ik mijn hoofd niet bij de les weet te houden. Buiten lokt het zomerweer me meer en meer. Achter de bomen spiegelt uitnodigend het zeegroene water van het zwembad en ik denk aan mijn badpak, dat ik gelukkig nog op het laatste moment heb ingepakt.

Vroeg Hans daar niet naar, denk ik glimlachend. Ik heb hem hier tot nog toe niet kunnen ontdekken. Zou hij wel in de zaal zitten?

Omdat ik niet meteen achterom wil kijken, zoeken mijn ogen eerst de rijen vóór me af. Nergens herken ik zijn kalende krullenhoofd. Misschien heeft hij een kater en ligt hij nog in bed, fantaseer ik wanneer ik terugdenk aan gisteravond, toen ik hem met Peter aan de bar ontdekte.

Zouden ze het over mij hebben gehad? Wat heeft Peter hem dan verteld? Dat ik ooit zijn liefje ben geweest en dat hij me kwijtraakte aan Sebas? En dat hij dat niet kon uitstaan en dat hij Sebas daarom maar... Het is nooit bewezen. Ik wil er niet meer aan denken.

Weer zijn mijn gedachten terug bij Hans. Het is een tijd geleden dat een man zo lang en zo aangenaam door mijn hoofd bleef spoken. Ik geef de omgeving en het zomerweer daarvan de schuld, en onwillekeurig moet ik alweer glimlachen.

'Hans,' ga ik straks tegen José zeggen, 'Hans is mijn vakantieliefde...'

'Ga je mee?'

Wreed wordt mijn dagdromerij verstoord door een por van Anna. Als ik in haar verhitte gezicht kijk, zie ik dat iedereen om ons heen is opgestaan. Wanneer ik ook opsta, duwt ze me als een schild voor zich uit in de richting van de lange, zwarte man, die bij de uitgang staat. Net als gisteravond heeft hij zijn handen gevouwen. Iedereen die hem bedankt, krijgt van hem een korte buiging. Als ik hem bijna ben genaderd, geeft hij me een brede lach van herkenning. Zodra ik hem wil passeren, zegt hij met enige ernst in zijn stem: *'Watch your step, lady, the devil might catch you.'*

Verbaasd en enigszins geschokt – zou hij ook de toekomst kunnen voorspellen? – kijk ik hem aan en ik verschiet van kleur. De woorden raken me. Niet zozeer omdat ze me herinneren aan gisteravond, toen hij zo vriendelijk was me voor een valpartij te behoeden, maar meer omdat ze iets dubbelzinnigs bij me oproepen. En natuurlijk heeft die dubbelzinnigheid alles met Hans te maken. Ik geef hem een nerveus knikje en loop zo snel mogelijk door.

Meteen als ik de buitenlucht heb bereikt, slaak ik een diepe zucht. Poeh, deze goeroe mag dan zinnige dingen zeggen over verlichting en bevrijding, mijn bevrijding ligt straks toch echt in een koele duik in het zwembad.

'Wat zei hij?' Anna trekt me wild aan mijn schouder. Ze heeft haar bril op haar voorhoofd gezet. Nu pas zie ik hoe groot haar ogen feitelijk zijn. Onderzoekend staart ze me aan. 'Nou?'

'Eh, het was niets.'

'Niets?!'

'Nee, niets bijzonders. Bovendien heb ik het niet zo goed verstaan,' lieg ik als ik naar haar verbaasde gezicht kijk, waar zich een zekere afkeer op aftekent. Hoe kun je zo oenig zijn, lees ik in haar ogen.

'Alles wat deze man zegt, heeft betekenis,' zegt ze luid. Ze schudt haar hoofd. Ik vermoed dat ze diep teleurgesteld is omdat hij wel iets tegen mij heeft gezegd en niet tegen haar. Daarom verzin ik maar snel een uitweg.

'Ik meen dat hij me een fijn verblijf toewenste, niks bijzonders dus. Meer een gelegenheidsopmerking, denk je niet?'

Ik wil van haar af. Ze gaat me te ver in haar verering. Schichtig kijk ik om me heen. Is er niemand anders met wie ik een praatje kan maken, of liever nog, met wie Anna haar passie kan delen?

'Iemand als Josh doet niet aan smalltalk,' sneert ze naar me. Demonstratief schuift ze haar bril weer terug op haar neus. Spiedend blikt ze over het terras. Ze is me zat, dat is duidelijk.

'Ik ben even naar het toilet,' zeg ik om de boel te redden en ik draai me om in de richting van de wc's.

Daar ben ik aan ontsnapt, denk ik opgelucht als ik de gang in loop naar de grote hal.

Halverwege de gang zie ik opeens Hans lopen. Hij maakt een gehaaste indruk. Misschien wil hij ook iemand ontlopen, denk ik glimlachend. En weer betrap ik me op onverwacht warme gevoelens voor hem.

'Hoi, Hans,' roep ik terwijl ik zijn kant op loop. Hij hoort me niet. Hij is aan het bellen. Zijn gezicht staat ernstig, bijna angstig, alsof hij zojuist iets vreselijks heeft vernomen. Meteen maak ik me zorgen. Er zal toch niet iets naars gebeurd zijn? Iets met zijn kinderen? Of wie weet is het zijn ex die belt. Straks moet hij nog weg. Dat vooruitzicht maakt me onrustig en een vreemde gedachte schiet opeens door mijn hoofd: wat zou ik de rest van de week zonder hem moeten beginnen?

14

Wanneer iedereen zich voor de gezamenlijke lunch in de richting van de eetzaal begeeft, ontsnap ik snel naar buiten. Na deze ochtend wil ik even niets en niemand meer zien. Op mijn kamer heb ik een heerlijk zitje, mijn boeken, wat fruit en de rust van de eenzaamheid om na te kunnen denken over wat ik met de rest van deze dag zal gaan doen.

Zodra ik mijn kamer binnenkom, ontdek ik dat er iemand is geweest. Er hangen schone handdoeken en ook mijn bed lijkt onbeslapen, alles is keurig rechtgetrokken. Ik heb er niet bij stilgestaan, maar dit is een hotel en hotelkamers hebben niets persoonlijks. Iedere ochtend schudt iemand het kussen op waarop jij die nacht hebt gedroomd en waarop tientallen anderen je zijn voorgegaan en weer tientallen anderen je nog zullen volgen. Diezelfde persoon pakt de natte handdoek waar jij jouw druppende lijf die ochtend mee hebt drooggewreven en gooit hem bij al die andere klamme lappen van je buren. Iedereen is gelijk. Dat idee jaagt me op.

Ik loop meteen door naar mijn weekendtas. Alles ligt nog precies zoals ik het heb achtergelaten. Mijn ondergoed en kleren, mijn extra nachthemdje en wandelsokken, niemand heeft eraan gezeten. In de badkamer staan ook mijn toiletspullen nog ongemoeid voor de spiegel. Zelfs mijn toilettas is geen millimeter verschoven. Waarom ook? Je zult maar al die kamers moeten poetsen, denk ik om mezelf gerust te stellen, dan ga je echt niet in iemands spullen neuzen.

Maar zodra ik doorloop om de terrasdeur te openen, valt mijn oog op de fles met port. Het vuile glaasje dat ernaast stond, is weg en ook mijn fruitmesje is verdwenen. 'Shit,' vloek ik nerveus. Dus toch! Mijn eigen, fijne portglaasje en mes zijn foetsie. Een dom plastic bekertje staat op de plek van mijn eigendommen. Wie heeft ze meegenomen? Hoe krijg ik ze terug?

Driftig smijt ik mijn sweater op het bed. Ik baal ervan dat de opgejaagdheid me weer in haar greep heeft. Waarom laat ik me toch zo snel uit balans brengen? Waarom zie en hoor ik weer overal dingen? De woorden van die Josh, de uitdrukking op het gezicht van Hans, ze hoeven helemaal niets te betekenen. Ik zoek altijd overal iets achter en ik wil daarmee ophouden. Mijn hoofd tolt, mijn adem stokt. Ik open de terrasdeur om me te laven aan de boslucht; wilde ik niet gaan zwemmen? Ik stap naar buiten. Meteen schalt uit de belendende kamer de stem van mijn buurvrouw.

'Ga me nu niet vertellen dat je wilt terugkrabbelen. Het is in je eigen belang. Je weet wat er gebeurt als dit aan het licht komt. Zonder mijn geld ben je nergens. Je zult moeten meewerken.'

Ik schrik van de commandoachtige toon waarop ze praat. Grimmig en dwingend klinkt het, alsof ze iemand van iets moet overtuigen. Is er iemand bij haar in de kamer of heeft ze iemand aan de telefoon? Wat voert ze in haar schild? Ik ken haar, het is een serpent. Iemand als Joke Stoep gaat over lijken. Om haar zin te krijgen is ze tot alles in staat.

Nieuwsgierig druk ik mezelf tegen de glazen scheidingswand van het terras. Nu hoor ik ook de stem van een man. Een zacht, brommerig geluid gonst vanaf de achtergrond uit de kamer naar buiten. Meer dan een bromtoon kan ik niet onderscheiden, telkens wanneer de man iets zegt wordt hij overstemd door de hoge, hysterische uithalen van mijn buurvrouw.

Net wanneer ik mijn oor nog wat dichter tegen het glas wil drukken, hoor ik iets achter me ritselen. Ik grijp me vast aan een van de terrasstoelen en hoewel het om een onschuldige, wegschietende eekhoorn gaat, kan ik niet voorkomen dat de aluminium poten van het stoeltje luidruchtig over de betonnen vloer schrapen.

In de kamer naast me wordt het onmiddellijk stil. De stemmen verstommen en de kamerdeur slaat dicht. Alleen het geluid van de wind in de bomen boven me is nog hoorbaar. Zouden ze weg zijn? Ik verroer me niet. Integendeel, ik wacht en spits opnieuw mijn oren.

Dan hoor ik haar hakken. Dichterbij komen ze. Ze moet nu vlak naast me staan. Ik houd mijn adem in als ik haar zware parfum ruik. Dan hoor ik haar in één ruk de schuifdeur dichttrekken, hij valt in het slot en mijn afluisteravontuur is voorbij.

Langzaam kom ik overeind en ik kijk op mijn horloge, de lunchpauze is nu ook bijna om. Als ik wil, kan ik nog net een broodje scoren. Kan ik daarna die verkoelende duik nemen. Mijn lichaam en, bovenal, mijn geest hebben het hard nodig.

1985

Het is begin april als ik mijn ogen open. Mijn oudste broer, die aan het voeteneinde van mijn bed zit, kijkt verheugd op. Meteen loopt hij naar de deur. Ik hoor hem nerveus om iemand roepen. Het volgende moment komt er een man in een witte doktersjas binnen. Ik ken hem niet. Hij pakt mijn hand en voelt aan mijn pols. Als ik mijn hoofd draai, zie ik dat er allemaal draden en slangen aan me zitten vastgekoppeld. Ik wil iets zeggen, maar er komen geen woorden. Het enige wat ik kan doen, is staren naar de twee mannen aan mijn bed.

'Hoi,' zegt mijn broer kort.

Over zijn gezicht trekt een blije glans en in zijn ogen zie ik tranen. Ik kan me niet herinneren hem ooit zo gelukkig naar me te hebben zien kijken. Meestal beperkte ons contact zich tot de feestdagen en verjaardagen. Met name de laatste jaren, toen hij in Rotterdam ging werken en ik in Nijmegen bleef wonen, verwaterden de familiebanden. Mijn andere broer woont in de States, van hem hebben we na de dood van vader helemaal niets meer vernomen.

'Hoor je me?' vraagt mijn broer.

Ik knik. De arts heeft een lampje in zijn hand waarmee hij in mijn oog schijnt. Hij vraagt of ik naar zijn vinger wil kijken. Ik volg de vinger die voor mijn ogen heen en weer beweegt. Daarna schrijft de arts iets op een bord dat hij aan het voeteneinde van mijn bed hangt.

'Je bent aangereden,' zegt mijn broer en hij pakt mijn hand. Het is de hand waaraan geen slangetje zit. 'Kun je je nog herinneren wat er is gebeurd?' vraagt hij belangstellend.

Ik denk na, maar hoe ik mijn hersens ook pijnig, er komt geen enkele gedachte in me naar boven. Ik schud mijn hoofd. En als ik overeind wil komen omdat ik het gevoel heb dat ik moet plassen, trekt er opeens een enorme pijnscheut door mijn lichaam.

'Voorzichtig,' zegt de arts en hij wijst naar een lus boven mijn bed waar ik me aan kan vasthouden.

'Je mag van geluk spreken. De vele botbreuken en kneuzingen lagen allemaal gunstig. Er zijn geen complicaties of blijvende verlammingen. Het enige waar we ons zorgen over maakten, was het hoofdletsel. Nog een paar weken langer in coma en we hadden je kunnen opgeven.'

Heeft hij het over mij? Lag ik in coma? En waar ben ik nu dan?

Een jonge vrouw in een eveneens witte outfit komt de kamer binnen. Ze lacht naar me, ook zij ziet er opgetogen uit.

'Hoi,' zegt ze blij. 'Welkom in het land der levenden! Ik ben Tanja. Ik heb je al die weken dat je hier buiten westen lag gewassen en verzorgd. Je gaat de geheimen die ik je verteld heb niet stiekem doorvertellen, hè?' vraagt ze terwijl ze me een knipoog geeft.

Ik zou niet weten waar ze het over heeft. Geheimen?

'Vanaf nu gaan we aan je herstel werken,' gaat de arts verder, en hij voegt de daad bij het woord door het laken van me af te slaan. 'Kom, probeer eens overeind te komen.'

En terwijl ik me met zijn hulp omhoog laat hijsen en alles in mijn lijf het uitgilt van de pijn, ontsnapt er uit mijn mond slechts een heel klein schril piepje.

15

'Ik heb een klacht.'

De vrouw achter de balie is dezelfde als gisterochtend. Haar ogen lijken nog zwarter omrand, maar dat kan ook door de lichtval komen. Toen was het een bewolkte dag, vandaag valt het zonlicht over haar gezicht. Ze heeft haar lippen rood gestift. En ondanks de warmte draagt ze ook vandaag een zwart coltruitje, dit keer is het mouwloos.

'Naam?'

'Iris van Egmond, kamer 216. Het gaat om…'

'Ik zie dat u de *room key* kwijt bent?'

'Ja, ook, maar daar gaat het nu niet om, ik…'

De vrouw trekt één geëpileerde wenkbrauw op. Verveeld tikt ze met haar lange nagels op het toetsenbord en zonder me aan te kijken vraagt ze waar het dan wel om gaat.

'Ik mis een portglas en een mes. Ze zijn verdwenen, iemand heeft ze meegenomen,' zeg ik ernstig.

'Dat gebeurt altijd als gasten ons servies of bestek meeslepen naar hun kamer. We zijn hier zuinig op onze spullen,' sneert het wicht tegen me.

'Maar het gaat hier wel om mijn eigen glas en mesje!' roep ik fel. En om haar duidelijk te maken dat die hooghartige toon me niet bevalt, sla ik met mijn vlakke hand op de balie. Dat werkt. Verschrikt kijkt ze op. Met een ijzige blik neemt ze me van top tot teen op.

'Ik wil dat u zorgt dat ze terugkomen!' voeg ik er wat minder heftig maar trillend van ergernis aan toe. Meteen draai ik me om en driftig been ik op de uitgang af. Nog nagrommend open ik de buitendeur en stoot daarbij mijn grote teen. Vanuit mijn ooghoek zie ik iemand naderen. Ik doe alsof ik de pijnscheut niet voel en gehaast loop ik door.

'Hé, Iris! Waar ga jij heen?' Het is de bekende stem van Hans.

Verrast kijk ik om. Enthousiast stapt hij op me af. Zijn kalende hoofd heeft hij bedekt met een strooien hoedje. Zijn krullen wippen er vrolijk onderuit, het geeft hem iets koddigs. Ik vergeet onmiddellijk mijn boosheid en lach hem toe.

'Hoi, Hans! Tja, eerlijk gezegd was ik van plan om te gaan zwemmen. Ik vind het daar binnen veel te warm, dus de Amerikaanse goeroe moet het vanmiddag maar zonder mijn aanwezigheid doen. Aangezien hij genoeg aanbidders heeft, zal hij mij niet echt missen, vermoed ik.'

'Wat toevallig, ik dacht hetzelfde,' zegt Hans. 'Niet wat betreft die aanbidders, maar wel dat het weer veel te mooi is om binnen te zitten. Wat denk je van een wandeling?'

Mijn hart maakt een sprongetje. O ja, dat wil ik graag. Ik merk dat ik me verheug op een paar uur alleen in zijn gezelschap. 'Top!' roep ik blij.

Meteen bespeur ik een zekere aarzeling bij Hans. Zijn mondhoek trekt naar rechts en alsof hij niet weet of hij nu moet lachen of nog iets wil zeggen, blijft hij me met een mysterieuze blik in zijn ogen aankijken.

Ben ik te gretig? Schrik ik hem af? Hou je een beetje in, zeg ik in mezelf, straks slaat hij nog op de vlucht. Het volgende ogenblik staan we houterig tegenover elkaar. Dan vraagt hij of ik een wandelkaartje heb. Als ik ontkennend reageer, tovert hij er een uit zijn broekzak tevoorschijn. Meteen verdwijnt al mijn twijfel als sneeuw voor de zon. Blijkbaar houdt hij ook van wandelen. En om geen gehoor te geven aan mijn geweifel, buig ik me nieuwsgierig over het kaartje.

'Lijkt me een mooie route,' zeg ik als ik zie wat hij aanwijst.

'Vind je het goed als ik nog even naar mijn kamer loop? Ik vrees dat het op deze schoenen niet gaat lukken.'

Hans volgt mijn blik naar mijn open teenslippertjes, waar mijn ene grote teen nu rood uitsteekt.

'En als ik zo naar de zon kijk, dan zal wat zonnebrandcrème ook geen kwaad kunnen. Heb jij nog iets nodig?' vervolg ik.

Hans schudt glimlachend zijn hoofd. 'Ik wacht hier op je,' zegt hij. 'Doe maar kalm aan. De hele middag ligt nog voor ons.'

Alweer voel ik een warm gevoel door mijn lijf stromen. Zulke simpele woorden, maar o zo betekenisvol. Zomaar een hele middag met een leuke, aardige man doorbrengen, wie had dat gisteren gedacht? Bijna huppel ik naar mijn kamer, net op tijd weet ik me nog in te houden. Niet overdrijven, zeg ik in mezelf. Je kent de man pas één dag, wie weet valt hij na één middag reuze tegen. Maar ondanks al die bezwaren die ik voor mezelf oproep, kan ik het niet laten fluitend door de lange gang mijn weg naar mijn kamer te vervolgen. En als ik de kamerdeur van Joke Stoep passeer, steek ik puberaal mijn tong uit. 'Stom wijf!' roep ik tegen de deur. 'Ik maak zelf wel uit wat ik hier doe en met wie. Daar heb jij niks mee te maken!'

Zodra ik me in mijn korte broek heb gehesen en mijn bleke ledematen van zonnebrandcrème heb voorzien, pak ik mijn wandelschoenen. Voordat ik ze aantrek kijk ik nog even in de spiegel. Staat dit T-shirt me wel? Zijn de mouwen niet te kort? Stik, ik heb mijn oksels niet geschoren! Dit kan echt niet, denk ik, als ik naar de donkere pluk kijk die eronderuit piept. Vlug verwissel ik het T-shirt voor een van mijn katoenen overhemden. Wanneer ik de mouwen heb opgerold, keur ik mezelf opnieuw in de spiegel. Als ik dan uiteindelijk mijn dikke haar in een staartje bij elkaar bind en de kraag van het hemd elegant omhoog zet, ben ik dik tevreden.

Net als ik de kamerdeur heb geopend, rinkelt mijn mobiel. Wanneer ik op het toestel kijk, zie ik dat het José is. O jee, niet nu, denk ik, en gehaast druk ik haar weg. Later zal ik alles uitleggen.

'Sorry dat het zo lang duurde, ik moest even een telefoontje aannemen,' verzin ik als ik even later hijgerig voor Hans sta. 'Er past iemand op mijn boekhandel,' vervolg ik naar waarheid.

'Prima, hoor, geen probleem,' antwoordt hij laconiek. 'Zoals ik al eerder zei, we hebben de hele middag.' Hij kijkt me indringend aan. Weer voel ik die mysterieuze blik die ik niet kan thuisbrengen op me gericht. 'En als we verdwalen hebben we de hele avond erbij,' grijnst hij uitdagend.

Mijn hart gaat sneller kloppen. Een blos verspreidt zich over mijn wangen. Vlug zet ik mijn zonnebril op en vraag hem naar het wandelkaartje. Dan valt mijn oog op zijn schoenen. Keurig gepoetste gaatjesschoenen draagt hij. Verbaasd vraag ik me af of ik me niet vergist heb en of hij echt wel van wandelen houdt. Op die stadsschoenen zal hij niet ver komen. Zou hij het doen omdat hij weet dat ik van wandelen hou, flitst het door me heen. Meteen druk ik die nerveus makende gedachte weg. Hou nou toch eens op, brom ik in mezelf. Je ziet alweer dingen die er niet zijn.

16

De rode paaltjes die onze route aangeven gaan over in een gele markering. Gedwee volgen we na de gele route de blauwe, en al kwam er nog een groene, roze of pimpelpaarse, mij kan het niet lang genoeg duren.

Hoe anders verloopt deze tocht vergeleken met gisteravond, toen ik half op de vlucht, half in paniek, door het duister van de nacht mijn weg terug moest vinden. Nu loop ik hier in alle rust in het gezelschap van een superaardige man.

Vanachter mijn zonnebril blik ik voortdurend opzij om een glimp van mijn wandelgenoot op te vangen. Ik ken inmiddels zijn loopje en ook al draagt hij wat mij betreft niet het juiste schoeisel, klagen doet hij geen moment. Integendeel, terwijl ik na onze eerste schreden door het bos meteen zag dat hij beslist geen wandeltype is, probeerde hij toch hijgend en puffend mijn tempo bij te houden. Onderwijl pratend en filosoferend over het leven. Over de onzin van materie, de schoonheid van de natuur, het geluk van twee mooie dochters en zijn besluit om hier een zomerweek door te brengen. Waar hij onmiddellijk aan toevoegt heel blij te zijn met onze ontmoeting. En als hij me dan opnieuw met die speciale blik

van hem aankijkt, kan ik niets anders doen dan luisteren, knikken en intens genieten.

We zijn al een aardig tijdje op pad als Hans op een heuveltje onder een beuk wijst. 'Daar staat een bankje. Wat denk je? Even een korte pauze inlassen?' vraag hij quasi-onverschillig alsof hij nog uren kan doorsjokken.

Stoere vent, denk ik als ik zie hoe verhit zijn gezicht is. Vanonder zijn hoedje loopt een klein straaltje zweet over zijn wang. Als hij merkt dat ik het zie, haalt hij snel een zakdoek tevoorschijn om zijn voorhoofd te deppen. Ook ik voel de zomerse zon op mijn blote huid branden. De overgang van de stad, waar mijn leven zich voornamelijk binnenshuis afspeelt, naar deze broeierige landelijkheid vraagt om een zekere aanpassing.

'Ja, goed idee,' zeg ik en ik neem een spurt door het rulle zand alsof ieder moment iemand anders ons bankje zou kunnen innemen. Ik hoor hem achter me lachen. Vertrouwd en speels klinkt zijn stem.

'Zie je wel dat ik de stad nog niet ontwend ben,' roep ik verontschuldigend als hij een opmerking maakt over mijn neurotische gedrag. Vanaf de bank zie ik hoe hij lachend naar boven komt strompelen. Weer betrap ik me erop dat alles aan hem mij bevalt.

'Goed, goed,' zegt hij. 'Loop jij maar als een jong veulen rond. Dan volgen de oude mannen vanzelf.'

'Oude mannen?' schater ik en ik trek daarbij mijn wenkbrauwen op in een frons.

'Ja, ja. Vergis je niet,' puft hij. 'Nou, wat schat je me?' vraagt hij als hij vlak naast me plaatsneemt.

Zijn zonnebril is naar het puntje van zijn neus geschoven. Met zijn helderblauwe ogen kijkt hij me ondeugend aan.

Weer voel ik mijn hart onrustig kloppen als zijn neus haast de mijne raakt. Mijn lichaam tintelt, ik durf me nauwelijks te bewegen, bang als ik ben om dit mooie moment te verstoren. Dan raakt zijn knie mijn blote been. Een siddering trekt door me heen. Snel sla ik mijn rugzakje open. Dorstig ga ik op zoek naar mijn flesje met water.

'Geen idee,' probeer ik zo luchtig mogelijk te zeggen terwijl ik het flesje aan mijn mond zet. Ik voel hoe hij naar me staart.

'Ook wat?' vraag ik onhandig en ik houd hem mijn flesje voor. Hij antwoordt niet. Glimlachend laat hij zijn blik op me rusten. Het maakt me bloednerveus.

'Dit jaar word ik vijfenveertig,' pakt hij de draad weer op. 'En jij?'

Als ik blijf zwijgen omdat ik geen stom woord weet uit te brengen van de spanning, streelt hij opeens mijn hand. 'Mag ik raden?' zegt hij.

Ik slik. Haal mijn schouders op en lach als een meisje dat voor het eerst alleen met een jongen op stap is. 'Tuurlijk,' zeg ik schor.

'Veertig!' roept hij spontaan.

Nu moet ik schateren. En met de ontlading van mijn lach voel ik me meteen ontspannen.

'Tel er maar gerust acht bij op!' roep ik.

Dan zie ik hem opeens heel ernstig kijken. Verbeeld ik me dat of trekt er een schaduw over zijn gezicht?

'Heb je nu spijt?' flap ik er uit. En meteen schrik ik van mijn woorden. Waarom zeg ik dit nu weer? Waar zou hij spijt van moeten hebben, van een vriendschappelijke wandeling? Ik leg mijn amoureuze verwachtingen er zo wel erg dik bovenop. Geërgerd trek ik aan een paar losse haarlokken die zich hebben vastgekleefd aan de kraag van mijn overhemd.

'Spijt?' herhaalt hij. 'Waarvan? Dat ik met een mooie vrouw ben gaan wandelen en op een bankje onder een boom met haar ben neergestreken? Nee, ik zou het spijtig vinden als me dit niet was overkomen. En weet je wat ik al vanaf het allereerste moment dat ik die mooie vrouw zag wilde doen?'

Nu weet ik het echt niet meer. Volkomen verstijfd staar ik voor me uit over de heide, waar vlinders en insecten zich te goed doen aan de bloeiende planten. Waar een zwoele, zomerse wind de atmosfeer een vredig karakter geeft, en waar alles lijkt te trillen van liefde en geluk.

Vanuit mijn ooghoek voel ik hoe zijn blik nog steeds op mij blijft rusten. Zijn aangename mannengeur beroert mijn neusgaten. Ik voel de spieren van zijn dijbeen aanspannen door het katoen van zijn broek heen. Ze raken mijn heup. Nerveus knijp ik in het waterflesje. Ik wil nooit meer opstaan. Voor altijd wil ik hier blijven, hier in dit moment en in deze magie. Ik durf niet naar hem te kijken, ik voel me achterlijk, onhandig en tegelijkertijd de gelukkigste vrouw ter wereld. Weer schuift hij zijn hand over mijn vingers. Ik geef er een verlegen kneepje in. Als ik begin te giechelen en mijn hoofd omdraai, drukt hij zijn mond op de mijne.

17

Het loopt al tegen vijven als we de omheining van het landgoed naderen. Vlak voor het toegangshek laat Hans mijn hand los en houdt hij me staande. Teder strelen zijn vingers over mijn blozende wangen. Ik sta nog steeds in vuur en vlam. Niet de inspanning van de wandeling of de stijgende temperaturen hebben me zo verhit, maar die heerlijke mond van Hans deed mijn lichaam gloeien. Hoe lang geleden heb ik zo heerlijk gezoend? En hoewel dat voor mijn gevoel al eeuwen geleden is, ben ik het kennelijk nog steeds niet verleerd. Wat een zoete zaligheid dat mij dit nu overkomt. Ik was totaal vergeten hoe heerlijk het is om in iemands armen te liggen. Laat staan om me te laten meevoeren met een haast puberale overgave.

'Zullen we het hier nog even geheimhouden?' fluistert Hans in mijn hals als we voor het hek staan. Mijn hoofd knikt tegen de stof van zijn overhemd. Ik hoor zijn hartslag. Ik sluit mijn ogen, ik wil hem nooit meer laten gaan.

'Goed, hoor,' mompel ik.

Wat hij ook vraagt, ik zou overal mee instemmen, alles zou ik voor hem willen doen. Ik zou voor hem liegen, stelen en mijn leven willen geven, zolang hij me maar belooft voor altijd te blijven. Meteen moet ik lachen om mijn dwaze, verliefde gedachten.

'Ga jij vast naar je kamer? Dan loop ik nog even naar mijn auto,' zegt hij. 'Ik heb nog een paar oude sportschoenen in de achterbak liggen. Die had ik beter meteen kunnen aantrekken.' Met een pijnlijk gezicht staart hij naar zijn stoffige gaatjesschoenen.

Nu moet ik me bedwingen om niet in lachen uit te barsten. 'Tja, ik begreep al niet hoe je daarop kon lopen,' zeg ik gniffelend. 'Maar, zoals mijn moeder altijd zei: wie mooi wil zijn moet pijn lijden.'

Hans trekt een pruillip. 'Verdorie!' roept hij, alsof ik hem zojuist betrapt heb op een van zijn grootste verborgen geheimen. 'Ben ik alweer door de mand gevallen.'

Spottend kijkt hij me aan. Dan geeft hij me een zacht tikje tegen mijn kont.

'Vooruit, naar je kamer jij, stout jong ding,' gromt hij en hij geeft een zet tegen het hek, dat onmiddellijk openzwaait. Hij duwt me erdoor naar binnen. En als ik niet zo intens van zijn aanrakingen genoot, zou ik de duw als hardhandig, ja, bijna ruw kunnen ervaren. Nu dribbel ik spontaan voor hem uit en giebel uitgelaten: 'Oké, dan zie ik je straks bij het diner.'

Hij geeft me een luchtkus. 'Tot straks!' roept hij eveneens opgetogen.

Als ik me omdraai in de hoop dat we nogmaals naar elkaar zullen zwaaien, zie ik hem haastig in de richting van de parkeerplaats lopen. Weer roep ik mezelf tot de orde. 'Kom op, je laat je veel te snel meeslepen,' zeg ik hardop. 'Je weet niet eens welke auto van hem is, en je weet nog zoveel andere dingen niet van hem, stel je verwachtingen dus een beetje bij, ja?'

Maar ondanks al die correcties die ik over mezelf uitstrooi, zweef ik als een verliefde tiener in de richting van mijn kamer.

Ik ben zo licht in mijn hoofd dat ik pas op het laatste nippertje Joke en Peter voor mijn kamerdeur ontdek. Geschrokken doe ik een stap terug en duik zo snel mogelijk tegen de eerste de beste deur die ik tegenkom.

Hij is dus niet weg, raast het door mijn brein. Ik tracht me zo onzichtbaar mogelijk te maken. Zou hij dat vanmiddag dan geweest zijn toen ik dat geruzie naast me hoorde? Hebben die twee iets met elkaar? Zouden ze toen ik indertijd vertrok uit Nijmegen dan toch een verhouding met elkaar hebben gekregen? Joke kennende zal ze hem nooit zomaar hebben losgelaten. Maar waarom noemt ze zich dan nu Van Dam? Is ze getrouwd geweest met iemand die zo heette en heeft ze die naam aangehouden? Ook dat lijkt me heel waarschijnlijk. Stoep is nou niet bepaald een naam waarmee je op spiritueel gebied hoge ogen gooit.

Wat moet ik doen? Ik kan de confrontatie aangaan of ze gewoon negeren. Ik kan me omdraaien en teruglopen naar het hoofdgebouw. Maar wat als ik Hans daar tegenkom? Hadden we niet afgesproken bij het diner? Wat zal hij denken? Dat ik hem achternaloop?

Ik ben stoffig en bezweet en ik snak naar een douche. Over een klein halfuurtje moet ik tiptop aan tafel kunnen schuiven. 'Laat die twee alsjeblieft oprotten,' smeek ik voor me uit terwijl ik hun gebaren volg. Zo te zien is Peter in een kleverige bui. Hij staat op de voor hem zo kenmerkende amicale machomanier voor Joke. Benen iets uit elkaar, hoofd achterover en druk gebarend met zijn armen. Dan strijkt hij weer door zijn haar, dan raakt hij weer even haar blote schouder, haar onderarm of haar middel aan. Joke doet vrolijk mee. Terwijl ze van haar ene gehakte voet op de andere wipt, spreekt haar lichaamstaal boekdelen. Haar kirrende lachje geeft hem alle reden om aan haar te blijven plukken. God, hoe lang gaat dit nog door?

Vanuit mijn ooghoek zie ik dat er iemand komt aanlopen. Het is de kleine, dikke man. Blijkbaar logeert hij ook in deze vleugel. Amechtig hijgend sloft hij langs me heen. Even kijkt hij me verrast aan als hij me voor de deur ontdekt. Zijn ogen lichten op, verstrooid fronst hij zijn wenkbrauwen.

Ik geef hem een kort knikje, en in de hoop dat het niet zijn deur is waar ik voor sta, rommel ik snel in mijn tas alsof ik op zoek ben naar mijn sleutel. Hij reageert niet. Goddank, denk ik als ik hem hoor doorlopen en daarna een deur hoor dichtslaan, daar ben ik vanaf. Meteen blik ik weer de gang in. Noch Joke noch Peter kan ik ontdekken. Ze zijn weg. Alsof ze daar nooit gestaan hebben. Ik slaak een diepe zucht. Meteen ren ik door naar mijn kamer, waar ik mijn plakkleren van mijn lijf ruk en me laaf aan de douche. Nog wat dizzy door wat me de afgelopen vierentwintig uur is overkomen, geef ik me over aan dat meest recente, heerlijke gevoel dat ik niet wil loslaten, mijn gevoel van verliefdheid.

Het is zo lang geleden dat ik dit gevoel heb durven toelaten dat ik me er bijna voor schaam. Waarom mag ik van mezelf toch zo weinig genieten? Heeft het nog steeds met de dood van Sebastiaan te maken? Ik wil er nu even niet aan denken. Liever wil ik er nooit meer aan denken. Misschien kan Hans me daarbij helpen.

Neuriënd droog ik me af. Mijn armen en benen gloeien na van de zon. Als ik in de spiegel kijk, schrik ik van mijn knalrode hoofd. Op de plek waar mijn zonnebril heeft gezeten loopt een spierwitte lijn over mijn roodverbrande neus. Ik zie er belachelijk uit. Wanhopig probeer ik met wat make-up de schade te herstellen. Maar hoe meer ik smeer, hoe roder het wordt.

Als ik daarna in mijn weekendtas kijk, baal ik nog meer. Mijn kledingkeus is ronduit waardeloos. Ook dat is iets wat ik de laatste jaren heb veronachtzaamd. Belangstelling voor mijn uiterlijk zat er niet in. Hard werken wel. Al het geld ging linea recta in de boekhandel zitten. Geen klant die ooit bezwaar maakte tegen een vrouw in jeans en overhemd, sterker nog: met mijn eenvoudige kleding straalde ik meestal iets vertrouwds uit, zo meende ik. Een boekhandelaar moet iemand zijn op wie je kunt bouwen. Hij of zij heeft vaak een stoffig imago. Het is een persoon die je de juiste, intellectuele adviezen geeft en zichzelf daarbij volledig kan wegcijferen. Jarenlang paste ik uitstekend bij dat clichébeeld. Nu heb ik spijt dat mijn vrouwelijkheid hierdoor een deuk heeft opgelopen. Het liefst zou ik me nu in een leuke, gebloemde zomerjurk vertonen. Maar omdat mijn garderobe daarin niet voorziet, stap ik maar weer in mijn versleten jeans en teenslippertjes. Dit keer waag ik me wel in dat T-shirtje met de korte mouwtjes. Zo goed en zo kwaad als ik kan, knip ik alle overtollige okselharen met mijn nagelschaartje weg.

Onder in mijn toilettas vind ik een stokoude, kleurrijke kralenketting. Die weet de saaiheid nog enigszins op te fleuren. En als ik daarna net zo lang mijn haar borstel tot het glanst, voel ik me redelijk toonbaar.

Zou Hans dat ook vinden? Hij noemt me mooi, dat wel, maar zou er dan iets zijn wat hem in het bijzonder bevalt? Mijn figuur, dat nog stevig en soepel is gebleven? Mijn borsten, die ik zelf te groot vind, maar waar mannen vaak anders over denken? Of zou hij op mijn ogen vallen? Ik weet hoe ze kunnen schitteren.

Sebastiaan had een zwak voor mijn mond. Lieve, zachte lippen had ik volgens hem. Dromerig staar ik naar mijn rode appelwangen, die nu voor een deel achter mijn halflange haar schuilgaan. Dan word ik opgeschrikt door mijn mobiel. Dit keer neem ik wel op als ik zie dat het José is.

'Hé, Iris! Hoe gaat het nou?' Haar heldere stem klinkt zowel vrolijk als bezorgd. 'Wat is het opeens lekker weer geworden, hè? Je hebt toch wel je zwemspullen meegenomen?'

Haar betrokkenheid geeft me een warm gevoel. Het liefst zou ik meteen alles aan haar vertellen. Over Peter Schaap en Joke Stoep en dat ze nu van Dam heet. En dat die twee in haar kamer – die toevallig vlak naast de mijne ligt – ruzieden over geld.

'Heb je het een beetje naar je zin daar? Gisteren klonk je niet echt happy. Klopt dat, of verbeeldde ik me dat?'

'Nee, ik bedoel, ja, het gaat goed met me. Gisteren moest ik even wennen, omschakelen. Het is hier zo anders dan in de stad. En ja, het is superweer. Er is een zwembad en je kunt hier heerlijk wandelen, ik ben vandaag al behoorlijk verbrand.'

'Klinkt goed. En verder? Nog leuke mannen ontmoet?' Meisjesachtig nieuwsgierig wordt haar toon.

Ik aarzel. Moet ik het al van Hans vertellen? Hij heeft me heel expliciet gevraagd ons prille geluk nog even geheim te houden. Ik hoef me daar tegenover José natuurlijk niet aan te houden, maar toch, tenslotte ken ik hem pas één dag. Ik mag dan tot over mijn oren verliefd zijn, wie weet wordt dit écht niet meer dan een vakantieliefde. Laat ik daarom maar niet te hard van stapel lopen, al was het alleen maar om mezelf te beschermen.

'Niet echt, nee. Het zijn voornamelijk vrouwen die je hier tegenkomt.'

'Wat jammer. Nou ja, dan hoop ik maar dat je in ieder geval een paar zinnige dingen hebt kunnen doen. Is dat zo?'

'Ja, ja...'

Ook nu wil ik niet al te eerlijk zijn. Ik kan moeilijk zeggen dat ik tot twee keer toe ben weggelopen. En dat er nog maar weinig ruimte voor bezinning was omdat mijn geest veel te onrustig werd van al die toevallige ontmoetingen. Laat staan dat ik haar ga vertellen dat ik weer aan de Seresta ben. Ze zou alleen maar schrikken.

'Er was een Amerikaanse goeroe vandaag en ik kan me opgeven voor meditatie of mindfulness. Ik moet nog even kijken waar ik voor kies,' zeg ik.

'Maakt niet uit, kind, geniet nou maar. Weet je al of je de komende week daar wilt blijven of dat je ergens anders naartoe gaat? Misschien naar zee? Het weer blijft zomers. Ik kan iets via internet voor je regelen...'

'O, dat ja. Dat weet ik nog niet,' zeg ik aarzelend. En dat is niet gelogen. Ik heb er niet meer aan gedacht. Sinds mijn middag met Hans lijkt al het andere er niet langer toe te doen. Nu ik daar weer aan denk, kijk ik snel op mijn horloge, het is inmiddels bijna tien over zes. Ik moet weg. Hij wacht op me bij het diner.

'Sorry, maar ik moet nu ophangen. Zullen we morgen weer bellen?'

'Goed hoor, kind. Veel plezier!'

'Dank je! Dag!'

Gehaast sluit ik de schuifdeur, pak mijn tas en op het moment dat ik de deur uit wil lopen valt mijn oog op mijn fruitmesje dat weer naast de portfles is teruggelegd. Het portglaasje kan ik niet ontdekken. Sterker nog, daarvoor in de plaats staat een oerlelijk whiskyglas.

1985

Meteen nadat ik het slot van de buitendeur heb omgedraaid en de deur heb geopend valt hij naar binnen. Hij grijpt me vast, wild zoenend trekt hij me tegen zich aan. Ik probeer aan zijn greep te ontsnappen. Ik vecht en schud met mijn hoofd als ik zijn tong over mijn mond voel glijden. Hij is veel te sterk.

'Je kunt me niet afwijzen, ik hou van je... dat weet je,' gromt hij. Ik ruik zijn naar alcohol stinkende adem. Zijn stem klinkt lodderig van de drank. Even verslapt zijn greep. Meteen geef ik hem een duw en smijt de sleutel op de grond. Het geluid waarmee het ding op de stenen vloer klettert, echoot langs de stille trap. Ik hoop dat het een van mijn huisgenootjes zal alarmeren. Maar boven blijft het stil.

De hele avond hebben we ons tegoed gedaan aan chocolademelk met rum. Meer rum dan melk. Wat zou ik dan zelf gedaan hebben als ik mijn bed had gevoeld? Ik zou ook als een blok in slaap zijn gevallen.

Hij veegt de tranen van zijn wangen. Heeft hij echt gehuild of is het de kou? Ik kan het in het halfduister niet goed zien.

'Je bent dronken, ik wil dat je naar huis gaat,' zeg ik klappertandend.

De vrieskou slaat door het open gat van de deur naar binnen en beneemt me haast de adem. Ik durf de deur niet te sluiten. Eerst moet hij weg. Ik ben bang. Ik weet waar hij toe in staat is, zeker als hij een slok opheeft.

'Toe,' fluistert hij in mijn haar en weer trekt hij me naar zich toe. 'Ik wil jou, ik wil jou alleen.'

'Maar ik wil jou niet, Peter! Accepteer dat nou eens! Dit hebben we al eerder besproken, ik heb je gisteren gezegd dat het over is. Voorgoed!'

'Je weet wat er dan gebeurt.'

Zijn ogen vernauwen zich opeens tot spleetjes. Ik voel zijn vingers pijnlijk in mijn armen knijpen. 'Toch?'

'Laat me los!' gil ik en ik probeer me uit zijn pijnlijke greep los te worstelen.

'Je weet wat ik dan ga vertellen. Dat jij het zelf wilde.'

'Wat wilde?' Mijn stem zakt weg. Doodsbang kijk ik hem aan.

Weer drukt hij zijn mond op de mijne, zijn tong is warm en smaakt naar bier. Zijn wollen sjaal kriebelt tegen mijn wang. Hij trekt me met zich mee, we vallen tegen de kapstok. Een jas valt op de grond. De sneeuw waait achter ons naar binnen en zet zich vast aan de kokosmat.

'Ga weg!' roep ik opnieuw.

Hij legt zijn hand op mijn mond. En in dezelfde beweging duwt hij me nu naar buiten. Ik glijd onderuit op mijn sloffen, mijn knie raakt de grond, hij trekt me overeind.

'Wat ga je doen?' vraag ik angstig.

'Je gaat met mij mee.'

Woest duwt hij me naar zijn auto.

'Nee, nee, laat me los...' smeek ik.

Weer die hand. Dit keer in mijn rug. Hij opent het portier van zijn auto en smijt me tegen de krappe achterbank. Mijn veel te dunne pyjamabroek kan me niet beschermen tegen de ijskoude bekleding. Mijn tanden klapperen, ik ril over mijn hele lichaam. Als ik me vooroverbuig om de deur te openen, wordt het systeem vergrendeld en scheuren we weg.

Ik kan niet zien waar we heen gaan. Alle zijraampjes zijn besneeuwd. De ruitenwissers trekken zich traag door het bombardement aan sneeuwvlokken. Dikker en dikker wordt de laag die zich vastkleeft aan de voorruit en de bestuurder het zicht ontneemt.

'Stop!' krijs ik. 'Laat me eruit!'

'Hou je gemak, ik laat me door niemand afwijzen, hoor je?!' Fel blikken zijn ogen in de spiegel naar de achterbank. 'En zeker niet door jou. Ik die alles voor je overheb, die zelfs op jouw verzoek vriendjes uit de weg ruim.'

'Waar heb je het over?' gil ik.

'Over jou, over die opmerking dat je wilde dat hij dood was. Ben je dat soms vergeten? Het was een koud kunstje. Niemand die ooit aan zijn natuurlijke dood heeft getwijfeld. Toch? Niemand weet dat ik hem die avond een zetje heb gegeven. Had hij maar niet met me op de vuist moeten gaan. Hij was aangeschoten en raakte buiten westen. Ik wilde hem een lesje leren, het ging vanzelf. Voor ik er erg in had, kwam hij niet meer boven. Een geluk bij een ongeluk.'

Als ik niet-begrijpend in de spiegel staar, trapt hij het gaspedaal nog iets verder in. Ik voel de auto slippen. Mijn hart bonkt in mijn keel. Hij is gestoord, gaat het door me heen. Hij is volslagen gek.

'Oké, oké!' gil ik. 'Ik doe wat je zegt, maar dan moet je nu stoppen!' Mijn stem breekt, huilend smeek ik hem te stoppen. 'Alsjeblieft?'

Weer zie ik hoe zijn ogen in de spiegel naar me kijken. Langzaam laat hij het gaspedaal los. De auto mindert vaart, slipt opnieuw en komt uiteindelijk tot stilstand.

Snikkend laat ik me voorovervallen.

Hij opent zijn portier. Ik hoor hem uitstappen en om de auto lopen. De sneeuw kraakt onder zijn voeten.

'Dom, dom en lief meisje,' mompelt hij als hij de deur voor me openhoudt. 'Kom je nu naast me zitten?' Hij bukt zich om me uit de auto te trekken. Ik pak zijn hand, buig mijn hoofd en glibber naar buiten.

De ijskoude vrieslucht brengt me meteen bij mijn positieven. Ik kijk om me heen en herken de omgeving. Hoewel het bijna middernacht moet zijn en er nauwelijks iets verlicht is, is de omgeving helderwit.

En als ik niet zo vreselijk bang zou zijn en het niet tot op mijn botten bestierf van de kou, dan zou ik kunnen genieten van deze serene, witte wereld. Nu moet ik me snel oriënteren. In de verte zie ik een winkelstraat.

'Schiet op, je bevriest!' schreeuwt hij terwijl hij me voor zich uit duwt.

Zijn haar is wit van de sneeuwvlokken, zijn adem vormt damp in de koude lucht. Doodsbang kijk ik hem aan. Dan draai ik me om en zet ik het op een lopen.

Mijn ijskoude benen lijken me niet vooruit te brengen, toch ren ik zo hard ik kan. De huissloffen aan mijn versteende voeten glibberen onder me vandaan. Bijna kom ik ten val, net op tijd hervind ik mijn balans. Er is maar één gedachte die me voortdrijft: die straat daar, ik moet die winkelstraat zien te halen. Daar zijn cafés, daar is publiek.

Ik hoor een auto. Het geluid zwelt aan, komt dichterbij. Nog harder ren ik. Sneller en sneller tracht ik op mijn verstijfde benen te ontsnappen aan het motorgeluid, dat nu vlak achter me is. Mijn hart bonkt in mijn keel, mijn natte haar kleeft voor mijn ogen. Als een blinde schiet ik vooruit.

Dan ineens is er een klap. Een oorverdovend gerinkel. Het lawaai doet mijn oren uiteenspatten. Mijn uitgeputte lichaam wil zich verzetten, maar wordt vrijwel meteen opgetild. De ijsklom-

pen aan mijn voeten smelten, net als mijn benen voelen ze opeens vederlicht.

Hoger en hoger vlieg ik als een trapezewerker door de ijle lucht. Ik maak een salto, ik spreid mijn armen en om me heen is het hemels wit. Zacht suis ik door de stilte.

En misschien is dat nog wel het allerfijnste, die aangename, doodse stilte.

18

Na onze middag kan het vanavond alleen maar mooier worden. Ik ben op weg naar het hoofdgebouw en fantaseer over wat ik allemaal met Hans zal gaan doen.

Wie weet wordt het wandelen, maar wie weet ook niet, grinnik ik in mezelf: zijn blaren zullen dat vast niet toelaten. Misschien kunnen we na het eten gaan zwemmen. O, vast. Dat lijkt me een beter idee. Dan gaan we daarna naar mijn kamer, en dan nemen we een fles koele witte wijn mee, en dan drogen we elkaar heel teder af om daarna al vrijend en keuvelend de rest van de nacht door te brengen.

Stil voor me uit mijmerend bereik ik de ingang van het gebouw en ik loop meteen door langs de bar naar de eetzaal. Maar hoe dichter ik de eetzaal nader, hoe nerveuzer ik word. Alles is vreemd stil. Gisteren was er op dit tijdstip een druk geroezemoes van stemmen. Toen bepaalde het gekletter van glazen en bestek nog de sfeer. Nu is er geen enkel geluid hoorbaar.

Heb ik iets over het hoofd gezien? Stond er iets in de programmamap wat me is ontgaan? Zou Hans het weten, vraag ik me meteen af. Hij heeft er vanmiddag niets over gezegd. Zei hij niet 'tot straks bij het diner'? Waarom is er dan niemand?

Gespannen open ik de deur naar de zaal. Alle tafels zijn leeg. Er is niet gedekt. Ik kijk op mijn horloge, ik ben maar iets verlaat. Ze zullen toch niet al klaar zijn?

Verward draai ik me om. Wat nu? Dan hoor ik vanaf het terras stemmen klinken. Meteen schiet ik door naar buiten.

Een groepje vrouwen, onder wie Anna, zit bij elkaar. Ze praten geanimeerd en lachen uitbundig. Als ze mij zien aankomen, kijken ze even op. Ik probeer zo ontspannen mogelijk naar ze te knikken en loop door naar een tafeltje dat nog vrij is.

Zodra ik plaatsneem, komt er een jongen van de bediening op me af. Zonder te groeten kijkt hij me aan. Net als de vorige keer houdt hij twee flessen wijn omhoog.

'Wit graag,' zeg ik aarzelend. Ik heb geen pil ingenomen, maar toch, wil ik wel drinken? Moet ik niet een beetje fris blijven voor Hans?

'Sorry, mag ik iets vragen? Wordt er vanavond niet gedineerd?'

Ik stel de vraag nog net op tijd. De jongen staat op het punt weer weg te lopen. Verbouwereerd kijkt hij me aan. Stel niet zulke onnozele vragen, zegt zijn blik.

'Vanaf de tweede avond eten we hier altijd later,' is zijn korte antwoord.

'Oké, dat wist ik niet. Bedankt,' zeg ik en ik glimlach opgelucht naar hem.

Hoewel ik uiterst gespannen ben, tracht ik zo kalm mogelijk van mijn wijn te nippen. Toch kan ik niet verhinderen dat mijn hand trilt als ik mijn glas terugzet op tafel. Geen mens die het opmerkt. Waarom zou iemand op mij letten?

Gespannen spied ik het terras af. Nergens zie ik een teken van Hans. Misschien staat hij nog onder de douche. Of wie weet doet hij een dutje voor het eten, probeer ik mezelf gerust te stellen. Hij was natuurlijk wel op de hoogte van het verlate diner.

Weer kijk ik op mijn horloge. De tijd kruipt. Hoe laat er dan wel gegeten wordt, is me nog steeds niet duidelijk, maar dat het buiten plaatsvindt, staat vast. De meeste tafeltjes worden nu van bestek en glazen voorzien.

Ik baal van mijn verstrooidheid. Ik baal ook van mijn puberale gedrag. Waarom laat ik me toch zo snel meesleuren door mijn emoties? Het enige waar ik steeds aan moet denken is Hans. Zelfs Peter en Joke zijn door hem op de achtergrond geraakt. Belachelijk!

Doe normaal, je kent die man pas één dag, probeer ik mezelf tot de orde te roepen.

Maar die gedachte houd ik precies één minuut vol, meteen vraag ik me af of hij me hier zal vinden. Ik zit niet bepaald in het zicht. Toch kan ik vanaf hier de ingang goed in de gaten houden. Mocht hij binnenkomen en me zoeken, dan kan ik naar hem zwaaien.

Steeds meer cursisten lopen nu het terras op. De meesten zijn heel luchtig gekleed. Opnieuw ben ik me bewust van mijn sobere kleding. Automatisch tast ik naar de ketting om mijn hals. Een voor een laat ik de kralen door mijn vingers glijden.

'Is deze stoel nog vrij?' De kleine, dikke man die me een uur geleden op de gang passeerde, staat opeens naast mijn tafeltje.

Ik schrik op uit mijn gepeins. Verbaasd kijk ik hem aan. Hij draagt een zomers pak. Zijn korte, ronde nek is roodverbrand. Ook zijn kale hoofd heeft duidelijk te veel zon gehad. Ik aarzel. Wat kan ik zeggen? Dat ik de stoel voor Hans bezet houd?

'Eh, nou ja, dat wil zeggen, ik verwacht zo wel iemand...'

'Goed, hoor,' zegt de man gelaten. Hij haalt zijn schouders op. 'Dan zoek ik wel een ander plekje.'

Ietwat gepikeerd sjokt hij door naar een tafeltje onder de bomen, waar een vrouw in een wit vestje hartelijk naar hem lacht en hem gretig een stoel aanbiedt. Ik slaak een zucht van verlichting.

Ik staar van mijn halfvolle glas naar de lege stoel, waar ik nu demonstratief mijn tas op heb gelegd. Als ik de wijnjongen wenk, doet hij net of hij me niet ziet. Zenuwachtig speuren mijn ogen opnieuw naar Hans. Zou ik hem dan toch gemist hebben? Zit hij misschien ergens anders op mij te wachten? Maar waar dan?

Ik bedenk dat we geen telefoonnummers hebben uitgewisseld, en ik weet ook niet in welke kamer hij verblijft. Weer voel ik me verschrikkelijk stom. Wat weet ik nou eigenlijk van hem?

Ik weet hoe zijn handen kunnen strelen, ik ken de smaak van zijn tong en ook voel ik mijn lichaam weer tintelen als ik terugdenk aan die omhelzing met hem. Maar waar ik gek genoeg nog steeds niet achter ben, en waar ik ook niet naar heb durven vragen, is wat hij doet voor de kost. Waar hij woont en hoe hij heet. Heeft hij me dat eigenlijk wel verteld? Een zenuwachtige lach ontsnapt uit mijn mond.

Ik zie de dikke man naar me kijken. Hij en zijn tafeldame hebben het nu vast en zeker over mij. Ze lachen samenzweerderig. Weer sein ik de wijnjongen. Dit keer komt hij wel.

'Heb je ook water?' vraag ik als hij voor me staat. Nors draait hij zich om en roept iets naar de bar. Dan loopt hij door naar een ander tafeltje.

O, laat Hans alsjeblieft komen, smeek ik kinderlijk voor

me uit. Ik wil niet twijfelen aan mijn hervonden hartstocht. Dat gedoofde vlammetje dat sinds vandaag weer een klein vuurtje in me heeft aangewakkerd, wil ik zo graag behouden.

Tranen branden achter mijn ogen als ik plotseling een rijzige gestalte door de eetzaal in de richting van het terras zie komen. Mijn hart maakt een sprongetje: yes, daar zul je hem hebben. Eindelijk. De brok in mijn keel slik ik weg, ik recht mijn rug en schud mijn haren los. Snel pink ik een traan uit mijn ooghoek. Zodra ik de gestalte zie naderen hef ik zonder na te denken mijn arm. Maar zo blij verrast als ik begin te zwaaien, zo vlug laat ik mijn arm weer zakken als ik zie wie er met ferme pas het terras op loopt. Niet Hans komt op me af, maar de man voor wie ik mijn hele leven lang al op de vlucht ben.

19

'Nee maar, Iris! Wat een geluk dat er bij jou nog een stoel vrij is!'

Zonder blikken of blozen haalt Peter mijn tas van de stoel, reikt hem me over de tafel aan en neemt tegenover mij plaats. Terwijl hij zijn smartphone op tafel legt, roept hij de wijnjongen. Nog steeds datzelfde charisma. Nog steeds die zelfverzekerde, arrogante uitstraling waar niemand aan ontsnapt. Ook deze jongen niet, denk ik als ik zie hoe hij op Peter reageert.

'Graag een hele fles,' zegt hij tegen de jongen en hij wijst op de inhoud van mijn glas. 'Maar niet wat zij heeft. Ik wil die van gisteren. Weet je nog welke dat was?'

De jongen knikt trots, maakt een overdreven buiging en verdwijnt richting bar.

'Zo, nou... hè, hè, eindelijk dan toch samen. God, god, je weet het een man nog steeds moeilijk te maken, zeg.'

Zijn brutale lachje is niet veranderd, zijn tanden wel, zie ik. Als versteend staar ik naar de mond met de rij regelmatige, witte tanden die hapklaar naar me grijnst.

Ik kan niets. De kou en de warmte die me tegelijk als in een koortsdroom omvatten doen mijn lichaam trillen en schudden. Lamgeslagen zit ik in mijn stoel. En als Peter merkt dat ik hem aanstaar, wend ik vlug mijn hoofd af naar de eetzaal.

Ik schrik. Weer meen ik Hans te zien lopen. Meteen sta ik op. Als ik zie dat ik me heb vergist, slaat de twijfel toe. Moet ik nu weglopen of blijven? Voordat ik iets kan beslissen, vraagt Peter belangstellend: 'Wacht je op iemand?'

Ik voel mijn schrik omslaan in woede. Mijn bloed begint te koken. Al die afschuwelijke jaren die achter me liggen en er voor deze man niet toe doen. Hoe durft hij me zo te benaderen? Hij die de oorzaak is geweest van al mijn ellende. Ik laat me terugvallen op mijn stoel. Hij kan me wat, ik zat hier het eerst. En ja, ik wacht op iemand, en die zal zo ook komen. Dan kan hij vertrekken.

'En wat gaat jou dat aan?' zeg ik bits.

'Niets, natuurlijk...' Weer dat lachje.

De jongen van de wijn is terug. Hij zet een wijnkoeler op tafel en laat Peter het etiket op de fles zien. Peter knikt. Onhandig ontkurkt de jongen de fles en hij schenkt een bodempje in het glas van Peter, die daar meteen achteloos zijn neus in steekt. Overdreven luid begint hij te snuiven. Terwijl ik dit bespottelijke vertoon gadesla, schuif ik nerveus heen en weer op mijn stoel. Ik voel mijn billen branden op het schuimrubber kussentje, ik voel hoe mijn hart steeds sneller gaat bonzen als ik vol walging kijk naar de snob tegenover me, die nu met veel bombarie de wijn door zijn glas laat walsen en het daarna achteroverslaat.

'Uitstekend!' roept hij zodra het vocht zijn slokdarm is gepasseerd. 'Jij ook?'

Ik schud mijn hoofd. Wat denkt hij wel niet? Dat ik hier doodleuk met hem ga zitten toosten? Op wat? Het weerzien?

Met ingehouden adem wacht ik af. Nog even en Hans zal me redden.

Peter vraagt wanneer het eten wordt opgediend. Binnen nu en een halfuur, vertelt de jongen. Weer buigt hij als een knipmes terwijl hij ons het menu aanreikt. Gedachteloos laat ik mijn blik over de gerechten gaan. Wederom slurpt Peter als een connaisseur van zijn wijn.

'Waarom ben je gebleven?' hoor ik mezelf opeens vragen.

Ik schrik van mijn eigen stem. Een tweestrijd dient zich aan in mijn hoofd. Mijn nieuwsgierigheid is oprecht en toch wil ik helemaal niet weten waarom hij hier tegenover me zit. Ik kan diverse antwoorden op mijn vraag bedenken. En het meest voor de hand liggende, dat het met mijzelf te maken heeft, wil ik helemaal niet horen.

De vraag schijnt hem goed te doen. Ontspannen laat hij zich onderuitzakken in zijn stoel. Ik mijd de tevreden blik die ik op me voel rusten en die me goedkeurend opneemt. Rot op, zou ik willen zeggen, laat me met rust, maar op de een of andere manier voel ik me ook nog steeds als verlamd. Als ik op zoek ga naar een reden voor deze verlamming geef ik als eerste de wijn op mijn lege maag de schuld, dan de rozige toestand waarin ik na mijn romantische middag met Hans verkeer en als laatste het feit dat ik me blijkbaar nog steeds door deze gladjanus kan laten imponeren.

'Omdat ik wist dat ik jou hier zou tegenkomen,' zegt hij grijnzend. 'Weet je zeker dat je geen wijn wilt?' vervolgt hij en uitnodigend houdt hij de fles omhoog. 'Het is een prima bourgogne, lekker droog en koel, heel geschikt voor een weerzien van oude vrienden op een zwoele zomeravond als deze.'

Ik draai mijn hoofd om en zie dat er iemand op ons afloopt.

Het is een lang, dun meisje. Ze draagt een dienblad. Terwijl ze twee borden met bestek en een schaaltje met brood van het blad pakt, vraagt ze me naar mijn kamernummer. Niet-begrijpend kijk ik haar aan.

'Voor uw drankjes,' zegt ze als ik niet reageer. 'Mijn collega heeft er zojuist niet aan gedacht.'

Verschrikt kijk ik van het meisje naar Peter. Wat nu? Ik wil niet dat hij weet in welke kamer ik zit. Het zou het einde van mijn verblijf daar betekenen, ik zou om een andere kamer moeten vragen, mijn spullen moeten verhuizen en...

'Tweehonderdzestien,' antwoordt Peter kortaf alsof hij zojuist bij me is ingetrokken.

'Dank u wel,' zegt het meisje en weg is ze.

Ontsteld kijk ik hem aan. Dat moet hij van Joke Stoep weten. Meteen moet ik aan die woordenwisseling in haar kamer denken, en ook zie ik die twee weer in de gang voor mijn deur staan.

'Ben je bang voor me?' vraagt hij zacht. Er ligt een valse ondertoon in zijn stem.

'Natuurlijk niet,' antwoord ik fel. 'Waarom zou ik?'

Opnieuw begint mijn bloed te koken. Hij mag niet zien hoe hij me verwart. Weer kijk ik om me heen, ik moet hier weg. Mijn ogen spieden over het terras op zoek naar een ander tafeltje. Alles om me heen is inmiddels bezet. Sommige cursisten zitten zelfs al aan hun voorgerecht. Het zou nogal idioot staan als ik zomaar ergens aanschoof. Ze zien me aankomen. Ik mis Hans. Als hij hier geweest was, had ik nooit met die Peter Schaap aan tafel gezeten.

Een lichte wanhoop maakt zich van me meester, ik wil er niet aan toegeven. Waarom zou ik tenslotte op de loop gaan voor iemand die ik bijna dertig jaar niet heb gezien? Beter is het om hem te laten merken dat ik na mijn ongeluk een prima leven heb gehad. Ik mag dan in zijn ogen of in die van Joke Stoep niets veranderd zijn, ik zal bewijzen dat dat niet waar is. Ik zal laten zien dat deze vrouw tegenover hem niet geschokt is over dit weerzien. Integendeel, hier zit niet een schuw vogeltje dat het liefst zo snel mogelijk wil wegvliegen, maar een sterke vrouw.

Opnieuw zoekt hij mijn blik. Als ik niet onmiddellijk reageer, neemt hij een stukje brood en smeert er boter op.

'Wil je?' vraagt hij, terwijl hij het me voorhoudt.

Ik ben duizelig van de wijnroes en mijn weeïge maag snakt naar iedere kruimel voedsel, maar al was de man tegenover me de laatste mens op aarde die me daarvan zou voorzien, ik weiger uit zijn hand te eten.

Zodra hij mijn stoïcijnse blik opvangt, haalt hij onverschillig zijn schouders op.

'Dan niet, zelf weten,' zegt hij en hij schuift het brood tussen zijn lippen. Demonstratief likt hij de boter van zijn vingers. 'Nou, ik moet zeggen: je ziet er niets van,' gaat hij verder. 'Ik had verwacht dat het erger zou zijn.'

'Wat?'

'Je heup.' Brutaal wijst hij naar mijn onderlijf.

Een warme gloed trekt over mijn gezicht. Ik grijp me vast aan de zitting van de stoel.

'Ik dacht dat je eh... nou, je weet wel... mank zou lopen of zo.' Hij grijnst.

De schoft, schiet het door me heen. Niet opstaan en niet weglopen, is de volgende gedachte, blijf zitten. Gun hem dit niet.

'Ik was dronken, dat weet je. En ik had gigantisch veel spijt, dat moet je toch ook gehoord hebben? Ik heb ervoor gezeten,' beklemtoont hij alsof dat alles goedmaakt. En als hij in mijn vuurspugende ogen kijkt, voegt hij er snel aan toe: 'En terecht, natuurlijk.'

'Het is lang geleden, laten we er niet meer over praten,' murmel ik vrijwel onhoorbaar.

'Maar we hebben nooit de kans gehad om het uit te praten,' zegt hij.

'Wat valt er uit te praten?'

'Ik ben naar je op zoek gegaan. Je was weg, verhuisd. Niemand wilde zeggen waarheen.'

'Vind je het gek?'

'Nee, nee, alhoewel... Nogmaals: ik was dronken. En ja, je kent mij...'

'Ik ken je goed genoeg om je niet te vergeven, als je dat soms bedoelt.'

'Vergeven, vergeven...' zegt hij en hij maakt een overdreven groot gebaar in de lucht. 'Tja, ik begrijp dat zoiets tijd vergt. Maar toch, het zou mij goeddoen als we als goede vrienden uit elkaar gaan.'

'Nooit!' gil ik en ik sla met mijn vuist op tafel. Het bestek trilt tegen de borden. Peters mes rolt van tafel en klettert op de grond.

Om ons heen draaien een paar hoofden zich verschrikt om. Blikken vol ergernis treffen ons tafeltje. Meteen daarop komt het spichtige meisje met onze voorgerechten aanlopen. Zwijgend zet ze twee bordjes met geitenkaassalade op tafel.

'Wilt u een nieuw mes?' vraagt ze poeslief aan Peter terwijl ze mij beschuldigend aankijkt.

'Nee, hoor,' antwoordt hij zonder haar een blik waardig te keuren. Zijn ogen blijven op mij gefocust terwijl hij met zijn servet over het mes veegt.

'Eet u smakelijk dan,' zegt het meisje gehaast en ze maakt zich uit de voeten.

Peter barst in lachen uit. Hij heeft ondertussen mijn glas weer gevuld en heft het zijne. Met een luidruchtig 'proost' laat hij merken dat het aan dit tafeltje heel gezellig is. Bemoedigend knikt hij naar de drie verontruste vrouwen naast ons. Heus, er is niets aan de hand, zegt zijn blik, geniet van uw maaltijd.

Een huivering loopt over mijn rug als ik zijn gebaren volg. Alle goede voornemens ten spijt staar ik afwachtend naar de man tegenover me. De man met wie ik ooit een groot geheim deelde. Een geheim dat me bijna mijn leven kostte.

20

Na het voorgerecht schuif ik abrupt mijn stoel achteruit.

'Geen hoofdgerecht?' Peters lodderige ogen blijven op mijn volle borsten rusten. Ik ken die blik. Ook daarin is hij niets veranderd. Trillend sta ik op.

'Nee, bedankt. Het is mooi geweest. Ik ga naar mijn kamer,' zeg ik zo kalm mogelijk en ik geef hem een cynisch lachje. 'Morgen weer vroeg uit de veren.'

'Ah toe, blijf nog even. We hebben het nog niet eens over Positive Life gehad, de organisatie waar ik mee samenwerk, zoals nu. Waar jij voor gekomen bent, toch? Heeft het nog met toen te maken?' sneert hij door. 'En? Heb je nog iets aan mijn workshop gehad? Mijn filosofische denkgereedschap?'

Ik verafschuw die zelfvoldaanheid van hem. Terwijl ik mijn servet op tafel leg, buig ik me naar voren. Ik ruik zijn aftershave. Bijna raken mijn lippen zijn oor als ik fluister: 'Absoluut! Die workshop van jou heeft me zoveel zelfvertrouwen opgeleverd dat ik je de rest van de week niet meer wens tegen te komen. En heel toevallig weet ik dat iemand als jij daar nogal moeite mee heeft. Met vrouwen en afwijzingen en zo, maar laat ik je dan vast waarschuwen: mocht je het in je hoofd halen mij nog één keer hier aan te spreken of lastig te vallen, dan zorg ik er persoonlijk voor dat je dit keer voorgoed achter de tralies belandt, begrepen?'

'Mijn god, waar heb je het over?' roept hij met een hoog stemmetje.

Weer draaien er hoofden onze kant op. Ik voel hoe de blikken nu op mij blijven rusten. Ik tril op mijn benen, maar het moet eruit. Niet langer kan ik leven met deze zware druk. Ik recht mijn rug. Minachtend kijk ik op hem neer.

'Dat weet je best,' sis ik. 'Moord verjaart niet!'

Er valt een pijnlijke stilte. Mijn hart bonkt wild door mijn lijf als ik zie hoe zijn ogen zich samenknijpen. Voordat hij iets kan antwoorden, keer ik me om en loop weg.

Nu ben ik degene die lacht. Met opgeheven hoofd loop ik langs de tafeltjes met nieuwsgierige dames. Mijn hart slaat op hol. Ik kan ieder moment gaan kotsen, maar ik geef geen krimp. Pas als ik de deur naar de hal door ben en langs de bar in de richting van de buitendeur loop, hap ik naar adem. Trillend open ik de deur.

Verblind door tranen wankel ik de verlaten parkeerplaats op en been in de richting van mijn auto. De enige plek waar ik tot mezelf kan komen en niemand hoef te zien of te horen is in de auto. Bevend neem ik plaats achter het stuur.

Mijn lijf schudt, tranen stromen, maar ik heb het doorstaan. Ik heb die vreselijke, eigengereide klootzak weerstaan. Onafgebroken hamert het door mijn hoofd. 'Het is goed, je hebt het goed gedaan, het is goed, je hebt het goed gedaan.'

Heel langzaam kom ik tot mezelf, wordt het schudden minder en krijgen mijn longen weer lucht. Ik laat mijn hoofd tegen de hoofdsteun rusten en sluit mijn ogen. Ik denk aan de woorden van goeroe Josh. Een paar van zijn oneliners schieten door mijn hoofd. Hij had het over loskoppelen en over stilstaan. In het moment blijven en vrede met jezelf hebben. Hij raadde ons aan om iedere dag bij het opstaan een zinnetje voor jezelf te bedenken. Wat gaf hij ook alweer als voorbeeld?

'Vandaag zie ik meer vrede dan ik ooit voor mogelijk had gehouden.' Ja, zoiets was het, geloof ik. Ik denk aan mijn gesprek met Peter. Niet bepaald een vredelievend gesprek. Maar wel een dat me verder heeft gebracht, me heeft doen inzien dat ik sterk genoeg ben om me niet door hem te laten inpakken. In dat opzicht heeft deze cursus al bijgedragen aan mijn verandering.

Nu ik hier zo zit, voel ik me ook rustiger worden door de verkwikkende dennenlucht die door het autoraampje naar binnen stroomt. Vanuit het bos klinken vogelgeluiden. Ze worden afgewisseld met het geluid van de eekhoorns die langs de boomstammen omhoogschieten en tikkertje spelen tussen het loof. Inmiddels ben ik helemaal met ze vertrouwd geraakt. Dat was wel anders toen ik hier aankwam. Nerveuze kip, denk ik nu. Ik tover een voorzichtige glimlach om mijn mond.

Hoe lang zit ik hier nu in dit oord? Amper twee dagen, maar door al die gebeurtenissen lijkt het wel een maand. Weer schiet er een oneliner voorbij.

'Vandaag geef ik mezelf over aan een overvloed van liefde,' sprak de goeroe.

Ik slaak een diepe zucht. Heb ik dat ook niet gedaan? Misschien een iets te grote overvloed. Is Hans daarom op de vlucht geslagen? Ik mis hem echt, en terwijl ik over hem mijmer, val ik in slaap.

Als ik wakker word, hoor ik het hoge gezoem van een mug. Het is inmiddels al aardig schemerig geworden. De buitenlichten branden en de parkeerplaats ademt een desolate sfeer.

'Oké, Van Egmond,' zeg ik tegen mezelf. 'Je gaat hier niet bij de pakken neerzitten, maar je gaat gewoon door. Je bent een prima meid en je laat je door niets en niemand verjagen! Zeker niet door figuren uit het verleden. Ben je hier niet naartoe gekomen om daarmee af te rekenen? Doe er dan iets mee.'

Ik sluit het autoraampje en net als ik het portier wil openen, zie ik twee koplampen naderen. Met een rotvaart komen ze in mijn richting. Ik wacht met uitstappen. Niemand hoeft me hier te zien. Ik heb geen zin in babbeltjes. Tot mijn schrik parkeert de persoon zijn auto vlak naast die van mij. Ik laat me onder het stuur wegzakken. Doodstil wacht ik af. Naast me gaat een portier open. Meteen herken ik de stem van Joke Stoep.

'Shit, shit, shit,' vloek ik in mezelf. Kan dat mens niet gewoon oplossen? Moet ze haar auto per se naast die van mij zetten? Het is ronduit pestgedrag van dat kreng!

Wat nu?

Ze praat onafgebroken. Bevelend haast klinkt haar stem. Blijkbaar heeft ze iemand bij zich. Hopelijk leidt dat haar van mijn aanwezigheid hier af. Ook het andere portier gaat nu open. Ik hoor een man praten. Ik kan hem niet goed verstaan, Jokes stem tettert erbovenuit. Deuren slaan dicht. Haar hakken klikken luid om de auto. Er wordt iets uit de achterbak gehaald. Weer een klap. Dan het geluid van het slot, eindelijk hoor ik ze weglopen. Als hun stemmen zijn opgelost, ontspan ik me. Ik strek mijn benen en druk mezelf omhoog uit mijn benarde positie.

Zodra mijn hoofd boven het raampje uitsteekt, tracht ik nog een blik van Joke en haar passagier op te vangen. Ik zie haar vette kont in de verte draaien, ik zie haar benen zwikken. Met wie loopt ze daar? Is het die Josh?

De duisternis maakt het zicht op de twee figuren vrijwel onmogelijk. Maar dan, als ze de hoofdingang bijna genaderd zijn, werpt een van de buitenlampen een helder schijnsel op hen. Het moment is kort. Zo kort dat ik denk het me te verbeelden. Want als ik de man zie die naast Joke loopt, kan ik mijn ogen niet geloven. Ik ken dat loopje. En hoewel hij nog maar één dag in mijn leven is, weet ik precies welke persoon daarbij hoort. Het is niet waar, gaat het door me heen. De figuur daar onder de buitenlamp is niemand minder dan Hans.

1985

Het is eind januari en het vriest dat het kraakt. Al weken achtereen is het ver onder nul. Er ligt een dik pak sneeuw, het kanaal zit dicht en zelfs een groot deel van de Waal is voor schepen onbegaanbaar geworden. Voor mijn huisgenootjes en mij betekent dat iedere dag schaatsen.

Rond het middaguur waden we ons een weg door de witte wereld naar het ijs. Ik draag drie truien over elkaar op mijn wollen broek en mijn haar heb ik verstopt onder mijn zelf gebreide muts. Geen van ons voelt hoe de vorst greep probeert te krijgen op onze dunne meidenlijven. Integendeel, uitgelaten banjeren we door de sneeuw in de richting van de dijk, waar de bomen met hun berijpte takken voor een sprookjesachtig effect zorgen.

Vlak voor ons uit schuifelt een oude man met zijn hondje. Terwijl hij zich voetje voor voetje voortbeweegt, moppert hij tegen de hond omdat het diertje niet snel genoeg opschiet. Bibberend draait de hond rondjes in de sneeuw. Met zijn glazen angstoogjes kijkt hij voortdurend achterom naar zijn baasje. Als hij dan uiteindelijk een van zijn schriele achterpootjes op-

trekt, verandert het wit van de sneeuw in geel en stijgt er een warme damp op. Meteen daarop neemt de hond een spurt en trekt de oude man onderuit. Vloekend en tierend belandt hij languit in de sneeuw. Iemand snelt toe en helpt hem overeind. Wij gieren het uit.

Even onbezonnen en rozig zitten we 's avonds aan de grote eettafel in onze gemeenschappelijke keuken. Mijn wangen gloeien na van de uren op het ijs. Ik warm mijn handen aan de hete kom met soep. Ongemerkt glijdt het geroezemoes van stemmen langs me heen. Ik denk aan gisteravond. Aan hoe Peter hier woedend de deur uit vloog.

Voor het eerst sinds tijden voelde ik me sterk genoeg om door te zetten, om hem voorgoed de deur te wijzen. Niet langer gediend van zijn opdringerige gezeur, liet ik hem weten dat het uit was. Dat hij het kon bekijken, écht kon bekijken. Niet langer wilde ik dat hij hier zomaar in en uit bleef lopen alsof dit ook zijn huis was. Toen hij begon te lachen schreeuwde ik tegen hem dat ik het meende. Dat mijn verdoving was uitgewerkt. Dat ik tot het inzicht was gekomen dat ik mijn leven niet langer door hem wilde laten vergallen. Aanvankelijk reageerde hij niet, hij praatte gewoon door over de Elfstedentocht die er hoogstwaarschijnlijk ging komen en zijn plannen om daaraan mee te doen.

Pas toen ik van hem eiste dat hij de sleutels van mijn huis en mijn kamer op tafel zou leggen, en hij zag dat het bittere ernst was voor mij, begon hij te schateren. Of ik was vergeten hoe fijn ik het had gevonden dat hij een sleutel had. Hoe hij me dankzij die sleutels nog net op tijd van mijn zelfverkozen dood had weten te redden. En of ik opeens was vergeten hoe graag ik me daarna door hem had laten troosten. Zijn bulderende lach ging over in een venijnig gegrom. Hij greep me bij mijn polsen en trok me naar zich toe. 'Je gaat je niet als een ondankbaar kind gedragen, hoor je!' beet hij me toe.

Tegenspraak is iets wat Peter niet kan dulden. Hoe driftiger ik werd, hoe vaster zijn greep. Mijn 'nee' gold doorgaans voor hem als een aanmoediging om door te gaan. Om me te betasten, te zoenen en te dwingen tot seks. En gek genoeg liet ik dat bijna altijd toe. Dan bleek de grens tussen hartstochtelijke overgave en verzet snel te vervagen. Ja, dan wist ik niet of zijn overheersende kracht me nou opwond of afstootte. Hoe kon ik iemand als Peter afwijzen? De meest geliefde, charmantste jongen van de universiteit?

Gisteravond was ik vastbesloten. Ik trachtte me uit zijn greep los te maken en toen hij me daarop nog strenger aankeek, schreeuwde ik trillend van de zenuwen dat ik een huisgenootje zou roepen als hij niet opdonderde. Razend werd hij. Maar hij liet me wel los. Hij smeet de sleutels door de kamer en stampte het huis uit.

'Gaat het, Iris?' Een van mijn studiegenootjes kijkt me bezorgd aan.

Ik schrik op. 'Jazeker!'

'Knap van je dat je het hebt uitgemaakt,' zegt ze. 'Ben je niet bang voor zijn reactie?'

'Niet meer,' zeg ik standvastig.

Het is al laat als we onze eigen kamers opzoeken. Lichtelijk aangeschoten van de chocolade met rum loop ik de trappen af naar de buitendeur. Het is die avond mijn beurt om af te sluiten.

Dan opeens zie ik hem staan. Hij heeft zijn auto vlak voor onze deur geparkeerd. Hij moet er al een tijdje staan, de rode lak is zo goed als verdwenen onder de sneeuw. Als hij een glimp van mij opvangt, gooit hij meteen zijn portier open en stapt uit. Aan zijn zwalkende loopje te zien is hij dronken. Vlak voor de deur glijdt hij uit en hij grijpt zich nog net op tijd aan de deurknop vast. Met zijn volle gewicht slaat hij tegen de deur, het geeft een enorme klap. Ik ben de enige die het hoort. Ik deins achteruit. Mijn verstand zegt dat ik niet moet opendoen, maar als ik hem hoor smeken en zie huilen, komt mijn hart in opstand. En in plaats van de deur af te sluiten doe ik hem open.

21

Die vuile heks! Ze moet gezien hebben dat Hans en ik graag in elkaars gezelschap verkeren. Het moet haar zijn opgevallen dat we vanaf dag één samen eten, wandelen en... godallemachtig: zou ze ons hebben zien zoenen?

Een steek van afkeer schiet door mijn middenrif. Stel ik me aan, of is er iets gaande waar ik geen weet van heb? Het kan puur toeval zijn en liever wil ik niet toegeven aan de paranoïde hersenspinsels die zich vastzetten in mijn hoofd, maar ik voel duidelijk dat er iets niet pluis is. Een gebeurtenis van lang geleden staat me weer helder voor de geest. Ook daar was ze toen bij betrokken, en hoe.

Haar eeuwige afgunst, haar niet te stoppen jaloezie, ik haat haar.

Hoe heeft ze hem al zo snel weten in te palmen? Ik kan me namelijk niets anders bij dit plaatje voorstellen. Wat deed hij bij haar in de auto? En op dit tijdstip? Waar zijn die twee geweest?

Wil ik dat wel weten? Ik bal mijn vuisten, nijdig sla ik op het stuur. De warmte van de auto jaagt me op, woedend gooi ik het portier open en zwiep mijn benen naar buiten. Ik heb het hier helemaal gehad.

Waarom zou ik me nog langer laten opfokken door deze kloteweek? Bezinning, mindfulness, ha, schei toch uit. Als ze dit een bezinningsoord noemen, dan vraag ik me af wanneer die bezinning mij ten deelt valt. Ik heb lang genoeg mijn best gedaan.

Vanaf morgen ben ik weg. Goodbye! Geen dag langer blijf ik in dit achterlijke oord. Zodra ik thuis ben, zal ik José alles uitleggen. Ik zal haar vertellen wie ik hier ben tegengekomen. Dat één dag – wat, één avond – in het gezelschap van Peter Schaap mij de ogen heeft geopend. Dat ik dankzij die fantastische ontmoeting met hem voorgoed van mijn trauma ben genezen. Ik zal haar zeggen dat ik geen zeven dagen nodig had om daarachter te komen, maar slechts een paar uur. En dat geen enkele goeroe, filosoof of zenmeester – hoe goed bedoelend ook – zich kan meten met zo'n avondje keiharde praktijkervaring.

José zal het snappen. Sterker nog, als ik haar uitleg dat niet alleen Peter Schaap me heeft genezen, maar dat de ware druppel Joke Stoep was, zal ze misschien even verbaasd reageren, maar me daarna onmiddellijk gelijk geven. Ja, ja, zal ik zeggen, wat een toeval, hè, dat loeder was daar ook.

En ja, hoor, zelfs nu, na bijna dertig jaar, is ze nog steeds in staat om de man die zijn oog op mij laat vallen in te pikken. Kun je je voorstellen, zal ik aan haar vragen, dat ik daar inmiddels te oud voor ben? Dat ik geen zin meer heb in dit soort kinderachtige spelletjes? Ze mag hem hebben. Ze mag ze allemaal hebben. Ze doet maar. Als ze mij maar met rust laat!

José zal het allemaal begrijpen. Ik weet het zeker. En ik zal haar bedanken voor het geld dat ze in deze week heeft gestoken. En de dagen dat ik hier niet ben gebleven, zal ik haar terugbetalen. Weg met die slachtofferrol, weg met de liefdadigheid, het is genoeg geweest. En ik zal me als vanouds weer op mijn werk storten. En die heerlijke middag met Hans, die zal ik als een zoete herinnering blijven koesteren.

Zo moet het zijn en zo zal ik te werk gaan.

Gesterkt door mijn plan sluit ik de auto af en loop het parkeerterrein over. Nu pas voel ik hoe drukkend het is. Het is zelfs zo zwoel dat ik, wanneer ik in mijn kamer ben, meteen mijn schuifdeur open. Wil ik hier niet ploffen, dan zal ik met de deur open moeten slapen. En hoewel dat vooruitzicht me niet bepaald trekt, zit er niets anders op. Nergens in de ruimte heb ik enige andere ventilatie kunnen ontdekken.

Ik kleed me uit, poets mijn tanden, neem voor de zekerheid nog een pil en trek daarna het dunste nachthemdje aan dat ik heb meegenomen. Als ik de zomerdeken van het bed terugsla, vlij ik me neer op het laken. Mijn hoofd en lichaam gloeien, hoe minder ik beweeg, hoe minder ik transpireer.

Wanneer ik mijn ogen sluit, dringen vrolijke, zomerse klanken zich van buiten aan me op. Opzwepende muziek en de daarbij horende beat verspreiden zich via het terras naar mijn kamer. Ik hoor een plons. En nog een. Dan hoor ik gelach en gespetter. Ik geef me over, zak weg en vlak voordat de slaap me echt in zijn greep krijgt, dwarrelt er nog één gedachte door mijn hoofd: ik hoef niets meer. Morgen ga ik naar huis.

22

Het is aardedonker wanneer ik mijn ogen open. Ik ruik een vreemde geur die ik niet kan thuisbrengen, maar toch ergens van meen te herkennen. Op de tast zoek ik naar het lichtknopje boven mijn bed. Als mijn hand in het luchtledige blijft grijpen verplaats ik hem naar het nachtkastje. Ik stoot pijnlijk mijn vingers, dan stuiten ze op mijn mobieltje. Het ding klapt open, de tijd licht op: 03.53 uur.

Mijn hand graait verder. Ik voel het snoer van de schemerlamp. Als een drenkeling grijp ik me eraan vast en volg het naar de lichtschakelaar. Zodra ik het knopje indruk, lost het zwart van de nacht op in een zee van licht.

Ik knipper met mijn ogen, zet mijn voeten naast het bed en juist als ik me wil afzetten om op te staan kijk ik recht in de ogen van Hans.

'Jezus!' gil ik. 'Wat doe jij hier?' Mijn stem galmt door de stille kamer. Stokstijf staar ik naar de ogenschijnlijke geestverschijning die me zwijgend aankijkt. Mijn hart slaat over en ik weet niet of dat van blijdschap of van angst is.

'Stt,' zegt hij en hij legt zijn vinger op zijn mond. 'Je maakt iedereen wakker.'

Hij loopt op me af en neemt plaats op het bed. Weer ruik

ik die geur die ik eerst niet kon thuisbrengen, maar nu meteen herken als de zijne.

'Slaap je altijd met de buitendeur open?' vraagt hij glimlachend. Zijn blik is teder. 'Iedere gek kan zomaar bij je naar binnen sluipen.' Zijn stem is zacht. Hij streelt mijn rug. Als door de bliksem getroffen schiet ik overeind. Te snel. Door de plotselinge schrik, maar vermoedelijk nog meer door de ingenomen pil, die me doet duizelen, val ik terug op het bed. Automatisch vangt Hans me op.

'Ho, ho,' zegt hij en liefdevol slaat hij zijn armen om me heen.

'Laat me los,' gil ik gesmoord en ik probeer me los te worstelen. Verschrikt kijkt hij me aan. Meteen laat hij me los.

'Sorry, ik wilde je verrassen... niets meer,' zegt hij terwijl hij opstaat en aarzelend in de richting van de deur loopt.

'Verrassen?' roep ik nerveus als ik zie dat hij vertrekt. 'Op dit tijdstip? Ben je gestoord of zo?'

Ik tril, ben boos en geschokt, maar ook bloednieuwsgierig. 'Waar was je vanavond?' roep ik gebelgd. 'We zouden samen eten.'

'Ik begrijp het,' zegt hij en hij wacht. Hij draait zich om en stapt opnieuw op me af.

Zie ik een glans in zijn ogen?

'Ik kon je niet bereiken...' vervolgt hij aarzelend. Hij zoekt naar woorden. 'Ik moest plotseling weg.'

'Ja, ja, dat zal wel,' roep ik nukkig. Ik kruip naar het hoofdeinde van het bed. Als ik mijn benen optrek, word ik me bewust van mijn schaarse kleding. Naakt en ongemakkelijk voel ik me in zijn bijzijn.

'Het is echt waar,' zegt hij. Alsof ik aan zijn woorden zou twijfelen.

'Toen we vanmiddag afscheid namen was ik doodop. Mijn voeten brandden en ik was toe aan een borrel. Voordat ik naar mijn kamer ging, liep ik nog even door naar de bar. Ik had tenslotte alle tijd. Het diner zou pas rond achten plaatsvinden in de tuin.'

Zie je wel, gaat het door me heen, hij wist het wel. Meteen voel ik me een sukkel. Het was mijn eigen schuld dat ik daar veel te vroeg op hem zat te wachten. Hunkerend en zenuwachtig gedroeg ik me als het eerste het beste schoolmeisje.

'Ik raakte daar aan de praat met een paar mensen en voor ik het wist had ik een paar whisky's achter de kiezen. En waarom ook niet? Het is zomer, ik heb vrij, en ik had net de mooiste middag sinds tijden...'

Hij kijkt me aan. Zijn pretogen vragen om bevestiging. Hij komt een stap dichterbij. Zenuwachtig pulkt hij aan het onderste knoopje van zijn overhemd.

Ik kan het niet, ik kan hem niet zeggen dat dat ook voor mij gold. Dat het ook voor mij de mooiste middag was sinds tijden, sinds eeuwen. Ik kan het niet. Niet na wat ik gezien heb. Hij kan me van alles wijsmaken. Dat hij te moe was, te dronken, of wat dan ook, alles zou ik zonder meer geaccepteerd hebben. Iedere smoes, ieder leugentje zou ik hem vergeven, als ik hem maar niet met Joke Stoep had gezien.

'En toen kwam dat telefoontje.'

'Welk telefoontje?'

Hij schrikt van mijn stem. Fronsend kijkt hij me aan. 'Waarom doe je opeens zo argwanend?' vraagt hij.

Ik voel me gespannen. Straks ben ik hem kwijt. Maar ik wil niet hunkeren, ik moet hem loslaten. Hij is vrij. Toch kan ik niet stoppen. Ik moet het weten. 'Welk telefoontje?' herhaal ik schor.

'Een telefoontje van mijn ex.'

Niet-begrijpend kijk ik hem aan.

Hij ontwijkt mijn blik.

Liegt hij? Waar heeft hij het over?

Hij slaakt een zucht.

'Een van mijn dochters moest onverwacht naar het ziekenhuis. Ze wisten niet wat er met haar aan de hand was, ze had hoge koorts, men vermoedde een buikvliesontsteking of erger, het bleek om haar blindedarm te gaan.'

Zie ik tranen in zijn ogen?

'En wat heb jij daarmee te maken?' vraag ik boos.

Verbaasd kijkt hij me aan. In zijn ogen lees ik afkeer.

'Maar, lieve schat, wat ík daarmee te maken heb? Ik heb daar álles mee te maken. Het is mijn kind! Ik wilde bij haar zijn.'

Hoe kan ik zo stom zijn. Het gaat niet om zijn ex, maar om zijn kind. Ik schaam me. 'Ik had met je mee kunnen gaan,' zeg ik snel.

Ellendig, dom en o zo jaloers voel ik me. Ik wil niet door hem worden afgewezen.

'Natuurlijk had dat gekund. Maar ik wilde je niet in verlegenheid brengen. We kennen elkaar nog maar zo kort. Had je mijn ex dan al willen ontmoeten?'

Ik haal mijn schouders op. Wat kan ik nog zeggen? Er valt niets meer te redden. Het maakt niet uit, het is mijn eigen schuld, ik heb alles verpest. Morgen ben ik weg.

'Een van de mensen met wie ik daar aan de bar stond was de vrouw van de organisatie...'

'Je bedoelt Joke Stoep!' Weer kan ik me niet inhouden.

'Wie?'

'Niks, laat maar.'

O, wat schaam ik me. 'Ga verder,' zeg ik kalm in de hoop de boel te redden.

'Ze zag natuurlijk in wat voor aangeschoten toestand ik verkeerde en bood aan om me naar het ziekenhuis te rijden.'

'Ik weet het,' mompel ik.

'Wat weet je?'

'Dat je met haar was.'

Nu knippert hij met zijn ogen. Zijn mondhoek trilt. Ik voel medelijden met hem. Hij zal doodop zijn. Hij begrijpt er natuurlijk niets van. Hij wilde me alleen maar verrassen, en dan treft hij zo'n zuurpruim aan. Zo'n wantrouwende gek. O, god, hoe kan ik dit goedmaken?

'Ik heb jullie gezien.'

'O, ja?' Zijn blik verstart.

'Ik zat in de auto...'

'In de auto? Welke auto? Waar? Wilde je weg?'

'Ja, ik bedoel nee. Ik was gevlucht.'

'Gevlucht?'

'Ja, ik had een rotavond. Jij was er niet en ik zat met die Peter opgescheept.'

Zwijgend staart hij voor zich uit. Dan verschijnt er een glimlach om zijn lippen. Voorzichtig neemt hij weer plaats naast me op bed. Ik laat het toe, beweeg niet, maar concentreer me op mijn blote voeten. Ik schaam me voor mijn gedrag en voor mijn vooroordeel, wat had ik het weer verschrikkelijk mis. Arme Hans. Wat moet hij niet van me denken?

Zijn vingers strelen over mijn blote tenen. Het kriebelt, ik moet lachen. Een zenuwachtige hikkende lach ontsnapt uit mijn mond. Hij drukt er een kus op. Ik voel zijn warme lichaam naast me gloeien. Iedere vezel in mijn lijf trilt van spanning. Ik strek mijn benen, mijn nachthemdje kruipt omhoog. Verrukt kijkt hij naar mijn blote onderlijf dat nu zichtbaar wordt.

Aarzelend legt hij zijn hoofd tussen mijn benen. Voorzichtig duwt hij ze uit elkaar. Teder trekt zijn mond een spoor van kussen langs mijn bovenbeen. Hoger en hoger likt zijn tong. Kreunend druk ik mijn bekken omhoog en ik sluit mijn ogen. Als zijn tong het zachte, natte vlees tussen mijn benen heeft bereikt, slaak ik een kreet van genot. Ik woel door die superzachte krulletjes naast zijn oren, pak zijn hals vast en druk me tegen hem aan.

'Hm, wat geil,' hoor ik hem zeggen.

Ga door! wil ik roepen, maar ik vind geen woorden. Ik streel het hoofd in mijn schoot. Hij mag niet stoppen, nooit meer. Ik ben zo vreselijk opgewonden, zo verliefd en zo gek van alles wat me overkomt dat ik spontaan begin te huilen.

Als hij me hoort snikken, tilt hij zijn hoofd op. Zijn mond is nat van mijn vocht. Hij likt langs zijn lippen.

'Ik wil je,' zegt hij hees en hij knoopt zijn broek los. Opgewonden graai ik naar zijn kleren. Ik trek aan zijn overhemd, duw zijn boxer omlaag en voel zijn erectie tegen mijn buik drukken.

'Tjee, zeg. Hoe lang geleden heb jij voor het laatst geneukt?' vraagt hij hijgend terwijl hij mijn nachthemdje omhoogschuift.

'Veel te lang geleden,' zucht ik. Bevend van geluk sluit ik mijn betraande ogen. En als ik zijn tong over mijn tepels voel glijden smeek ik de goden dat dit moment nooit voorbijgaat.

23

Wanneer ik wakker word van het zonlicht dat door de gordijnen valt, voel ik het lichaam van Hans die zwaar ademend over me heen ligt. Ik heb het dus niet gedroomd, hij is er echt. O, wat ben ik gelukkig. Mijn ogen glijden langs iedere millimeter van zijn heerlijke lichaam. Langs zijn sterke armen en schouders, en over het blonde dons dat zijn lijf als een bontje bekleedt. Zachtjes speel ik met de krulletjes naast zijn oren. Als ik hem op zijn voorhoofd kus, richt hij zich langzaam op.

'Hi,' zegt hij zacht.

Ik antwoord met een lach.

Loom draait hij zich van me af. Onze kleverige lichamen plakken, we ruiken naar seks. Ik snuif de geur in me op, bang om die te vergeten, bang omdat het misschien bij deze ene keer zal blijven. Hoe zal de rest van de dag verlopen? Was ik niet van plan om vandaag te vertrekken? Gaat Hans naar het ziekenhuis? In welk ziekenhuis ligt zijn dochter? Het moet hier niet ver vandaan zijn, anders was hij gisteravond nooit teruggekomen. Of zou hij voor mij...

'Dat was lekker,' zegt hij.

Als ik het wil beamen en me dichter tegen hem aan druk,

voel ik weerstand. Ik vang zijn blik op, snel kijkt hij van me weg. Ik bespeur iets onrustigs in die blik.

'Hoe laat is het?' vraagt hij.

Ik pak mijn mobiel en zie dat het nog vroeg is. 'Nog geen zeven uur,' antwoord ik en opnieuw draai ik me naar hem toe. Mijn hand glijdt liefkozend over zijn borst. Hij reageert niet, maar staart strak voor zich uit.

'Zullen we douchen?' vervolgt hij.

De vraag is heel normaal, maar alweer voel ik me onzeker worden. Wil hij weg? Nu al? Geen kleine vrijpartij meer?

'Dat is goed,' antwoord ik en meteen laat ik hem los. Aarzelend sta ik op. Ik voel hoe zijn blik op me blijft rusten. Afstandelijk en vreemd voelt die blik. Zou hij spijt hebben?

'Wil jij eerst?' vraag ik als ik op zoek ga naar mijn nachthemdje. Ik voel me plotseling heel bloot en wil mijn naaktheid bedekken.

'Oké!'

Meteen schiet hij naar de badkamer. Ik kijk hem na, glimlach naar hem, maar hij ziet het niet. Ik hoor hem de deur op slot draaien. Peinzend trek ik de overgordijnen verder open. Het zitje baadt in het zonlicht. Vogels schetteren door het stille bos, waar de ochtendnevel plaatsmaakt voor de zon. Het belooft een warme dag te worden. Alles ademt vrede en rust. Behalve in mij. De onrust in mijn hoofd is terug. Ik wil er niet aan toegeven. Beter is het om te genieten van dit mooie moment. Spoken komen en gaan, dat moet ik nu toch van mezelf weten, denk ik, luisterend naar het gespetter in de badkamer. Hij maakt zich natuurlijk zorgen om zijn dochter. Hoewel ik me moeilijk in hem kan verplaatsen – kinderen hebben nooit mijn leven bepaald – probeer ik te begrijpen hoe belangrijk dat voor hem is.

Terwijl ik een stoeltje naar me toe trek om te gaan zitten, hoor ik ineens een telefoontje rinkelen. De serene stilte is verbroken.

Het jengelende geluid komt dit keer niet bij mijn buurvrouw vandaan, maar uit mijn eigen kamer. Het moet de mobiel van Hans zijn. Zal ik hem opnemen? Misschien belt het ziekenhuis, of misschien is het zijn ex. Eigenlijk wil ik het niet weten. Ik wil hem niet kwijt. Laat ze maar iets inspreken. Ik heb er niets mee te maken.

Maar als het indringende geluid aanhoudt en mijn nieuwsgierigheid hand over hand toeneemt, wip ik toch naar binnen. Het geluid komt uit een van de broekzakken van Hans.

Ik roep naar de badkamer dat zijn mobiel afgaat en vraag of ik moet opnemen, maar er komt geen antwoord. Het douchewater overstemt ieder ander geluid.

Ik kijk naar de broek en als het geluid niet stopt, trek ik de mobiel uit de zak. Zodra mijn oog op de naam van de beller valt, laat ik van schrik het toestel uit mijn hand vallen. Het ding klettert op de vloer. Vlug raap ik het op. De ringtoon is gestopt, de beller spreekt waarschijnlijk iets in.

Ook in de badkamer is het nu stil. Snel frommel ik de mobiel terug in de broekzak. Mijn hand trilt, mijn hart bonkt. Dan opeens staat hij achter me, met een schok draai ik me om.

'Werd er gebeld?' vraagt hij kort.

Hij heeft een handdoek om zijn heupen geslagen. Zijn natte haar drupt, een straaltje water loopt langs zijn ongeschoren gezicht. Weer zie ik die merkwaardige, koele blik in zijn ogen. Ik kan die niet thuisbrengen, maar het raakt me en doet me huiveren. Ik sla mijn armen over elkaar. Als een dief die betrapt is, sta ik voor hem. Mijn knieën knikken, mijn keel zit dicht, ik heb geen woorden.

'Kon je zien wie het was?' vraagt hij zakelijk en hij bukt zich om de mobiel uit de broekzak te halen.

Verstijfd blijf ik staan. Wat kan ik zeggen? Natuurlijk weet ik wie er belde. En als ik niet zo houterig stond te weifelen of me zo achterlijk stond aan te stellen, dan kon ik hem gewoon antwoord geven.

Want waarom zou ik er iets achter zoeken? Het is de normaalste zaak van de wereld dat hij haar naam en nummer heeft opgeslagen in zijn telefoon. Ook begrijp ik dat ze belt. Ze is bezorgd. Ze heeft hem gisteravond naar het ziekenhuis gebracht, meer niet. Ze staat altijd vroeg op voor haar yoga, haar meditatie, of god mag weten wat, daarom belt ze op dit krankzinnig vroege tijdstip.

Het is allemaal heel logisch en toch, ik kan dit niet aan. Ik ken Joke Stoep, ik weet hoe ze te werk gaat. Ik weet het zeker; ik ben hem kwijt.

1984

Vanuit onze gemeenschappelijke keuken blik ik de gang in. Alle kamerdeuren staan open. Overal hangen slingers en iedereen is in een opperbeste stemming. Marjan speelt piano, ze is goed, en haar nieuwste vriendje – zijn naam ben ik vergeten – heeft zijn contrabas meegebracht. Een jazzy sound verwelkomt de nieuwe gasten. Ik ben verbaasd over het aantal mensen dat wij, vier meiden en één jongen – nou ja, jongen, Freek is vrouwelijker dan wij allen bij elkaar, en volgens ons is hij hartstikke gay, maar dat wil hij nog steeds niet toegeven –, hebben uitgenodigd voor ons eindejaarsfeest. We zijn hier praktisch allemaal tegelijk komen wonen. Nu alweer ruim anderhalf jaar geleden.

Het statige herenhuis met de vele kamers dat door de ouders van Marjan is gekocht, voelt zo vertrouwd voor mij dat ik me haast niet kan voorstellen dit heerlijke leven met ons vijven ooit te moeten opgeven. Vooral toen het na de dood van Sebastiaan minder goed met me ging, ondervond ik heel veel steun van de meiden. En van Freek dan.

Nachtenlang praatten we over hoe erg het allemaal was. Zonder hen was ik er nooit bovenop gekomen. En nog steeds heb ik zo nu en dan een terugval. Hoewel het de laatste maand – ik zag enorm tegen mijn tweede kerst en verjaardag zonder Sebas op – stukken beter gaat, mis ik hem vreselijk. Liever praat ik daar met niemand over. Zeker niet nu Peter hier het afgelopen jaar de deur weer platloopt. Laatst vroeg Marjan of het weer aan was tussen hem en mij. Ik ontkende dat onmiddellijk, maar kon me haar meewarige reactie wel voorstellen. Hij zit hier praktisch iedere dag! Hij eet mee en heeft sinds mijn inzinking zelfs een huissleutel. Ook daar heb ik behoorlijk spijt van gekregen. Voortaan, hebben mijn huisgenootjes en ik afgesproken, laten we geen sleutels meer rouleren tussen vriendjes of familieleden.

Ik wijt het aan mezelf, het is mijn eigen schuld. Toen die vreselijke gebeurtenis met Sebastiaan pas echt goed tot me was doorgedrongen en ik van verdriet niet wist wat ik moest doen, was Peter meteen in mijn buurt. Hij ving me op en gaf me troost. Hij deed me alles vergeten.

Als je het over de duvel hebt, denk ik, als ik hem zie binnenkomen. Onder zijn arm draagt hij een groot boeket rozen. Hij lacht zelfverzekerd en kust een paar mensen, in zijn voetspoor zie ik Joke Stoep verschijnen. Zwaan-kleef-aan, denk ik. Wie heeft die leugenachtige sloerie uitgenodigd?

Ik zie hoe Peter zijn jas uittrekt. Bevallig, tot op het over-

drevene af. Zo schudt hij ook zijn donkere krullen los. 'Van mijn Italiaanse mama,' roept hij vaak als iemand hem een compliment maakt over zijn dikke haardos. En meestal maakt hij daarbij dan de bijbehorende theatrale gebaren. Ik ken zijn maniertjes, ik ben er klaar mee. Dit wordt het laatste feestje waar hij bij is. Een van mijn goede voornemens voor het komende jaar zal zijn: voorgoed met Peter breken. Dat zal hoog tijd worden.

24

Met grote stappen beent Hans het terrasje op. Woest schuift hij een van de stoeltjes aan de kant en keert me zijn rug toe. Ik kan net niet horen wat hij zegt, op fluistertoon belt hij met de vrouw die ik zo verfoei. Ik slaak een verdrietige zucht, nu is het mijn beurt om me op te sluiten in de badkamer.

Als ik langs de wastafel loop, kijk ik in de spiegel naar mijn verfomfaaide haar en verkreukelde gezicht. Mijn oog valt op mijn toilettas. Wat doet die daar op de grond onder de wastafel? Heb ik hem daar gisteravond neergezet? Ik kan het me niet herinneren. Zo te zien is er driftig in gerommeld. Alles is binnenstebuiten gekeerd. Ben ik in het heetst van onze vrijpartij op zoek gegaan naar een condoom? Ook dat weet ik niet meer. We hebben het in ieder geval zonder gedaan.

Zou Hans hem daar dan hebben neergezet? Had hij iets nodig? Vast, dat moet het geweest zijn. Iets anders kan ik niet verzinnen.

Peinzend trek ik mijn nachthemdje uit en draai de douchekraan open. Waarom is er weer zoveel in een roes aan me voorbijgegaan? Een prettige roes weliswaar, maar toch; pillen en drank, het is geen goeie combi. Vluchtig inspecteer ik de toilettas. Ik kan niet ontdekken of er iets ontbreekt. Toch voelt het niet fijn als er iemand in je spullen zit, daar ken ik Hans nog te kort voor. Ik rits het ding dicht en plaats het terug op het plankje. Dan stap ik onder de douche.

Het douchewater spoelt iedere mooie herinnering aan de afgelopen nacht genadeloos van mijn lijf. Nu niet gaan treuren, denk ik, en ook niet gaan piekeren, het is goed zo. Je hebt je misschien iets te snel laten meeslepen, maar er is nog niets verloren. 'Geef je over aan deze verkwikkende douche en laat geen spoortje van zijn geur op je lichaam achterblijven, ook niet in je haar, het zou je de hele dag achtervolgen,' brabbel ik tegen mezelf. Gehoorzaam aan mijn ratio masseer ik de shampoo door mijn lange haren en ik probeer mijn gedachten te ordenen.

'Dit is een nieuwe dag,' mompel ik. 'Je zou vertrekken, weet je nog? Hou je dan aan je plan. Leg het hem uit. Vertel hem zo kalm mogelijk dat je, buiten hem, hier niets meer te zoeken hebt.'

Mijn standvastige gemurmel moet me behoeden voor zelfmedelijden. Opnieuw wil ik me niet laten meeslepen door deze dwaze verliefdheid. Het mag dan een hemelse roes zijn geweest, deze nacht was toch echt niet meer dan een onenightstand. *Keep it simple*, ga niet smekend en jankerig lopen doen, zeg ik tegen mezelf. Je bent achtenveertig, zie dit als een cadeautje. Geef hem je adres, en zeg dat je hem graag nog eens wilt ontmoeten, maar laat hij zich vooral niet verplicht voelen. '*No hard feelings*,' zal ik zo luchtig mogelijk tegen hem zeggen.

Maar in mijn buik voel ik de vlinders druk doorfladderen en in mijn onderlijf heeft het in tijden niet zo heerlijk gestroomd. Een dorre, schurende zandvlakte was het daar.

Terwijl ik de zeep van mijn lijf spoel hoor ik opeens de kamerdeur met een klap dichtslaan. Ik schrik. Hij is weg!

Meteen stap ik onder de douche vandaan, en nog voordat ik me afdroog, loop ik nieuwsgierig de kamer in. Mijn ogen speuren door de ruimte, meteen vallen ze op het briefje waar ik op hoopte. Het ligt naast de fles met port. Ik gris het weg. Zenuwachtig vouw ik het open.

In slordig geschreven letters schrijft hij dat hij haast heeft. Hij zal me later uitleggen waarom hij er zo snel vandoor is gegaan. Ook heeft hij er een telefoonnummer bij gezet. *Je kunt me altijd bellen*, staat er. Mijn hart maakt een sprongetje. Vooral bij de smekende woorden: *Alsjeblieft ga niet weg! Het is zo mooi tussen ons*, hou ik het niet droog. Mijn ogen tranen, ik krijg een brok in mijn keel. Die laatste drie woorden op dit afgescheurde stukje papier geven me kracht en vertrouwen.

'Mooi tussen ons,' zeg ik hardop en ik druk het papiertje tegen mijn natte lijf.

Alle twijfel van zo-even ebt weg. Hij wil dat ik blijf, hij geeft me zijn telefoonnummer, hij zal me uitleggen wat er aan de hand is: hij wil mij, denk ik gesterkt door deze woorden. Hoe kon ik daaraan twijfelen? Joke Stoep is vet en lelijk; een opgedirkte trien, waarom laat ik haar weer op zo'n negatieve manier toe in mijn leven? Heb ik dan helemaal niets geleerd? Ik sluit mijn ogen, dankbaar geef ik een kus op het briefje. 'Ja,' zeg ik tegen de woorden die me aanstaren. 'Ik blijf! Ik heb niets te verliezen.'

25

Iedereen zit in de lotushouding. Zelfs de dikke man heeft zijn korte beentjes zo opgetrokken dat het lijkt alsof ze over elkaar heen vallen. Zijn ademhaling gaat ongezond snel. Straks krijgt hij nog een hartinfarct, denk ik als ik naar zijn rood aangelopen hoofd kijk.

In de hoge, witte ruimte waar we onze yogaoefeningen doen mogen dan alle ramen openstaan, de zon staat er al uren op te bakken, het is bloedheet. Al die stramme lijven, een voor een verpakt in zo'n afzichtelijke legging of een peperduur yogapakje, het is bijna lachwekkend als ik zie hoe iedereen puffend en steunend met de oefeningen probeert mee te doen. Bijna krijg ik spijt dat ik hiernaartoe ben gegaan. Beter had ik met een boek aan het zwembad kunnen liggen.

Ik zit naast Anna, die iedere dag verlichter uit haar ogen kijkt, maar mij nauwelijks een blik waardig keurt. Ze heeft in de twee gezette dames tegenover mij heel duidelijk een paar hartsvriendinnen gevonden. Ze knipogen naar elkaar en wisselen diepe blikken van verstandhouding uit. Ik krijg de indruk dat deze twee vrouwen hier voornamelijk zitten om weer eens wat nieuws uit te proberen. 'Nu maar eens een spiritueel weekje zomerzin,' zullen ze tegen elkaar gezegd hebben toen ze zich hiervoor inschreven. Tot nog toe heb ik geen van beiden op iets zinnigs kunnen betrappen. Om de minuut liggen ze in een stuip. Ook nu. En hoewel ik zelf weinig met dit soort oosterse gymnastiek heb, leidt het me enorm af.

Ik werp een blik op onze yogajuf. Blijkbaar heeft ze zich afgesloten voor het gegiebel. Als een standbeeld zit ze onverstoorbaar op haar kussentje. Haar hoogblonde haar heeft ze strak bij elkaar gebonden in een staart, en haar staalblauwe ogen staren afwezig in de verte. Ze vraagt ons op de ademhaling te letten en daarbij onze gedachten de vrije loop te laten.

'Adem in, adem uit, en laat je gedachten loosch,' zegt ze met een zwaar Duits accent zonder zich iets van de hysterische uithalen van de twee dames aan te trekken.

Belangstellend neem ik het frêle wezentje in me op. Haar ultradunne spillebenen, die dankzij de zwarte legging nog eens extra worden geaccentueerd, lijken van elastiek. Moeiteloos heeft ze de stelten om haar kussentje gelegd. En terwijl mijn ene been begint te slapen en ik mijn stuitje pijnlijk tegen het kussentje voel drukken, blijft zij kaarsrecht zitten. Haar handen, waarvan duim en wijsvinger elkaar gracieus raken, liggen losjes op haar knieën.

Na een aantal mislukte pogingen datzelfde te doen, geef ik het op. Blijkbaar ben ik niet de enige. Ook anderen zie ik worstelen met hun veel te kleine kussentjes. Wiebelend probeert iedereen zich in balans te houden.

Weinig ontspanning, denk ik, als ik mijn ogen sluit en me tracht te concentreren op één positieve gedachte. Wat me voor geen meter lukt. Mijn gedachten springen van de hak op de tak. Dan weer denk ik aan Hans, dan weer aan zijn dochter.

Mijn gedachten brengen me ook bij Peter Schaap, en ik denk aan onze aanvaring op het terras. Zou hij nog zijn gebleven? Ik heb hem vanochtend niet meer gezien, net zomin als ik Joke Stoep heb gezien. Ook zij was niet bij het ontbijt. Zou ze weer met Hans op pad zijn, vraag ik me gespannen af. Belde ze hem daarvoor? Meteen verwerp ik die gedachte. Wat een onzin. Hans is nu nuchter, hij heeft zelf een auto, en waarom zou hij Joke meenemen naar zijn dochter? Tenzij ze iets anders hebben. Weer probeer ik dit soort negatieve gedachten geen kans te geven. Wederom probeer ik in het moment te blijven en me te concentreren op de oefening.

Toch laat de herinnering aan Hans' vreemde blik me niet los. Terwijl we vannacht zo heerlijk intiem waren en hij me supergelukkig maakte, keek hij me vanochtend aan alsof hij een spook zag. Alsof hij zich opeens realiseerde dat hij iets verschrikkelijks had gedaan. Iets waar hij enorm veel spijt van had gekregen. Nog zie ik de wezenloze, kille blik in zijn lieve ogen. Weg was die opgewonden blik van een paar uur daarvoor. Ik huiver bij die herinnering. Waar zou hij aan gedacht hebben toen hij zo dwars door me heen keek? Het moet met zijn dochter te maken hebben gehad, denk ik. Zeker niet met mij. Waarom zou hij anders zo'n lief en dwingend briefje hebben achtergelaten? Maar wat moest die heks dan van hem? En waarom draaide hij zich zo abrupt voor me om toen hij merkte dat ik kon meeluisteren met hun telefoongesprek? Had hij niet gewoon naar die stomme trut toe kunnen lopen als hij iets te bespreken had? Ze zit nota bene in de kamer naast me. Zou hij dat weten?

Ik voel hoe mijn gepieker en onzekerheid over Hans' gedrag met me op de loop gaan. Waarom ben ik toch zo walgelijk labiel? Nog maar net heb ik Peter Schaap duidelijk gemaakt dat hij me met rust moet laten, of bij het zien van Hans in Jokes auto laat ik me onmiddellijk als de eerste de beste kleuter weer uit het veld slaan. Wat is er toch mis met mij? Was ik gisteren niet vastbesloten om weg te gaan? Eén stom briefje op tafel en hup: Iris besluit weer te blijven. Gek word ik van dat wispelturige gedrag. Waarom gedraag ik me niet als een volwassen vrouw die weet wat ze wil, in plaats van als een aan stemmingen onderhevige puber?

Als ik mijn ogen open, zie ik dat iedereen staat.

'We sluiten af met de *Sonnengruss*,' hoor ik de yogajuf zeggen.

Verbeeld ik het me, of kijkt ze dit keer wel verstoord? Ze heeft opgemerkt dat ik als enige nog op het kussentje zit. Haar ogen blikken streng in mijn richting. Vlug kom ik overeind, blij dat ik eindelijk mijn benen weer kan strekken. Braaf volg ik alle aanwijzingen voor de zonnegroet.

'Buig, strek, gooi je armen in de lucht en kijk omhoog naar de son!' roept het lenige vrouwmens en ze demonstreert ons opnieuw haar elastische kunsten.

Meer en meer verlang ik naar de echte zon in plaats van dit surrogaatexemplaar.

'Druk je op in een "cobra" en kijk omhoog,' gaat ze dwingend verder als er een zacht gekreun en gezucht door de zaal klinkt. Ik volg hoe ze haar rug holt en haar hoofd achterovergooit. De blonde paardenstaart raakt bijna haar billen.

'Nog zweimaal herhalen,' commandeert ze streng als sommigen uitgeput op de grond blijven liggen.

Ik tel de minuten die me nog scheiden van een verkoelende duik. Voor de laatste keer zwaaien mijn armen hoog door de lucht, opnieuw spreid ik mijn vingers naar de denkbeeldige zon. Ik buig voorover, en terwijl mijn vingers de grond raken voel ik mijn T-shirt aan mijn bezwete lijf plakken. Mijn hoofd gloeit, mijn benen tintelen, en net als mijn handen zich voor de laatste maal naast mijn verhitte lichaam plaatsen om me op te drukken in de 'cobra', klinkt er van buiten een ijselijke kreet.

26

Niemand durfde te gaan kijken. De yogajuf eiste een uiterste concentratie. Met haar handen voor haar borst gevouwen en haar ogen potdicht stond ze onverstoorbaar op haar matje. Ze bleek de enige. Om mij heen werd druk gefluisterd en geschoven. Iedereen wilde weg. Zeker toen we opeens een deur knalhard hoorden dichtslaan. Opgewonden stemmen drongen zich via de ramen naar binnen. Wat was daar buiten in godsnaam gebeurd?

En hoewel onze yogajuf nog een enkele verwoede poging deed om ons bij de les te houden, moest de spichtige Duitse zich er uiteindelijk bij neerleggen dat de aardse nieuwsgierigheid van haar leerlingen sterker was dan haar hemelse onthechting. Snibbig sloot ze de sessie af.

Daarop spoedde iedereen zich naar de deur. Op naar de plek waar de onheilspellende kreet vandaan was gekomen. Automatisch volgde ik het groepje.

De zomerse dag had niets onheilspellends, integendeel. De zon wierp zijn stralen vanuit een strakblauwe lucht over het stoffige en lege terras. Een aangenaam zwoel windje waaide door mijn plakkerige haar. En hoewel ik blij was bevrijd te zijn uit dat snikhete lokaal, merkte ik dat mijn weerzin om te gaan kijken – naar wat eigenlijk? – toenam bij iedere stap die ik zette. Ik bleef het groepje volgen, maar meer en meer zakte de moed mij in de schoenen toen we in de richting van het zwembad liepen. Wat zouden we daar aantreffen? Het antwoord liet niet lang op zich wachten. Onder de haag aan het bassin werd een aantal voeten met teenslippers zichtbaar. De voeten liepen rondom een lichaam dat daar uitgestrekt op de azuurblauwe tegels lag. Er werd geschreeuwd. Er werd gebeld, en ondertussen werd er door het groepje dat voor mij uit liep druk gespeculeerd. Zou de persoon onwel geworden zijn? Te veel zon? Een verkeerd ingeschatte duik, wellicht in combinatie met een hartstilstand?

Mijn eigen hart kwam ook bijna tot stilstand toen ik het bassin naderde. En halverwege het pad ernaartoe vroeg ik me af of het wel gepast was om met zoveel toeschouwers naar die arme drenkeling te gaan kijken. Deze commotie, ja, haast overdreven belangstelling van mijn medecursisten, maakte iets in mij wakker. Het deed me denken aan dat vreselijke moment waarop men Sebastiaan uit het water had gevist. Ook toen was er een menigte op de been geweest om de arme jongen gade te slaan. De lokale en landelijke media, buren en studiegenoten stonden er allemaal met hun neus bovenop. Niemand had toen nog van het woord 'ramptoerisme' gehoord, maar achteraf was dat het enige woord dat daarbij paste.

Wilde ik daar wel aan herinnerd worden? Sterker nog, wilde ik daaraan meedoen? Een sterke weerzin weerhield me om verder te lopen. De laatste dagen waren er al genoeg schimmen uit het verleden voorbijgekomen. Het leek me beter ze niet vrijwillig te gaan opzoeken.

Ik hield in. En net toen ik het zijpad wilde inslaan dat in de richting van mijn kamer liep, ving ik een glimp op van de drenkeling. Een schok ging door me heen. Als aan de grond genageld bleef ik staan. Niet aan zijn lengte of zijn sportieve postuur meende ik de man te herkennen. Net zomin als dat de smalle handen die naast het lichaam lagen me bekend voorkwamen, nee, wat me echt deed huiveren was dat zinnetje dat plotseling door mijn hoofd schoot. 'Van mijn Italiaanse moeder geërfd,' hoorde ik hem opeens zeggen.

Vol verbijstering staarde ik naar de grijzende krullen van Peter Schaap, die daar weelderig over de azuurblauwe tegels lagen. Terwijl mijn handen steun zochten bij een van de bomen langs het pad, keek ik angstig om me heen. Voor mijn ogen trok een waas van tranen. Mijn hart bonkte wild door mijn lijf. En achteraf weet ik niet of dat van opluchting was – om voorgoed van deze gek te zijn verlost – of dat het met de herinnering aan Sebastiaans dood te maken had. Kun je twee geliefden op dezelfde manier verliezen?

Ik volgde de toenemende chaos om mij heen. Een ambulance arriveerde, een stel broeders met brancard kwam voorbij, en al die tijd durfde ik me nauwelijks te verroeren. Pas toen een politieauto met zwaailicht het terrein op reed, kwam ik bij mijn positieven. Ook dit had ik eerder meegemaakt. Zo snel mogelijk maakte ik me uit de voeten.

Dat is nu twee uur geleden. En al die tijd heb ik hier ziek van de zenuwen zitten wachten. Alle vragen die straks gesteld gaan worden heb ik door mijn hoofd laten gaan. Want dat er vragen komen, weet ik zeker. Het zal niet lang duren of ze komen erachter. Dan zullen ze weten dat Peter en ik ooit...

Doodsbang loop ik voor de zoveelste keer door de kamer. Ik ijsbeer en ijsbeer, en de bedompte kamer lijkt steeds kleiner te worden. Lijkt me te willen opslokken. De schuifdeur durf ik niet te openen. Ieder geluid dat van buiten komt, fokt me op. Maakt me angstig. Doet me vrezen voor de sirenes en voor de politie.

Maar misschien betreft mijn grootste vrees wel Joke. Als zij straks over mij... Nee, ik wil er niet aan denken. Ik wil aan Hans denken. Zal ik hem bellen? Moet ik hem vertellen wat zich hier heeft afgespeeld? Hij weet van niets. Niets van mij, noch van Peter, noch van wat ons samen bond. Ik houd me vast aan de sidetable. Ik moet overeind blijven, ik mag niet toegeven aan deze paniek. Dan valt mijn oog op de fles met port. Nu is ook het whiskyglas weg.

1984

Het water is donker en koud. Zijn handen zijn griezelig bleek en doorweekt als ze naar me reiken. Ik tracht ze te grijpen, maar telkens als ik bijna beetheb, zakt zijn lichaam verder en verder naar de duistere diepte. Even raakt de dunne huid van zijn vingertoppen mijn hand, rul en rimpelig voelt het oppervlak. Zo heel anders voelen opeens die vertrouwde vingers. Zo totaal anders. Niet zoals de laatste keer toen ik ze teder kuste en in mijn mond stak, en er de zoete smaak van proefde.

Het zwart van zijn pupillen doemt even op. Vragend kijken zijn jongensogen me aan. Zie ik daar een beschuldiging?

Waarom dan, wil ik hem vragen. Waarom beschuldig je mij? Jij was toch degene die begon? Jij wilde je toch niet binden? Dat zei je toch? Niet op jouw leeftijd, vond je. 'Iris, we zijn pas twintig,' riep je toen ik zo vreselijk moest huilen toen je vertrok. Je beloofde terug te komen. 'Heb vertrouwen,' zei je.

Een maand zou je wegblijven, het werden er vijf. O ja, natuurlijk, het was niet zomaar, het was voor je studie. En je schreef brieven, de eerste tijd wel twee of drie per week. Maar dat werden er steeds minder. Na drie maanden hoorde ik niets meer. Ik dacht dat je me voorgoed was vergeten.

Nachtenlang huilde ik mezelf in slaap. Dat liefdesverdriet zo erg kon zijn, zo pijnlijk en zo heftig dat ik niet meer wilde leven, ik had het nooit kunnen vermoeden. Heel langzaam verdween het gemis, pakte ik de draad weer op en stortte ik me op mijn studie en mijn sociale leven. Daar hoorde Peter ook bij. Dat wist je. Hij was er al voordat jij in mijn leven verscheen. Hoe had ik ooit kunnen vermoeden dat je zomaar vanuit het niets, plompverloren weer op de stoep zou staan? Ik herkende je nauwelijks. Je bleke sproetengezicht was donkerbruin verbrand, je haar was lang en je had een baard! Rood en vurig was die, bijna even vlammend als de kleur van je haar. Je leek kilo's lichter en je stem was donker en diep. Zo diep als het water waar je nu in wegzakt.

Ik wil hem redden, heus, ik doe mijn best. Ik hou van hem, alleen van hem, en het spijt me zo dat we daar woorden over hebben gekregen. Vergeef me, wil ik vragen, vergeef me dat ik me liet gaan. Dat ik niet langer wilde wachten. Nu pas zie ik dat het fout was. Nu ik in zijn groene trouwe ogen kijk en de belletjes lucht uit zijn mond en neus zie komen, heb ik daar reuze spijt van.

'Ga niet weg, Sebastiaan! Pak me vast, grijp mijn hand, toe dan, blijf! Ik red je.'

Mijn woorden lossen op in het koude water. Hij glimlacht naar me. Ik hap naar adem, ik krijg geen lucht. Ik moet naar boven, anders stik ik. Maar ik kan hem hier niet achterlaten. Hij zal verdrinken. O, god, wat moet ik doen? Laat iemand mij helpen! Alsjeblieft... Waar is Peter? Ik spartel, ik duw. Ik gil zijn naam: 'Peter, Peter, help me!' smeek ik.

'Sst, stil maar, ik ben hier, lieve schat.' Ik hoor zijn stem, ik voel zijn armen.

Snikkend word ik wakker, badend in het zweet.

'Je had een nachtmerrie, meer niet. Kijk me eens aan, alles is goed.'

Peters ogen, niet die van Sebastiaan. Hij trekt me tegen zijn warme, stevige lichaam aan. Zijn lippen beroeren het puntje van mijn neus, ze kussen de tranen van mijn wangen en fluisteren lieve woordjes.

'Het is goed, meisje, het is goed. Bij mij ben je veilig.'

27

De hitte in de kamer is ronduit ondraaglijk. Nat van het zweet en verdoofd van de pil die ik heb ingenomen vergeet ik voor een moment mijn angst en sta mezelf toe de terrasdeur te openen. Zodra ik hem openschuif, hoor ik de stem van Joke. Even deins ik terug bij het horen van de kriegelige toon waarop ze praat, dan maan ik mezelf tot kalmte.

'Ze komt er niet in,' sis ik voor me uit en ik schuif de deur terug tot op een kier. Mijn ledematen voelen zwaar. Mijn handen trillen.

'Ik heb hier verdomme de leiding, dit is een bezinningsweek, wat denkt u wel niet?' hoor ik haar nu gillen. De woorden kaatsen via het terras door de spleet van de deur naar binnen. Ze raken me niet. Dankzij de verdoving van mijn medicijn verandert de wereld om me heen in een prettige, wazige roes. Ik hoef niets meer. Niet meer na te denken, niets meer te horen. Ik druk de deur in het slot en dronken van de slaap zoek ik mijn weg naar het bed. Zodra ik lig en mijn ogen sluit, opent zich een donker gat waarin ik verdwijn.

Als ik wakker word, heb ik voor mijn gevoel uren liggen slapen. In werkelijkheid blijkt dat nog geen halfuur te zijn.

Ik hoor geklop. Ondanks mijn duffe hoofd denk ik onmiddellijk aan Joke. Wat komt ze doen? Komt ze me vertellen dat Peter is verdronken? Hij was het toch die daar op de tegels lag? Of heb ik dat gedroomd? Was het Sebastiaan? Nee, natuurlijk niet. Hans dan? Mijn hart bonst wild tegen mijn borstkas. Ik krijg het Spaans benauwd.

Weer hoor ik geklop.

Ik werp een blik op mijn mobiel en zie dat het vroeg in de middag is. Mijn hoofd voelt loodzwaar. Ik probeer mijn oogleden te openen, maar de warmte en de roes waarin ik verkeer maken dat vrijwel onmogelijk. Opnieuw zak ik weg in het aangename donker. Dan hoor ik iets tikken in mijn maagstreek. Mijn hand glijdt automatisch in de richting van mijn buik om het kloppende geluid te stoppen. Maar het gebons gaat door. Harder en harder bonkt er iets door mijn maagwand.

Iemand roept mijn naam: 'Mevrouw Van Egmond?'

Het is een man. Donker en bars klinkt zijn stem, ik herken hem niet. Niet de zoetgevooisde stem van Hans, waar ik al helemaal verslingerd aan ben geraakt. 'Hans...' Glimlachend fluister ik zijn naam.

'Mevrouw Van Egmond! Kunt u opendoen?'

Het geklop neemt toe. Harder en harder slaat het tromgeroffel door mijn lijf. Het is de deur, niet mijn maag. Ik open mijn ogen. Een pijnscheut lijkt mijn hoofd te splijten. Wie roept mij? Ga weg, wil ik terugroepen. Er komt geen woord over mijn lippen. Ik knijp mijn ogen samen. Ik tracht me op de deur te focussen. Alles draait. De sidetable, het portret van Socrates, de tv en ook de portfles, alles maakt een duizelingwekkende salto als ik langzaam overeind kom.

Ze moeten ophouden. Dat kloppen verstoort mijn rust. Ik

wil dat degene die daar achter die deur staat vertrekt, en wel nu meteen. Zwalkend bereik ik de deur. Mijn handen bibberen wanneer ik hem opentrek. Een klein, gezet mannetje staat in de deuropening. Hij kijkt me onderzoekend aan. Zijn sluike, vette haar is achterovergekamd. In zijn wangen zitten sporen van acne, twee priemende ogen nemen me argwanend op.

'Bongers,' zegt hij kort.

Als ik hem lodderig blijf aanstaren houdt hij een politiepenning omhoog. 'Recherche,' vervolgt hij binnensmonds. 'Moordzaken.'

Mijn hand omklemt de deurknop. Ik voel het bloed uit mijn gezicht wegtrekken. Blijf staan, zeg ik tegen mezelf. Niet toegeven aan de draaierigheid. Het is de warmte, je lege maag en de pil. Vragend staar ik naar de onappetijtelijke man tegenover me. Ik ruik zijn adem. Hij stinkt naar tabak. Een kettingroker, denk ik, als mijn blik op zijn gele nicotinevingers valt. Ondanks mijn duizeligheid nemen mijn hersens elk detail haarscherp op. Toch komt er geen woord uit mijn droge mond.

Wat wil hij? Dat ik hem binnenlaat? Wat heeft hij hier te zoeken?

'Kan ik even met u praten?' vraagt hij terwijl hij achterom blikt.

Ik zie dat iemand hem wil passeren. Ik herken een van de giebelende vrouwen. Dit keer lacht ze niet, integendeel, haar gezicht staat ernstig. In het voorbijgaan vang ik even haar blik, zie ik daar iets afkeurends in?

'Komt het uit?' vraagt het mannetje terwijl hij zich weer tot mij richt. Hij zet zijn voet over de drempel.

Ik schud mijn hoofd. Ziet hij niet dat ik niet in staat ben

om te praten? Ziet hij dan niet dat ik compleet van slag ben omdat de liefde van mijn leven net is gevonden? Na weken gissen, zoeken, vermissingsbriefjes plakken – god, de hele stad kent inmiddels dat lieve gezicht met die trouwe hondenogen – en vergeefse speurtochten, hebben ze vanochtend bij het krieken van de dag zijn lichaam uit het kanaal gevist.

Ik slaak een diepe zucht, tracht de brok in mijn keel weg te slikken en vlak voordat alles zwart wordt voor mijn ogen, ontsnapt er een droge snik uit mijn mond.

Mijn lieve, ruige jongen, mijn eigen Sebastiaan, is dood.

28

‘Het is niets,’ hoor ik een vrouw zeggen. Haar stem klinkt kort en afgemeten. Hij komt me bekend voor, is het José?

‘Vermoedelijk was het de warmte. Ze heeft hier ook alles potdicht zitten. Kan iemand die schuifdeur opendoen? Het is hier om te stikken!’

Ik ruik sigarettenrook. Het doet me hoesten. Mijn lichaam schudt, mijn keel voelt kurkdroog. Ik heb vreselijke dorst.

‘Kunt u buiten roken?’ zegt dezelfde stem. Waar ken ik die vrouw toch van?

Nu drukt iemand een glas tegen mijn lippen. ‘Hier, drink wat.’

Zodra mijn lippen het water voelen, les ik gretig mijn dorst. Dan pas open ik mijn ogen en zie ik dat Anna op mijn bed zit. Haar brillenogen nemen me onderzoekend op.

‘Gaat het?’ vraagt ze koel.

Ik laat mijn ogen over haar dwalen. Haar gezicht staat uitdrukkingsloos. Ze draagt een kleurrijk, mouwloos truitje dat haar lichaam nauw omsluit. Mijn oog valt op het linker bh-bandje, dat onder het truitje uit zakt en halverwege haar bovenarm blijft steken. Het is zwart en staat in schril contrast met de bleke huid en de felle en drukke dessins van het truitje. De strepen en stippen nemen me in hun greep. Ze beginnen voor mijn ogen te dansen. Snel sluit ik mijn ogen.

'Hier, niet wegvallen nu, drink nog wat,' zegt Anna dwingend. Opnieuw voel ik het glas tegen mijn mond drukken.

Anna's stem klinkt neutraal. Ik krijg niet de indruk dat ze bij me op bed zit omdat ze bezorgd is. Hoe komt ze hier? Ik probeer me te herinneren wat er is gebeurd.

Er was een mannetje aan de deur, ik was moe en toch wilde hij binnenkomen. Mijn hoofd werd raar en mijn oren begonnen te suizen, en toen werd alles zwart voor mijn ogen. Hoogstwaarschijnlijk ben ik flauwgevallen.

Weer dat glas tegen mijn lippen. Terwijl ik drink voel ik me heel langzaam helderder worden. Ik hoor nu iemand rochelen. Een diepe zware hoest is wat erop volgt.

'Ik kom later wel terug,' zegt de persoon die hoest. 'We moeten nu eerst een praatje houden voor de groep. Komt u zo ook?'

'Ja, ja, ik kom eraan. Waar verwacht u ons?'

'In de lobby,' zegt de man kuchend.

Het tocht. Een aangenaam windje trekt over mijn bezwete lijf. De deur valt met een klap dicht.

Ik open mijn ogen als Anna opnieuw begint te praten.

'Je bent flauwgevallen. Heb je vanochtend wel ontbeten?' vraagt ze terwijl ze door de kamer loopt.

Ik haal mijn schouders op. Ontbijten doe ik nooit. En vanochtend lijkt heel ver weg.

'Ze hebben mij erbij gehaald omdat ik in de verpleging zit. Zo gaat dat dan. Iedere vakantie is het raak,' zegt ze geërgerd. 'Ik heb wel eens gedaan alsof ik geen medische achtergrond heb,' vervolgt ze. 'Een kapster of schooljuf wordt op vakantie toch ook niet lastiggevallen vanwege haar beroep?'

Ik knik. Ik wil haar bedanken voor haar goede zorgen en laten weten dat het prima met me gaat, maar sprakeloos staar ik voor me uit. Ik kan de juiste woorden niet vinden.

'Ik heb wat crackers en kaas voor je neergezet. Ook ligt er vers fruit. Die verrotte banaan en sinaasappels heb ik maar weggemikt, dat zul je niet erg vinden, is het wel? En je kunt maar beter die terrasdeur openlaten. Met deze temperaturen word je hier levend geroosterd. Ik geloof niet dat er zo snel iemand over die balustrade zal klimmen. Wat valt er hier tenslotte te halen?'

Klinkt er in die opmerking een zekere afkeer door? Ze mag me niet, dat staat vast. Het is na die toestand met goeroe Josh gekomen. Toen heb ik het verpest. Of zou het nog aan iets anders kunnen liggen? In ieder geval is ze hier zuiver beroepshalve.

'Heb je nog iets anders nodig?' Weer die bitcherige stem.

Ik schud mijn hoofd.

'Oké dan. Neem wat te eten, en vergeet vooral niet te drinken. Er staat een fles bronwater op je nachtkastje. Dan ga ik nu naar dat kereltje van de politie luisteren,' zegt ze. Ze loopt naar de deur. Voordat ze hem opent, schiet ik overeind.

'Politie?' vraag ik verschrikt. En ineens wordt alles helder. Peter lag bij het zwembad. Iedereen was in rep en roer. Wat zei dat mannetje ook alweer? Was hij van moordzaken? Is Peter dan vermoord?

Anna draait zich om. Achteloos trekt ze aan het bh-bandje en schuift het onder haar truitje. Onze blikken kruisen elkaar. Die van haar is kil en afstandelijk.

'Ja, dat weet je natuurlijk nog niet. Maar die docent, Peter Schaap, over wie iedereen zo vol lof sprak en voor wie jij geen goed woord overhad – hoe noemde je hem ook al weer, een klootzak? – tja, die arme man is dood aangetroffen in het zwembad. Drijvend op zijn buik. Hij had zijn kleren nog aan. Men vermoedt dat het hier niet om een ongeval gaat, maar om een misdrijf.' Minachtend kijkt ze me aan. 'Daarom is de politie hier.'

Met grote ogen staar ik haar aan. Ze reageert niet. Integendeel, zwijgend legt ze haar hand op de kruk van de kamerdeur. Een windvlaag doet hem openwaaien. Opnieuw voel ik de tocht over mijn lichaam trekken. Dit keer doet hij me huiveren.

29

De crackers en het fruit smaken goed. Gelaten peuzel ik er een deel van op. Ondertussen zap ik vanuit mijn bed langs de tv-zenders om te kijken of er al iets bekend is over de dood van Peter. Blijkbaar is het daarvoor nog te vroeg. Het enige wat voorbijkomt zijn nietszeggende soaps, ontelbaar veel reclames en evenzoveel herhalingen van eerder uitgezonden talkshows. Heel langzaam komt mijn energie op gang en voel ik het bloed weer door mijn aderen stromen.

Ik besluit eerst een douche te nemen en daarna José te bellen. Ze moet nu toch echt weten wat zich hier afspeelt. Als er iemand is die me goed kan adviseren, dan is zij het wel. Terwijl ik de stekker van mijn telefoonoplader in het stopcontact steek, besef ik hoe gezegend ik ben met een vriendin als José. Waar zou ik zijn zonder haar betrokkenheid? Een leven zonder haar kan ik me niet voorstellen.

Ik trek de klamme yogakleren uit en gooi ze op mijn bed.

Voordat ik onder de douche stap, sluit ik de schuifdeur af. Wat Anna of de anderen daar ook van mogen vinden, ik wil geen onverwacht bezoek. Was Hans vannacht ook niet via de balustrade naar binnen geklommen? Ik moet er ineens weer aan denken. Hij had geen enkel schrammetje. Hoe kort geleden nog maar. Mijn stoere klimmer, denk ik glimlachend.

De douche doet me goed. De ergste paniek en schrik van vanochtend zijn weggeëbd. Als ik José bel, zal ik haar meteen uitleggen waarom ik weer aan de pillen ben – ze zal het niet leuk vinden, ik weet nu al hoe ze zal reageren – maar gezien de omstandigheden waarin ik ben terechtgekomen, zal ze dat onmiddellijk begrijpen. Dat brengt me op het idee om de pillen die ik nog overheb te verbergen. Stel dat iemand ze vindt. Menigeen leidt er al snel verkeerde dingen uit af. Niet-toerekeningsvatbaar, half labiel, en wie weet wat ze straks nog meer gaan verzinnen als ze aan de weet komen dat Peter en ik... Ze zouden zomaar een verband kunnen zoeken tussen zijn dood en mijn aanwezigheid hier. Ik kan niemand vertrouwen. Anna niet, Joke Stoep niet en wat te denken van dat kamermeisje dat steeds glazen verwisselt of mesjes zoekmaakt, haar vertrouw ik al helemaal voor geen cent. Misschien heeft zij wel aan mijn toilettas gezeten. Wat had ze daarin te zoeken?

En terwijl die gedachte me niet meer loslaat, draai ik de douchekraan dicht en droog me zo snel mogelijk af. Maar nog voordat ik de kans krijg een blik in mijn toilettas te werpen, hoor ik iemand op de deur kloppen.

'Iris?' Het is de stem van Hans.

Zenuwachtig tuur ik in de beslagen spiegel naar mijn wazige contouren. En wanneer ik over het oppervlak veeg, schrik ik van mijn eigen angstogen.

'Hou op!' roep ik naar het spiegelbeeld. 'Stop met je aan te stellen.'

'Iris?! Gaat het daar binnen?'

Hans klinkt bezorgd.

'Ja, ja, ik kom al, wacht even.'

Als ik de deur open, trek ik Hans snel aan de mouw van zijn overhemd naar binnen. Verbaasd kijkt hij me aan. Ik blik nerveus de gang door. Zwijgend duw ik hem voor me uit de kamer in.

'Is er niemand achter je aan gekomen? Dat kleine, gezette mannetje?' vraag ik gehaast.

'Ho, ho, wat is er met jou aan de hand?' Hans draait zich om en grijpt me vast.

'Ik wil niet dat iemand ons ziet,' zeg ik en ik ruk me los. Nerveus sluit ik de deur.

'En waarom dan wel niet, als ik vragen mag?' Opnieuw pakt hij me beet. Zijn greep verstrakt als hij mijn half natte lijf tegen zich aan drukt. Ik voel zijn hart bonzen.

'Mag de wereld niet weten met wat voor een goddelijke vrouw ik omga?' bromt hij zacht in mijn oor.

Zijn woorden verwarren me. Dacht hij daar gistermiddag niet heel anders over? Vroeg hij me toen niet over ons samenzijn te zwijgen? Ik ben met stomheid geslagen. Passief hang ik tegen hem aan.

'Hmm, je ruikt heerlijk,' vervolgt hij, terwijl hij zijn ogen over mijn blote schouders laat glijden. Zijn vingers beroeren mijn kaaklijn, vegen het natte haar uit mijn gezicht. Tintelend onderga ik zijn aanrakingen.

'En wat zit er allemaal voor spannends onder dat handdoekje verstopt?' vraagt hij terwijl zijn handen verder tasten.

Een glimlach tekent zich af rond zijn lippen. Als hij zijn hoofd in mijn hals verbergt en daar vervolgens kleine kusjes op drukt, voel ik zijn stoppelbaard langs mijn verbrande huid schuren.

De omhelzing verwart me. Als een stijve hark onderga ik de liefkozingen. Hans is opeens zo heel anders dan toen hij hier vanochtend in allerijl vertrok. Ik kan het niet helpen, maar mijn hoofd maalt door, het gaat op zoek naar een verklaring. Wat komt hij doen? Waarom is hij opeens zo ontspannen? Moet ik over zijn telefoontje met Joke Stoep beginnen? En wat bedoelde hij met dat briefje?

Als zijn mond zich teder op de mijne drukt en hij zijn vingers onder mijn vochtige handdoek laat glijden, lossen alle vragen in één keer op. Mijn hoofd wordt leeg, mijn vlees week. Ik geef me over aan zijn kussen en laat me door hem optillen. Hij draagt me naar het bed en als hij dan opmerkt dat de temperatuur in de kamer misschien wel bijdraagt tot zijn hete lustgevoelens, begin ik nerveus te lachen.

'Ja, ik durfde de deur niet open te laten,' giechel ik. 'Maar...'

'Je bent een rare, weet je dat?' Zijn stem klinkt bestraffend en speels tegelijk.

Hij schuift me op het bed. Als hij zich omdraait, staar ik naar zijn sterke rug. Zodra hij de deur opent, breekt er een concert van vogelgekwetter los. Opgelost is al het geschreeuw en gespeculeer over drenkelingen in het zwembad. Verdwenen zijn de woordenwisselingen bij mijn buurvrouw. Geen enkele politiesirene verstoort nog de aangename stilte van de natuur en geen enkele geërgerde medecursist dwingt me tot eten of drinken.

'Zo,' zegt hij terwijl hij zich naar me toe draait en een diepe zucht slaakt. 'Dat is beter. Even kijken, waar waren we gebleven?' En terwijl hij me verlangend aankijkt, trekt hij gehaast zijn overhemd uit. Loom en dromerig volg ik zijn handelingen.

Plotseling, alsof ik me nu pas realiseer waarom ik aan deze zomerweek ben begonnen, schiet de uitspraak van Joke Stoep door mijn hoofd. 'Begraaf het verleden, leef in het nu!' zei ze bij de introductie tegen ons. Misschien kan ik daar op dit moment beter naar handelen.

1984

'Het komt door mij!' gil ik tegen Marjan. In een poging mijn bibberen te stoppen heeft ze haar arm om me heen geslagen. Ik wil haar dit niet aandoen en toch kan ik niet stoppen met huilen. De angst heeft me in zijn greep. Glazig staar ik in de ogen van mijn huisgenootje, ze doet haar best, maar ik zie voornamelijk onbegrip als ze me blijft aanstaren. Arme Marjan, wat kan zij er tenslotte aan doen?

'Het is allemaal mijn schuld!' roep ik. 'Begrijp je dat?'

Zodra ik Marjan hoorde thuiskomen, ben ik de trap af gerend. Ik moest iemand zien. Knettergek werd ik daar alleen in mijn kamer.

'Als ik was meegegaan naar die demonstratie, was het nooit gebeurd,' snik ik. 'Dan was ik bij hem geweest.'

Vanaf vanochtend vroeg loop ik door het lege huis te spoken. Liters thee en pakken met janhagel konden die vreselijke onrust die zich als een teek aan mijn lijf had vastgezogen niet wegnemen. Niets hielp. Geen ommetje, geen kalmerend muziekje. En ook dat telefoontje van die vrolijke en opbeurende vriendin wist me niet van die slopende gedachten los te maken. Wat is mijn leven nog waard nu Sebas er niet meer is? Het laat me niet los. Voortdurend dwaal ik af naar toen. 29 oktober, de dag van de demonstratie. De dag waarna hij niet meer thuiskwam. Vandaag precies één jaar geleden.

'Kom op, je kunt jezelf niet de schuld blijven geven,' zegt Marjan kalm. Ze legt haar hand op die van mij. Haar nagels

zijn roodgelakt. Mijn oog valt op de zegelring die ze draagt. Hij is blauw. Ik hou niet van dat soort ringen. Onze smaken lopen nogal uiteen.

'Ja, maar jij hebt hem nauwelijks gekend,' hik ik. 'Je weet niet wat er allemaal is gebeurd. Ik had hem beloofd te zullen wachten. En dat heb ik niet gedaan. Ik heb me niet aan mijn woord gehouden. Ik ben slecht...'

'Hoezo slecht? Niemand is slecht, en zeker jij niet.'

'Maar je weet niet wat voor iemand hij was. Dit had hij niet verdiend,' mompel ik.

'Oké, ik mag hem dan maar een maandje hebben meegemaakt, dat klopt, en ik mag hem dan meteen heel sympathiek hebben gevonden, dat klopt ook – en eerlijk gezegd vond ik hem meteen een stuk aantrekkelijker dan die Peter met wie iedereen dweept –, maar wat niet klopt, is dat jij alle schuld van zijn dood op je neemt. Dat zou hij nooit gewild hebben.'

Verstandige, wijze Marjan. Ze is altijd zo neutraal en diplomatiek in haar uitspraken. Als ik niet zo dol op haar was, zou ik jaloers kunnen worden. Jaloers op haar kalme zelfverzekerdheid. Had ik maar een fractie van haar zelfbeeld en kracht, of een ietsepietsie meer mazzel, dan zou ik me waarschijnlijk al een stuk gelukkiger voelen.

'Je hoeft niets te zeggen, heus,' probeer ik dapper te zeggen. 'Maar het is vandaag precies een jaar geleden. Dat hij verdween. Ik heb er de hele dag aan moeten denken...' Weer voel ik tranen opkomen.

'Ik snap het,' zegt ze. En opnieuw voel ik haar vingers over mijn hand glijden.

'Weet je wat?' vervolgt ze en ze begint te stralen. 'We gaan zo lekker de stad in. Ik heb iets te vieren. Hoe vind je dat?'

De lieve, warme, troostende stem van Marjan en de kalme-

rende werking van haar handen op die van mij geven me lucht. Ik grijp naar mijn zakdoek en snuit mijn neus. Mijn ademhaling wordt weer regelmatig. Dankbaar sla ik mijn ogen op naar mijn huisgenootje. Wat moet ze toch met zo'n klagerige huilebalk als vriendin? Zo'n treurwilg die nergens anders over kan praten dan over het noodlottige ongeval van haar vriendje. Die midden in de nacht wakker wordt uit de zoveelste nachtmerrie. Die regelmatig de hele boel bij elkaar gilt en dan als een rusteloze geest door het huis doolt. Ik voel me een blok aan haar been.

'Ik lust wel een biertje, en jij?' vraagt ze. 'Doen?'

Ik geef haar een kort knikje.

'Oké dan! Droog je tranen, ik trakteer!'

Ze springt overeind en strijkt haar keurige, zachtgele collegetrui glad. Demonstratief voelt ze of haar parelketting nog op zijn plek zit.

Ook hierin verschillen we. Nooit zal ik me in dat soort kleding en met dat soort sieraden vertonen. Het zou me niet staan.

'Ik heb vandaag namelijk de uitslag van mijn tentamen gekregen,' zegt ze stralend terwijl ze door haar sluike haar woelt. 'Ik heb 't gehaald! Goed, hè?'

Tuurlijk heeft ze het gehaald. Had ze daar dan twijfels over? Iemand als zij?

'Er valt dus écht iets te vieren, vind je niet?'

Ik tracht mijn mond in een glimlach te trekken. Voor mij valt er niets te vieren. Nooit meer, en terwijl ik dit denk is dat akelige, kloppende gevoel in mijn hoofd weer terug. Dat gevoel uit het leven te willen stappen.

30

'Wat zou er gebeurd zijn?' vraagt Hans. Dromerig staart hij naar het plafond. Zijn hand ligt op mijn blote, bezwete buik. Ik voel zijn ruwe vingertoppen rondjes draaien rond mijn navel. Het is geen prettig gevoel, maar ik pieker er niet over om dat tegen hem te zeggen. Ik wil dit kostbare moment zo lang mogelijk vasthouden. Ik wil zijn stem naast me horen brommen en zijn lichaam naast me voelen ademen. Liever laat ik mijn tere buikhuidje openschuren door zijn gekloofde vingers dan dat ik dit moment van betovering verbreek.

'Hoe bedoel je?' vraag ik afwezig.

'Toen ik hier aankwam, reed er net een ambulance weg.'

'Waar ben je dan geweest?' durf ik eindelijk te vragen.

'Hm?'

'Waar was je naartoe? Ik vond je briefje, je zou het nog uitleggen, stond erop.'

Zijn hand glijdt plotsklaps van mijn buik. Waar ik bang voor was gebeurt: dat heel speciale moment is in één klap voorbij. Hij draait zich op zijn zij. Leunend op zijn elleboog staart hij me aan. Zie ik opnieuw die vreemde blik in zijn ogen? Diezelfde kille blik als vanochtend?

'Is er wat?' vraag ik.

'Het is mijn dochter,' zegt hij peinzend. 'Het ging niet goed met haar. Complicaties. Ze hadden die Van Dam gebeld.'

'Van Dam?'

Weer die blik. Afwezig en verstoord. O, hij bedoelt natuurlijk Joke Stoep, gaat het door me heen.

'Ja, ik had gisteravond het nummer van dit hotel, dat wil zeggen van de organisatie van die Van Dam, in het ziekenhuis achtergelaten. Mocht ik mobiel niet bereikbaar zijn, snap je?'

'Waarom zou je mobiel niet bereikbaar zijn?' Ik kan het niet helpen, maar de argwaan in mijn stem kan ik niet verbergen. Het komt door Joke.

Hans fronst zijn wenkbrauwen. Ik kijk van hem weg en voel me betrapt.

'Omdat ik tijdens het vrijen mijn telefoon altijd uitzet,' antwoordt hij spottend en narrig tegelijk. Meteen maakt hij aanstalten om op te staan.

Doe iets, zeg ik tegen mezelf. Laat die arme man aan wie je je net in alle onbeschaamdheid hebt gegeven niet zo bungelen. Kom op, sla je armen om hem heen en kus hem. Vraag hem hoe het met zijn dochter gaat, of zeg hem dat hij het lekkerste en beste is wat je in tijden is overkomen. Maar doe iets!

'Ze hebben Peter Schaap in het zwembad gevonden,' zeg ik.

Zie ik een twinkeling in zijn ogen? Opluchting? Is hij blij?

'O? Wat is er met hem gebeurd?'

Terwijl hij de vraag stelt, laat hij zich van het bed glijden en loopt naar de wc. Een minuut later hoor ik hem plassen. Lang en luidruchtig klinkt het gekletter in de pot. Dat geeft mij de kans om snel iets aan te trekken. Ik schiet in een hemdje en een korte broek. Net op tijd. Als Hans de wc uit komt, loopt hij recht op me af om op zoek te gaan naar zijn boxer. Ook hij wil zich zo snel mogelijk aankleden.

'Nou?' vraagt hij. 'Wat is er met hem gebeurd? Een verkeerde duik?'

'Dat weet ik niet,' zeg ik aarzelend. 'Toen ik hem daar zag liggen werd ik niet goed, ik bedoel... ik schrok nogal.'

'O?'

Hij stapt in zijn jeans. Weg zijn de mooie gespierde benen. En terwijl hij zijn gulp dichtknoopt blijft mijn blik op de beweging van zijn handen rusten. Iedere knoop die in een knoopsgat verdwijnt ontneemt me een herhaling van ons intieme samenzijn.

'Waar schrok je dan van?' vervolgt hij.

Nu pakt hij zijn overhemd. De stof glijdt geruisloos over zijn torso. Geen spatje naaktheid blijft er voor me over.

'Ben je bij hem gaan kijken?' vraagt hij als ik nog steeds niet antwoord.

'Nee, ik bedoel... ik weet niet waar ik van schrok. Of ja, misschien ook wel. Ik kon niet bij hem gaan kijken omdat ik...'

Mijn stem hapert. Moet ik hem van Sebastiaan vertellen? Nu al? Ik weet nog zo weinig van hem. Ik weet dat hij één dochter heeft – of heeft hij er twee? –, gescheiden is en ruwe handen heeft. Ik weet dat hij lief kan zijn, maar ook duister onvoorspelbaar. Ik weet zo weinig.

'Wat voor werk doe je eigenlijk?' flap ik eruit.

31

Bijna tegelijkertijd rinkelen onze mobieltjes. Ik pak het mijne op. Het is Joke Stoep, ze wil dat ik naar de lobby kom. De groep waar ik deel van uitmaak, is nu aan de beurt, vertelt ze. Als ik vraag waar ze het over heeft, legt ze neer.

Hans krijgt hetzelfde bericht, maar dan van iemand van de receptie.

'Wat willen ze?' vraagt hij.

Ik haal mijn schouders op, maar ik heb een vermoeden dat het om Peter Schaap gaat. 'Waarom zouden we daarheen gaan?' zeg ik opstandig.

'Tja, ik vrees dat er niets anders op zit, anders krijgen we billenkoek,' lacht Hans sarcastisch. 'Die Van Dam wil dat we ons hier aan de regels houden, heeft ze jou daar nog niet op gewezen?'

'O, ja, hoor. Maar Joke Stoep kan wel zo veel willen. Ik ben de laatste die zich van haar iets aantrekt,' roep ik bits en ik loop naar de badkamer om me snel op te frissen.

'Joke Stoep?' vraagt Hans.

'Dat vertel ik je nog wel, ik ga me nu eerst even opknappen. Heb je mijn haar gezien?'

'Dat betekent dat ik je zo in de lobby zie?' vraagt hij.

'Welja,' mopper ik. 'Als we toch niet meer gaan vrijen, dan ga ik maar naar die praatjes van die regeltante van jou luisteren.'

Ik bedoel het grappig, maar blijkbaar komt het zo niet over. Hans reageert opeens furieus. 'Ze is niet mijn regeltante, hoor je?! Niemand vertelt mij wat ik moet doen!' En driftig beent hij op de deur af. Verbaasd kijk ik hem na als hij die met een daverende klap achter zich dichttrekt. In de luchtstroom die daarbij vrijkomt waait de flyer van de sidetable en het portret van Socrates trilt aan de muur.

Ik zucht. Wat een vreemde reactie, denk ik, híj was toch degene die over regels begon? Misschien heeft hij jaren bij iemand onder de plak gezeten of misschien werd hij aan zijn echtgenote herinnerd? Zou hij daarom op mij vallen? Omdat ik zo meegaand ben? Daar wil ik nu liever niet bij stilstaan. Snel borstel ik mijn haar, trek een luchtige zomerbroek aan, gooi een dito blouse over mijn hemdje en zonder me op te maken, volg ik Hans naar de lobby.

De zaal ruikt naar bezwete lijven. Zo te zien is iedereen halsoverkop opgetrommeld. Sommigen hebben hun zwemspullen bij zich, anderen schijnen net op het punt te staan om met een yogaklasje mee te doen. In zwarte leggings en strakke topjes wachten zij gespannen op wat er komen gaat.

Ik speur de ruimte af naar Hans, maar kan hem nergens ontdekken. Totdat mijn oog op Joke Stoep valt. Ze staat op het podium en praat tegen iemand die daar achter de vleugel zit. Als ik een stap naar voren doe, herken ik Hans. Een steek van woede gaat door me heen. Wat moet dat stomme wijf toch van hem? Waarom concentreert ze zich niet op een andere man?

'Zo, gaat het weer een beetje?' hoor ik een bekende stem achter me vragen.

Verstoord kijk ik achterom. Het is Anna, ze kijkt me vriendelijk aan. Maar als ze mijn driftige blik ziet, verandert die van haar onmiddellijk in een frons. Even staan we ongemakkelijk tegenover elkaar, dan keert ze zich om. Vlak voordat ze wil weglopen stamel ik: 'Ja, hoor. Nog bedankt voor wat je hebt gedaan, ik...'

Nu kijkt zij verbolgen. 'Ach, dat was niks. Erger is het wat die man is overkomen, denk je niet?'

Ze bedoelt Peter Schaap. Ik heb nog geen idee wat hem is overkomen, maar aan de vochtige ogen van Anna te zien is het niet best. Ze schuift haar bril omhoog en veegt een traan weg.

'Het maakt ons maar weer eens duidelijk hoe kwetsbaar we zijn op deze wereld, denk je ook niet?' Hoorbaar slikt en snuift ze haar verdriet weg.

Ik proef dat ze op de zweeftoer gaat. Dat is het laatste waar ik nu zin in heb. Ik wil naar Hans. Daarom knik ik afwezig naar Anna en loop in de richting van het podium. Maar als ik mijn oog op de vleugel laat vallen, zie ik dat Hans daar weg is. De enige die daar zenuwachtig heen en weer dribbelt is Joke. Als een operazangeres die zo het beste van zichzelf gaat laten horen, tuurt ze gespannen over de zaal met publiek. In haar hand houdt ze haar programmamap. Terwijl ze het ding open en dicht klapt, valt haar blik op mij. Onze blikken kruisen elkaar. Ik schrik van die van haar. Meedogenloos is de blik. Alsof ze zojuist heeft vernomen dat ik het heb gedaan. Dat ik het ben geweest die haar grote liefde heeft vermoord.

32

Het kleine, gezette mannetje is terug. Moeizaam beweegt hij zich voort in de richting van het podium en de vleugel. Zijn vale, geruite zomerjasje slobbert losjes om zijn lichaam. Het lijkt twee maten te groot. Net als zijn pantalon. Twee joekels van bretels moeten het kledingstuk op zijn plaats houden. Van een strak geperste vouw is al geen sprake meer, de pijpen fladderen nonchalant om zijn benen.

Tot twee keer toe kucht hij om de aandacht van de groep te krijgen. Niemand reageert. Nerveus strijkt hij door zijn achterovergekamde haar, dat in het daglicht dat door de koepel valt nog vetter lijkt. Met een korte beweging naar Joke Stoep geeft hij aan dat hij er klaar voor is.

Joke pakt de microfoon. Op haar zo typische, geaffecteerde toontje stelt ze de man voor als Lodewijk Bongers, rechercheur van de politie Gelderland. Iedereen heeft meteen haar aandacht. En alsof ze een van haar favoriete goeroes introduceert, babbelt ze overdreven door. De politieman moet niets van haar gemaaktheid hebben, snel grist hij de microfoon uit haar hand en zegt dat het om een serieuze zaak gaat. Ja, vermoedelijk zelfs om een moord, hoest hij naar de toehoorders.

Uit de woorden van de man maak ik op dat Peter Schaap

door verdrinking om het leven is gekomen. Maar dat sporen hebben uitgewezen dat het hier niet om een gewoon ongeval gaat. Hoogstwaarschijnlijk is er opzet in het spel. Zonder in details te treden voegt hij eraan toe dat het de afgelopen nacht moet zijn gebeurd. Het exacte tijdstip weet de schouwarts niet. Dat betekent dat vanaf nu niemand het terrein meer af mag. Ook vertelt hij dat er momenteel een forensisch team op de plaats delict aanwezig is en dat daar dus niet gezwommen kan worden.

Ik hoor mensen om mij heen zuchten en mopperen.

'Daar hebben we voor betaald,' roept iemand verbolgen.

'Wie gaat dat vergoeden?' vraagt een van de giebeldames gepikeerd. Het lachen is haar opeens vergaan. Weer iemand anders steekt zijn hand op. Met luide stem en zeker niet op een toon die je bij een spiritueel iemand zou verwachten vraagt de persoon in plat Amsterdams hoe lang dit akkefietje dan wel niet gaat duren.

Terwijl de rondbuikige politieman zijn voorhoofd dept en een sigaret in zijn mond stopt, haalt hij zijn schouders op.

'Ik kan het u niet zeggen,' bromt hij en hij tast zijn zakken af op zoek naar een aansteker. 'Net zo goed als ik u niet kan beloven dat het onderzoek morgen zal zijn afgerond.'

Weer wordt er woedend gereageerd.

'Voorlopig zult u beschikbaar moeten blijven voor verhoor. Iedereen hier kan de moordenaar zijn!' roept de politieman terug.

Ik begrijp er niets van. Waarom zou iemand Peter willen vermoorden? Een man als Peter, die na één ochtendje zowel de dames als de heren plat had. Wie doet zoiets, en met welk doel? Met welk motief? Het slaat werkelijk nergens op.

En hoe meer ik erover nadenk, hoe belachelijker ik het vind.

De enige die hier – buiten mijzelf dan – Peter goed kende, is Joke Stoep. De dweepzieke Joke. Zolang ik haar ken, heeft ze als een loops hondje achter hem aan gelopen. Zij zal de laatste zijn die iets met zijn dood te maken heeft. Waar is ze eigenlijk gebleven?

Ik tuur over de groep heen. Ze staat niet meer op het podium. Mijn oog valt op Anna, die in druk gesprek is verwikkeld met een van de giebeldames. De verontwaardiging op hun gezichten spreekt boekdelen. Ook de dikke man praat opgewonden tegen een van de medecursisten. Niemand heeft zin in een verhoor, niemand wil als moordenaar te boek worden gesteld. Toch heeft een van ons het gedaan.

Als ik nogmaals mijn blik over de zaal laat dwalen, ontdek ik Hans. Hij staat tegen de muur geleund. Blij verrast steek ik mijn hand op. Hij zwaait terug. Vlug maak ik me los uit de groep en worstel me door de mensenmassa naar hem toe. Maar als ik bijna bij hem ben, zie ik hem tot mijn verbazing ineens omdraaien en weglopen naar buiten. Weer ben ik hem kwijt.

1984

Ik heb haar niet horen binnenkomen. Vermoedelijk stond de tuindeur nog open.

Toen ik vanmiddag thuiskwam van college scheen de najaarszon zo uitnodigend over onze stadstuin dat ik meteen met een kop thee en een spannend boek onder de kastanjeboom verdween. Misschien wel de laatste mooie dag van dit jaar, dacht ik toen ik na een kwartiertje wegdommelde en me overgaf aan de septemberzon.

Haar snerpende stem schalt door de stille tuin. Nog voordat ik me kan oprichten uit mijn stoel staat ze voor me. Een schaduw valt over mijn blote benen. De frisse najaarslucht kruipt langs mijn schaars geklede lijf naar boven en verandert mijn gladde huid in een ruw en gespikkeld oppervlak. Ik huiver.

'Zo, lig jij je tijd hier te verdoen? Geen tentamens?' vraagt ze bruusk.

Als ik haar aankijk, doet ze snel een stap opzij zodat ik recht in de zon tuur. Mijn ogen gaan tranen, vlug sla ik ze neer. Wat moet ze hier?

'Ik ben op zoek naar Peter,' zegt ze.

'Peter?' vraag ik verbaasd.

'Ja, Peter. Hij schijnt de laatste tijd weer erg vaak in jouw gezelschap te verkeren. Klopt dat?'

Met samengeknepen ogen kijk ik haar aan. Zij staat in de schaduw, zodat ik haar gezicht niet goed kan zien.

'O... ja. En als dat zo is, wat heb jij daar dan mee te maken?'

'Wil je dat echt weten?' vraagt ze smalend.

Ik voel hoe gespannen ze is. Met veel bombarie loopt ze op de plastic tuinstoelen af die ingeklapt tegen de tuintafel staan. Ze pakt er een op en zet hem vlak naast die van mij, zo dichtbij dat het ding bijna mijn arm raakt. Ik doe alsof ik het niet merk. Opgefokt neemt ze plaats op de stoel. Ik ruik haar opdringerige parfum. Een penetrante zoete geur bereikt mijn neusgaten.

Als ik me omdraai, moet ik bijna lachen. Nu pas zie ik hoe ze zich heeft uitgedost. Haar zwartgeverfde haar staat recht omhoog, stijf van de lak. Haar oogleden zijn van een onbestemde kleur roze voorzien, rond haar ogen liggen slordige zwarte lijnen.

'Bevalt het?'

'Wat?'

'The new ME?'

Uitdagend trekt ze aan de riem rond haar taille. Het is een onooglijk ding. Hij lijkt zo uit een legerdump te komen. Afgezet met klinknagels moet hij de zwarte tuniek die ze draagt bij elkaar houden. Ook dit kledingstuk is ronduit lachwekkend. Her en der lijken willekeurig diverse gaten te zijn geknipt. Een knalroze truitje schijnt erdoorheen. Hoe verzint ze het, denk ik als ik naar de carnavaleske uitdossing staar en hardop begin te grinniken.

'Is dat nou punk?' vraag ik zo onnozel mogelijk.

'Goed, hè?' sneert ze. 'Ja, daar kun jij niet tegenop met die slome uitgezakte truien van je. Heb je je wel eens afgevraagd wat Peter daarvan vindt?'

Verbaasd over die opmerking realiseer ik me direct dat ik me dat nog nooit heb afgevraagd. Waarom zou ik, tot nog toe schijn ik voor Peter het meest aantrekkelijke vrouwmens te zijn dat er rondloopt. Alles aan mij vindt hij geweldig. Ook al erger ik me vaak groen en geel aan zijn constante opdringerigheid en steek ik dat beslist niet onder stoelen of banken, hij blijft me lief noemen.

Ik slaak een diepe zucht. Kan dit achterlijke kind niet oprotten? Wanhopig blik ik naar de keukendeur in de hoop dat zich daarachter een huisgenoot bevindt. Maar er is niemand.

'Je hebt geen idee, hè?' Opnieuw verbreekt Jokes snerpende stem de kortstondige stilte in de vredige tuin.

'Hm? Idee?'

Waar heeft ze het nu weer over, denk ik. Laat haar ophoepelen.

'Over Peter?'

'Peter? Nee, wat dan, wat zou ik moeten weten?' vraag ik oprecht verbaasd.

Nu begint ze luid te lachen. Vals en fel klinkt de lach. De uithalen zijn zo scherp dat het lijkt of ze hysterisch begint te huilen. Plotseling grijpt ze naar mijn stoelleuningen en bukt zich naar me toe. Als ik me onder haar probeer uit te wurmen kijken haar zwart omrande ogen me indringend aan.

'Ik heb een abortus gehad,' gromt ze vlak boven mijn gezicht. Haar lach verstomt.

Niet-begrijpend blijf ik in de zwaar opgemaakte ogen staren.

'Omdat Peter dat wou,' vervolgt ze met een snik in haar stem. 'Het was zijn kind.'

33

Bij de deur word ik tegengehouden door een politieagent. De man draagt een spierwit overhemd met korte mouwen. De armen die eruit steken zijn mooi egaal bruin. Net als zijn gezicht. Hij lacht me vriendelijk toe.

'U weet dat u het terrein niet af mag, mevrouw?'

Verbaasd kijk ik hem aan. Geef ik hem de indruk op de vlucht te slaan? Denkt hij dat ik de moordenaar ben? Dat zou wel handig zijn, komt het toch nog goed met de bezinningsweek. Probleem opgelost, iedereen blij.

'Jazeker, ik wil alleen even iets uit mijn auto pakken,' zeg ik gehaast en ik wijs op mijn schoudertas, alsof daar iets in ontbreekt.

'Prima, ga uw gang,' zegt de man en hij opent de deur voor me alsof ik dat opeens niet meer zelf kan.

Meteen voel ik een warme föhnwind door mijn haren waaien. De auto's op het parkeerterrein schitteren me fel tegemoet. Wat zou ik daar in godsnaam moeten doen? Ik wil helemaal niet naar mijn auto. Ik wil naar Hans. Waar is hij gebleven?

Ik kijk om me heen en zie alleen maar blik, fel oplichtend en stoffig blik.

Automatisch loop ik in de richting van mijn geleende auto

die, hoewel hij een groot deel van de dag schaduw krijgt van de bomen, nu ook pal in de zon staat.

Wanneer ik dichterbij kom, zie ik iets vreemds. Het lijkt net alsof hij niet is afgesloten. Zowel de achterklep als de zijdeur lijkt open te zijn. Meteen denk ik aan de waarschuwingsbordjes op het terrein. Zou er iemand in mijn auto geweest zijn? Maar wat valt er te halen? De auto was leeg. Zelfs mijn wandelschoenen heb ik op mijn kamer gelaten. Ze zullen toch niet voor die stokoude radio...

Ik versnel mijn pas. Mijn hartslag neemt toe als ik denk aan de gevolgen van een inbraak. Als ze de deuren geforceerd hebben, of een raampje hebben ingeslagen, de autoradio eruit gesloopt hebben, wat moet ik dan tegen José zeggen?

Ze is vast verzekerd, maar voordat die schade weer hersteld is... Ik kan meteen aangifte doen, dat wel. Er is genoeg politie hier. Zouden die ook voor inbraak zijn?

Buiten adem bereik ik de auto. Meteen moet ik constateren dat beide deuren openstaan. Zowel de achterklep als het portier aan de bestuurderszijde.

Ik probeer me te herinneren hoe ik hem de laatste keer achterliet. Dat was gisteravond. Zo kort geleden nog maar? Ik was Peter ontvlucht en ik zat hier in de schaduw van de bomen tot mezelf te komen. Toen opeens was er die auto. Jokes auto. En Hans was er ook, maar dat wist ik pas toen ik achter ze aan liep, toch?

Ik twijfel, wanneer ontdekte ik dat het Hans was? Was het zijn stem waaraan ik hem herkende? Was ik zo geschokt dat ik daarna de auto vergat af te sluiten? Dat moet het geweest zijn. Ik heb geen andere verklaring.

Paniekerig kijk ik om me heen. Niemand te zien. Ik voel de zon door mijn broekspijpen branden. Mijn hoofd suist.

Het is veel te warm om hier op dit stoffige terrein te blijven. Laat ik de auto snel inspecteren en dan afsluiten.

Ik open mijn tas, en terwijl mijn hand meteen op de autosleutel stuit, weet ik vrijwel zeker dat ik hem daar gisteravond na het afsluiten van de auto in heb teruggestopt. Maar dat doet er nu niet meer toe. Beter kan ik haast maken, voordat de hitte me in haar greep krijgt.

Het is vreemd, maar als ik de portieren inspecteer ontdek ik nergens een spoor van braak. Bovendien is er niets weg. Mijn zomerse sjaaltje ligt nog op de achterbank, en ook de autoradio is nog geheel intact, ja, zelfs het dashboardklokje tikt zich met dezelfde regelmaat door zijn winterse uur.

Waarom de dief heeft toegeslagen is me een raadsel. Kennelijk zocht hij iets wat deze auto hem niet kon bieden. Opgelucht voel ik voor de zekerheid nog even aan de raampjes en net als ik de deur wil afsluiten, valt mijn oog op iets wat ik niet eerder in de auto heb gezien. Geschrokken staar ik naar het voorwerp. Mijn hand zoekt steun bij het portier. Onder de achterbank steken twee neuzen van schoenen uit. Het zijn twee herenschoenen. Ik herken ze onmiddellijk. Er is maar één persoon die dergelijke handgemaakte schoenen draagt. Als versteend staar ik naar het schoeisel van Peter Schaap. Wat doen zijn schoenen in godsnaam in mijn auto?

34

'Ah, hier bent u dus!'

Ik schrik me rot. Als ik me omdraai, kijk ik midden in het gezicht van het gezette politiemannetje. Zijn vale ogen nemen me nauwkeurig op. Ik voel hoe het bloed uit mijn gezicht wegtrekt. Wat doet die kerel hier?

'Ik was al naar u op zoek,' zegt hij en hij wrijft over zijn bezwete en pokdalige gezicht.

'We hebben helaas nog niet de kans gehad om elkaar te spreken. Gaat het inmiddels wat beter met u?'

Zijn stem klinkt schor. Hij graait in zijn zak. Ik verwacht dat er een hoesttablet of een pepermuntje tevoorschijn zal komen. Het wordt een pakje sigaretten. Daarna volgt een aansteker. Zodra het puntje van de sigaret oplicht, schuift hij een zonnebril voor zijn ogen en verdwijnen ze achter glas en rook.

Als ik begin te hoesten maakt hij zijn excuus. Terwijl hij de rook voor mijn hoofd wegwappert, zegt hij dat het een slechte gewoonte van hem is.

'Mijn vrouw vindt het vreselijk,' voegt hij eraan toe. 'Ze moppert altijd op me. Volgens haar moeten mijn longen eruitzien als twee gitzwarte fabrieksschoorstenen. Toch kan ik het niet laten. Het hoort bij mijn vak, weet u. Zodra ik de nicotine door mijn aderen voel stromen, beginnen mijn hersens te werken. Dan zie ik alles helder en klaar,' gniffelt hij.

Ik staar naar zijn mond. Wat zich daar achter de glazen van zijn bril afspeelt, kan ik niet zien, wel hoop ik dat hij niet 'helder en klaar' de schoenen in mijn auto ziet. Om hem het zicht daarop te ontnemen druk ik me tegen het achterraampje.

'Ik had iets uit mijn auto nodig,' zeg ik zo nonchalant mogelijk. 'Maar het is hier nogal warm. Vindt u het goed om daar in de schaduw te gaan staan?' Ik wijs op een groepje bomen. Hij keert zich om. Als hij aarzelend naar de aangewezen plek staart, voel ik mijn hart in mijn keel bonzen. En in plaats van dat hij van me wegloopt, doet hij een stap in mijn richting. Zijn hand glijdt over het dak van de auto. Met bonzend hart volg ik zijn handeling.

'Wat u zegt. Voor mij had deze hitte niet gehoeven. Ik hou sowieso niet van de zomer, mijn vrouw wel, die vindt het heerlijk. Het kan haar niet warm genoeg zijn. Maar zij is dan ook een tikkeltje slanker dan ik,' gromt hij. En weer gniffelt hij, terwijl hij op zijn buik tikt. 'Ze kan er beter tegen, ziet u.'

Ik schud met mijn haar. Mezelf zo breed mogelijk makend, leun ik nog iets verder tegen de auto. Bijna raakt mijn lichaam de uitgestoken hand van de man. Ik voel dat hem dat even uit balans brengt, snel laat hij het dak los. En terwijl hij aanstalten maakt om naar de beschutte plek te lopen, valt zijn oog op de achterklep van de auto.

'U weet dat hij nog openstaat?' vraagt hij. Opnieuw maakt hij een beweging naar de auto toe.

'Eh, ja, ja, ik was net bezig hem af te sluiten,' antwoord ik gehaast. 'Maar toen kwam u langs…'

In één stap sta ik bij de achterklep, sla hem dicht en draai de sleutel om in het slot.

'Gaan lang mee, hè, dit soort autootjes,' zegt hij met een kennersblik. 'Zelf rij ik in een Opel. Ook niet kapot te krijgen.'

Wat moet ik met deze kerel? Ik ben totaal niet geïnteresseerd in zijn gezeur. Wat wil hij van me? Nu pas schijnt hij mijn weerstand te voelen. Langzaam haalt hij de zonnebril van zijn neus. Peinzend nemen zijn grijze ogen me op. Weer graait hij in zijn broekzak. Ditmaal komt er een verfrommelde zakdoek uit tevoorschijn. Hij dept er zijn voorhoofd mee.

De stilte is om te snijden. Zenuwachtig hink ik van het ene op het andere been. De gedachte aan Peters schoenen laat me niet los. Hoe zijn die daar in vredesnaam terechtgekomen? En hoe krijg ik ze ongezien weer weg?

'U hebt hem gekend, hè?'

De zakdoek wordt weer in de zak gefrommeld. Een blocnote en een pen komen tevoorschijn. Hij likt aan zijn vinger en slaat de blaadjes een voor een om. Dan begint hij te schrijven. Nerveus volg ik zijn bewegingen.

'Waar kende u hem van?'

'Wie?'

'Het slachtoffer.'

'O, Peter, eh, tja, dat is lang geleden. We hebben ooit op dezelfde universiteit gezeten.'

'Zoiets had ik ook van mevrouw Van Dam begrepen.'

Joke dus. Wat heeft dat kreng over mij verteld? Ik weet hoe ze kan liegen. Ik weet hoe gemakkelijk ze dingen kan verdraaien. Had ze dat indertijd ook niet gedaan? Toen ze mij tegen Peter uitspeelde?

'Naar het schijnt bent u de laatste persoon die hem gisteravond nog in levenden lijve gezien heeft.'

Ontsteld kijk ik naar de man tegenover me. Een glimlach speelt om zijn lippen. Wat bedoelt hij met die opmerking?

'O? Is dat zo?'

Ik probeer me te herinneren of het waar is. Het lijkt veel langer geleden.

'Ja, ja, men heeft u samen zien dineren, klopt dat?'

'O, dat. Jazeker,' zeg ik net iets te resoluut. Ik schrik van mijn stem. Ik word deze ondervraging zat.

'Maar daarna heb ik hem niet meer gezien,' vervolg ik korzelig.

'Waarna?'

'Na het eten.'

'U bedoelt dat u hem na die woordenwisseling op het terras niet meer hebt getroffen?'

'Woordenwisseling?'

Plotseling komt de zon achter de bomen tevoorschijn. Een deel van mijn lichaam staat meteen in vuur en vlam. Hoewel ik gloei, durf ik geen stap te verzetten. Welke kant gaat dit gesprek op?

'Men heeft u horen ruziën. Maar misschien was dat geen ruzie?'

Weer zie ik die fletse ogen op me gericht. Weer valt er een pijnlijke stilte.

'Mijn vrouw kan ook vaak tegen mij uitvallen. Soms kan ze zo hevig tekeergaan...'

Hij schudt zijn hoofd en strijkt door zijn haar. Haast verlegen, alsof hij me een bekentenis wil gaan doen, vervolgt hij: 'Ach, ja, het gaat vaak over niets, een beetje as op haar meubels, een paar krantjes die ik heb laten slingeren, lege bierflesjes... daar maak je toch geen ruzie over? Zoiets heet hooguit ergernis.'

‘Ik kan me niet meer herinneren waarover onze woordenwisseling ging,’ zeg ik.

Ik heb het snikheet. Nog even en ik bezwijk.

‘Ook niet dat u later op zijn kamer nog wat bent gaan drinken?’

Een schok gaat door me heen. Mijn adem stokt. Ik ruik de ranzige adem van de man, een misselijkmakende lucht belet me om iets te zeggen. En als ik vragend in die vaalgrijze ogen blijf staren, begint alles om me heen te draaien.

Met een ruk trekt hij me nu naar zich toe in de schaduw. Mijn borst raakt zijn doorrookte en zuur geurende jasje. Als twee geliefden staan we tegen elkaar gedrukt. Mijn maag komt omhoog. Net op tijd laat hij me los. Kokhalzend buig ik me voorover in de struiken.

‘Kom,’ zegt hij opeens bezorgd en hij slaat een arm om me heen. ‘U moet hier niet blijven, straks valt u nog flauw.’

Ik beef en knik. En terwijl ik steun zoek tegen een van de dennen, vraagt hij of ik zelfstandig naar het gebouw terug kan lopen.

Opnieuw geef ik een kort knikje.

Dan vervolgt hij: ‘O, ja, nog één klein dingetje,’ en weer draait hij zich om naar mijn auto. ‘Hebt u datgene waarvoor u naar uw auto moest?’

35

Het is aangenaam koel in de eetzaal. Zowel de deuren als de ramen zijn afgesloten. Vanuit het duister tuur ik naar een groepje mensen dat tegenover me aan een lange tafel zit. Sommigen zien er aangeslagen uit. Wie rekent er nu ook op een moord tijdens een zomerweek? Een bezinningsweek nog wel, zie ik ze verontrust denken.

Ik heb plaatsgenomen aan een van de tafeltjes niet ver van de ingang. Een van de dames van de receptie heeft me hier, me half ondersteunend, naartoe gebracht. Ik voelde het als een ware afgang. Alle ogen waren op me gericht. Wat heeft die nu weer, zullen ze gedacht hebben.

Het kleine mannetje is weg. Tot aan de receptie liep hij met me mee. Vanaf daar wilde hij me niet langer aan mijn hoofd zeuren, zoals hij dat noemde. Althans voorlopig dan, voegde hij er smalend aan toe. Er waren nog een paar onschuldige dingetjes, maar die kwamen later wel, stelde hij me gerust. Dingetjes. Hij had het steeds over dingetjes. Welke dingetjes, vroeg ik me af.

Toen ik hem vragend bleef aankijken, schudde hij zijn hoofd. Hij haalde een sigaret tevoorschijn en terwijl hij die in zijn mond stak, mompelde hij dat ik niet bang hoefde te zijn. 'Kom eerst maar even tot uzelf. Wij gaan hier gewoon door met ons onderzoek en aangezien niemand weg kan, komen we elkaar vast nog wel tegen,' sprak hij. Daarna verdween hij naar buiten.

Nu zit ik hier. Heel langzaam voel ik het bloed terugstromen naar mijn hoofd. Mijn duizeligheid lost op en ik tracht me te concentreren op de vragen van die politieman. Waarom beweerde hij dat ik bij Peter Schaap op de kamer iets was gaan drinken? Hoe komt hij op dat belachelijke idee? Iemand moet hem dat verteld hebben. Meteen moet ik aan Joke Stoep denken. Alleen zij kan dat soort leugens op een geloofwaardige manier doorbrieven.

En opeens moet ik weer terugdenken aan de keer dat ze me overviel in de tuin van mijn studentenhuis. Die keer dat ze beweerde dat ze haar zwangerschap omwille van Peter had beëindigd. Ik weet nog hoe geschrokken ik daarop reageerde.

Het was in dezelfde tijd dat Peters belangstelling voor mij weer toenam. Sebastiaan was dood en dankzij Peter had ik mezelf weer redelijk onder controle. En hoewel het toen helemaal niet zeker was of ik met Peter verder wilde, hield ik zijn aandacht voor mij voor oprecht. Tenminste, dat dacht ik. Totdat zij opeens met dat bizarre verhaal over die zwangerschap op de proppen kwam.

Ik kon het niet geloven. Ik durfde Peter er niet naar te vragen. Ik schaamde me voor mijn verhouding met hem. Alle schuld legde ik bij mezelf. Als ik niet zo labiel was geweest en geen zelfmoordpoging had gedaan, was hij nooit bij Joke weggegaan, dacht ik toen. Dan was er misschien nooit een abortus geweest.

Hoe groot was de ontgoocheling toen ik erachter kwam dat Joke het hele abortusverhaal uit haar duim had gezogen. Dat

Peter nooit een relatie met haar had gehad, laat staan dat ze zwanger van hem was geweest. Hoe noemde hij haar indertijd ook alweer? Joke Stoephoer. En hij had vreselijk moeten lachen om haar leugenachtige geneuzel.

Nu is hij dood. Na al die jaren sinds we elkaar uit het oog waren verloren, is hij uitgerekend nu – net nu ik hier ben – overleden. Wat een toeval. Een rilling loopt over mijn rug. Was ik hier maar nooit naartoe gegaan.

'Iris?'

Als ik omkijk, zie ik Hans naast mijn tafeltje staan. Hij kijkt zorgelijk.

'Waar was je?' vraag ik. En meteen realiseer ik me dat het niet de eerste keer is dat ik hem dat vraag. Wat maakt het uit waar hij was? Waarom klamp ik me zo aan hem vast? Laat hem met rust, denk ik, verstoord over mijn eigen aanhankelijkheid.

'Ik was op mijn kamer,' antwoordt hij kalm.

Verder gaat zijn uitleg niet. Waarom zou hij ook?

'Maar hoe is het met jou afgelopen?' Belangstellend buigt hij zich naar voren.

'Afgelopen? Hoezo?' vraag ik mat.

Waar doelt hij op? Heeft hij me met dat mannetje gezien? Meteen moet ik aan de auto denken. Die schoenen. Hoe krijg ik ze daar ongemerkt vandaan? En de achterklep, waarom stond die eigenlijk open? Door dat politiemannetje kreeg ik niet de kans verder te kijken. Snel sta ik op. Ik moet naar mijn kamer, ik moet een tas of een plastic zak halen, iets. Zodat ik die schoenen kan weghalen. Wie weet wat daar nog meer...

'Ik hoorde van Joke van Dam dat jij als laatste bij het slachtoffer bent gezien.'

Hans spreekt de woorden zorgvuldig uit. We staan nu recht tegenover elkaar. Ik zie een onzekere, vragende blik in zijn ogen. En misschien maakt die verontruste blik van hem me wel aan het lachen. Want het volgende moment rolt er een onbedaarlijke, hikkende lach over mijn lippen. Hans kijkt verschrikt. Iemand uit het groepje draait zich naar ons om. We worden aangestaard.

'O, ja?' roep ik giechelend alsof Hans me zojuist een geweldige mop heeft verteld. 'En hoe denkt Joke dat te weten? Was zij niet met jou op pad naar je dochter?'

Hans knippert met zijn ogen. Hij strijkt door de krulletjes in zijn nek.

'Nou?' vraag ik zelfverzekerd. Ik ben dit gespeculeer spuugzat. Ik ga die rotschoenen uit de auto halen en ik ga bedenken waar ik ze ga dumpen, om daarna...

'Het schijnt dat ze een glas op zijn kamer hebben gevonden,' zegt Hans. 'Het gaat om een portglas. Jouw vingerafdrukken zaten erop, althans, dat zegt Joke, en zij heeft het weer van de politie.'

1984

Buiten is het opnieuw gaan vriezen, binnen in het clubgebouw is het warm en rumoerig. Het waterpoloteam van Sebas heeft vanavond een reünie. De club bestaat vijf jaar. Ik ben ook uitgenodigd. Uit piëteit, vermoed ik. Het is nu ruim drie maanden geleden dat Sebastiaan verdronk en nog steeds kan niemand het geloven. Nog steeds praat iedereen over het ongeluk alsof het gisteren was.

'Gaat het?' Peter loopt op me af met twee biertjes. Gedachte-

loos pak ik er een van hem aan. Het is een mannenclub, naast mezelf tel ik precies twee andere meisjes. Ik voel me opgelaten. Als hij me vanavond niet had overgehaald, was ik nooit meegegaan hiernaartoe. Ik ken hier bijna niemand.

Dat Sebas zo'n verwoed zwemmer was, hoorde bij zijn leven. Ik hield het nooit langer dan tien minuten, hooguit een kwartier uit in het zwembad. Een mooiweerzwemmer noemde hij me. Daar had hij gelijk in, en eerlijk gezegd hield ik nooit echt van zwemmen. Niet zoals hij dat deed. Sterker nog, volgens mijn broers leed ik als kind aan watervrees. Daar heeft Sebastiaan me in ieder geval wel overheen geholpen. Of was het Peter?

Er wordt nu gelachen, geproost en gedronken op de volgende vijf jaar. Jonge kerels zijn het. Stuk voor stuk mooie, gespierde mannen in de bloei van hun leven. Over vijf jaar, denk ik, alsof iedereen hier dan nog woont. De meesten studeren, net als ik, net als Peter. Net als Sebastiaan deed.

Een traan biggelt over mijn wang. Ik veeg hem snel weg in de hoop dat niemand het ziet. Maar Peter ontgaat het niet. Hij slaat een arm om me heen. Ik voel zijn hand mijn schouder omklemmen. Hij geeft een kus in mijn haar. Er zit een brok in mijn keel.

'Wil je naar huis?' vraagt hij.

Ik knik.

'Kom op dan.'

'Nee, nee, ik kan alleen. Heus, het is ook jouw reünie,' zeg ik tegen hem en ik maak me los uit zijn greep.

'O, ja? En wat ga jij dan doen als je thuiskomt? Pillen slikken?'

Ik weet waar hij op doelt. Het is nog maar een week geleden dat mijn huisgenootje in paniek de dokter belde en mijn maag moest worden leeggepompt. Ik wilde niet meer verder leven. Ik was het niet waard, vond ik. Peter week daarna geen moment van mijn zijde. Dit ga je niet nog eens doen, verzekerde hij me. Daar was ik veel te belangrijk voor, vond hij.

'Kijk me eens aan.' Peter staat nu vlak voor me en als ik geen gehoor geef aan zijn verzoek, tilt hij met zijn wijsvinger mijn kin op. Ik voel zijn nagel pijnlijk in mijn vlees prikken, maar geef geen krimp. Dwingend kijkt hij me aan. Treurig staar ik in zijn ogen. Mijn lip trilt. Ik heb geen woorden.

'Als jij naar huis wilt, dan ga ik met je mee. Oké?' zegt hij hees. 'Mijn meisje laat ik nooit meer gaan.'

36

Om ons heen stroomt de eetzaal vol met cursisten. Blijkbaar wordt er gewoon gedineerd straks. En waarom ook niet? Het leven gaat door.

Nadat Hans die vreemde woorden in mijn oor fluisterde, ben ik opnieuw gaan zitten. Sprakeloos staarde ik hem aan. Mijn lacherigheid verdween even snel als ze was opgekomen.

Nerveus blik ik op mijn horloge. Het loopt tegen zessen. Een van de restaurantmedewerkers opent de deuren naar het terras. De zon is weg, de bomen zorgen voor schaduw. Ik hoor de vogels. Vertrouwd en levendig klinkt hun gekwetter. Voor hen heeft Peters dood geen enkele betekenis.

Een aantal mensen neemt plaats op het terras en bestelt een drankje. De stoelpoten schrapen luid over de hete stenen. Een van de mannen valt uit tegen een vrouw. Ik vang de zinnen 'het is een schande' en 'we zijn toch geen paria's' op.

Hans zit zwijgend naast me. Ik voel de verwarring over zijn woorden tussen ons in hangen. Wie van ons zal als eerste iets zeggen?

'Het is niet wat je denkt,' begin ik zacht.

Ik durf hem haast niet aan te kijken. Als ik dat toch doe, zie ik hem in het niets staren. Hij lijkt ver weg met zijn gedachten. Omdat hij niet reageert, herhaal ik de woorden. Ik voeg eraan toe: 'Het zit namelijk zo. Ik ken Peter van vroeger...'

'Sst,' zegt hij en hij legt zijn wijsvinger op mijn mond.

Ik ruik de geur van zijn huid.

'Je hoeft niet te praten als je dat niet wilt. Het verleden is jouw verleden,' gaat hij door. 'Ik heb daar niets mee te maken. We kennen elkaar nog maar zo kort.'

'Maar je moet weten dat ik niet bij Peter op de kamer ben geweest,' zeg ik snel. 'Echt niet!'

Hans haalt zijn schouders op. Zijn ogen gaan in de richting van de bar, waar Joke en de yogajuf met elkaar in gesprek zijn. Beiden dragen een opvallend blote zomerjurk. Griezelig magertjes steekt de schriele yogajuf af bij Jokes ronde omvang. Ik word me bewust van mijn eigen outfit en voel me plakkerig en weinig charmant.

'Wacht het onderzoek nou maar even af,' vervolgt Hans gelaten.

Als hij aanstalten maakt om op te staan, wil ik hem tegenhouden. Ga niet weg, wil ik gillen. Geloof me alsjeblieft en blijf bij me. Mijn hart bonst in mijn warme lijf, het liefst zou ik tegen hem aan willen kruipen.

'Welk onderzoek?' vraag ik nerveus als hij zijn stoel naar achteren schuift en opstaat.

Hij kijkt naar me. Zijn blik is afstandelijk.

'Je moet me geloven. Ik heb er niets mee te maken, ik zat in de auto. Hoe had ik anders kunnen weten dat jij en Joke daar aankwamen?'

Opeens betrekt zijn gezicht. Woedend kijkt hij me aan.

'Laat mij en mijn dochter hierbuiten, wil je?'

Zijn stem klinkt donker. Hij maakt me bang.

'Maar het gaat om mijn alibi!' roep ik verontwaardigd. 'Waarom geloof je me niet? Waarom geloof je die heks wel en mij niet? Zij liegt! Ze liegt altijd...' Mijn stem breekt. Ik buig mijn hoofd en sla mijn handen voor mijn ogen. Ik wil niet dat hij ziet dat daar tranen opwellen. Ellendig en dom voel ik me.

Afwachtend staat Hans voor me. Dan voel ik zijn hand door mijn haar strijken. Hij duwt een zakdoek onder mijn neus.

'Hier, snuit je neus en ga je even opknappen,' zegt hij gehaast. 'Dan zien we elkaar zo bij het diner. Ik wacht op je bij de bar. Oké?'

Zijn stem klinkt zalvend maar gespannen. Hij bedoelt het goed. Wat moet hij wel niet van me denken? Wat voor een belachelijke indruk moet ik op hem maken? Dat ik iemand ben die met wilvreemde mannen aanpapt? Of dat ik, terwijl hij naar het ziekenhuis is, met vriendjes uit het verleden aan de boemel ga? Besluiteloos staar ik naar de grond.

Ik voel dat hij ongeduldig wordt. Hij tikt op het tafeltje. Dan rommelt hij in zijn broekzak en haalt zijn smartphone tevoorschijn. Hij zegt dat hij even moet bellen en voor ik het weet, is hij weg en loopt hij in de richting van de bar.

Ik veeg mijn gezicht af, sta op en zonder op of om te kijken begeef ik me naar de uitgang. Als ik de deur open, loop ik recht in de armen van het politiemannetje. Op zijn pokdalige gezicht verschijnt een glimlach. Zijn geruite zomerjasje, dat over zijn arm hangt, schudt hij uit. Tabaksresten vliegen in het rond.

'Ha, mevrouw Van Egmond,' zegt hij opgewekt. 'Alles weer onder controle?'

37

Zodra ik de deur van mijn kamer achter me dichtsla, rinkelt mijn mobiel. Het is José. Na vijf keer overgaan besluit ik op te nemen.

'Hoi, schat, hoe gaat het daar? Is het net zo warm als hier?' José klinkt monter maar moe.

Het was gisteren rond dezelfde tijd dat ik haar sprak, ze is een trouwe hond, zo'n persoon die zich aan haar afspraken houdt. Toen was ik nog dolgelukkig. Ik had de middag doorgebracht met Hans en ik hoopte op een even mooie avond in zijn gezelschap. Hoe anders liep dat af.

'Ik moet je iets bekennen,' praat ze door.

Ook dat ken ik van haar. Ze is een praatgrage tante. Niet iedereen is daarvan gecharmeerd. Zonder dat ze het in de gaten heeft, legt ze anderen snel haar wil op. Ik heb het nooit als hinderlijk ervaren.

'Ben je daar nog, Iris?'

'Ja, ja.'

'Dan ga ik je iets opbiechten.'

Ze wacht even. Wat kan het zijn, denk ik terwijl ik naar de badkamer loop.

'Luister, schat. Ben en ik zitten aan zee. Het was veel te warm in de stad. Om vier uur heb ik de winkel dichtgegooid. Er was geen kip. We hebben besloten een nachtje te blijven. Alle misgelopen verkoop zal ik je vergoeden, dat begrijp je.

Je kent me, nooit doe ik iets onverantwoords, maar met deze hitte...' Ze ratelt maar door. De woordenstroom is nauwelijks te volgen. Als ik de telefoon op handsfree zet, valt mijn oog op mijn toilettas. Ik schrik me naar als ik zie dat het doosje met pillen weg is. Wild graai ik tussen de potjes met crème. Ik trek flosdraad en tandenstokers eruit en als ik uiteindelijk het hele ding op de kop in de wastafel leegkieper, blijken ze er niet meer in te zitten. Waar heb ik dat doosje gelaten? Misschien ligt het op het nachtkastje?

Als ik me erheen spoed, hoor ik José vrolijk doorbabbelen. Op het nachtkastje kan ik alleen een boek en mijn leesbril ontdekken. 'Nee!' gil ik.

'Iris?'

'Ja!' krijs ik terug. De zenuwen slaan op mijn keel. Ik mep op het nachtkastje. Ik schop tegen het bed. Ik word hier knettergek.

'Lieverd? Gaat het wel goed met je?' klinkt het nu vanuit de badkamer.

Kalmeer, zeg ik in mezelf. Het heeft geen zin. Wat moet José met mijn zoekgeraakte pillen, de moord op Peter, mijn portglas dat bij hem is gevonden en al die andere vreemde zaken die me tot waanzin drijven? Ze kan er niets aan veranderen. Ik zit hier opgesloten. Als ik de telefoon oppak verzucht ik: 'Ja, sorry, ik was... kwam er net achter dat...'

'Wat, schat?'

'Ik dacht dat ik mijn portemonnee kwijt was,' lieg ik. 'Maar ik heb hem weer gevonden. Hij zat in het zijvak van mijn weekendtas.'

'Maak je je niet te druk? Je weet waarom je daar zit, hè? Om van die paniekaanvallen af te komen. Loslaten, daar gaat het om. Doe je dat, Iris?'

'Ja, ja.'

'Mooi zo. Dan laat ik je nu. Ben staat op me te wachten bij de auto. Hij wil aan zee eten. Bellen we morgen?'

'Goed, hoor.'

'Zelfde tijd?'

'Ja, ja.'

'Goed dan. Dag, schat.'

'Dag.'

Ik slaak een zucht als ik op het toestel druk. 'Probeer helder te blijven,' zeg ik tegen mezelf. Maar mijn lijf trilt en mijn hoofd bonkt. Er gebeuren hier verschrikkelijke dingen. En op de een of andere manier voel ik me daar zeer nauw bij betrokken.

Eerst was mijn portglas weg, nu blijkt dat opeens op Peters kamer te staan. Peter die vermoord is. Peter wiens schoenen onder mijn achterbank zijn terechtgekomen. Wie heeft ze daar neergezet? Hoe kon iemand in mijn auto komen? Opnieuw is er de twijfel of ik hem wel had afgesloten. Opnieuw is er de twijfel of mijn vergeetachtigheid te wijten is aan de pillen die ik heb geslikt. Pillen. Ook die zijn weg.

Wie doet dat? Werkt hier een gestoord kamermeisje, of is het iemand anders? Wie probeert mij gek te maken? Wie heeft het op mij voorzien?

Bevend begeef ik me naar de wastafel. Ik houd mijn hoofd onder de koude kraan. Het lauwwarme water dat door de buizen stroomt haalt me terug uit mijn roes van apathie. Handelen moet ik, en wel zo snel mogelijk.

38

De schoenen staan er nog. Ik heb het me dus niet verbeeld. Voordat ik het portier van de auto open, kijk ik schichtig om me heen. Niemand. Snel duik ik naar de achterbank. De meegebrachte H&M-tas schuif ik over het schoeisel. De zak past er net omheen. Zodra ze aan het oog zijn onttrokken en ik de zak heb dichtgevouwen, voel ik me langzaam ontspannen. Degene die me hiermee verdacht heeft willen maken, krijgt niet zijn zin. De politie heeft nog niets ontdekt. Niemand kan mij moeilijke vragen gaan stellen.

Behoedzaam kruip ik de auto uit en sluit hem af. Als ik wegloop, realiseer ik me nog net op tijd dat de achterklep ook openstond. Ik draai me om. Weer wacht ik tot er niemand op het terrein loopt die me kan zien. Dan pas open ik de achterbak.

Behalve een oude parka en een aangebroken fles koelwater liggen er een rol bruine tape en een rol vuilniszakken. Goddank, niets om me druk over te maken. Met een klap gooi ik de klep dicht.

De hitte van de dag hangt loodzwaar tussen de geparkeerde auto's als ik warm en vermoeid het terrein oversteek naar het hoofdgebouw. De plastic zak waarin de schoenen zitten, druk ik als een kostbare schat tegen mijn borst. Waar ga ik die straks laten? Opnieuw spookt er van alles door mijn hoofd. Eén beklemmende gedachte zet zich vast in mijn brein. Peter zal nooit zelf zijn schoenen in mijn auto hebben gezet. De enige die hem zijn schoenen kan hebben afgenomen of ze uit zijn kamer kan hebben weggehaald, is de moordenaar. Wie kan dat zijn?

Als ik denk aan de valse manier waarmee de moordenaar mij voor de schuld wil laten opdraaien, kan ik maar één persoon bedenken die daartoe in staat is en dat is Joke Stoep. Zij heeft hier de leiding. Zij zou in mijn kamer geweest kunnen zijn. Mijn autosleutel gepikt kunnen hebben, mijn portglas, mijn pillen, en zo de verdenking op mij hebben willen schuiven. Maar zou zij Peter hebben omgebracht?

Dat nooit. Zoiets lijkt me ronduit onmogelijk. Waarom zou ze de man die ze haar hele leven heeft aanbeden uit de weg willen ruimen? En hoe dan? Met dat postuur van hem en dat wankele lijf van haar. Zou hij wel vermoord zijn?

Waarom zou het niet om een natuurlijke dood kunnen gaan? Had hij niet te veel gezopen? Was hij misschien bij Joke geweest, of zij bij hem? Wilden ze misschien midden in de nacht nog gaan zwemmen? En heeft hij toen een hartstilstand gehad?

Dat móét het geweest zijn. En toen ze merkte dat hij dood was, heeft ze gelijk aan mij gedacht. Haar zoete wraak op mij... Het kreng. Ik acht haar ertoe in staat.

Hoe meer ik erover nadenk, hoe plausibeler me dit voorkomt.

Waarom is dat politiemannetje niet op dat idee gekomen? Hij ziet een glas van mij op de kamer van het slachtoffer, hij luistert naar de overtuigende verhalen van Joke, en bam, net als iedereen gelooft hij haar op haar vrouwelijke smoeltje.

Gesterkt door mijn gedachten, die opeens zo voor de hand liggen, besluit ik open kaart te gaan spelen met dat politiemannetje. Ik zal hem uitleggen hoe het werkelijk zit. Nog voordat hij mij gaat ondervragen zal ik vertellen wat ik weet van Joke en Peter. Sterker nog, ik zal hem vertellen van Jokes haat jegens mij. Dan zal alles op zijn plek vallen. Dan zullen ze moeten toegeven dat Peter niet vermoord is, maar door een noodlottig ongeval om het leven is gekomen. En terwijl ik daar steeds meer van overtuigd raak, sla ik de gang in van mijn vleugel en loop ik in de richting van mijn kamer.

Plotseling zie ik daar Joke en Hans staan. Ze zien mij niet. Nog net op tijd doe ik een stap opzij zodat ik uit het zicht ben verdwenen. Als ik voorzichtig naar voren buig om een glimp van ze op te vangen, zie ik dat ze met de politieman praten. Ze wijzen naar mijn deur. Hans knikt, terwijl Joke druk gebarend en met harde, hysterische uithalen iets tegen hem roept. Mijn hart begint sneller te kloppen. De zak met schoenen glibbert bijna uit mijn transpirerende handen. Waar gaat dit over? Wat moeten ze daar voor mijn deur? Zijn ze naar mij op zoek?

Al mijn vaste voornemens van zo-even nemen een vlucht als ik de plastic zak nog steviger tegen me aan druk, om me heen kijk of iemand me ziet en me dan zo snel mogelijk uit de voeten maak.

1983

Hoewel het over een paar weken al kerst is en iedereen in mijn omgeving druk in de weer is met inkopen doen voor een gezellig samenzijn met familie, is het buiten herfstachtig.

'Dit wordt geen witte kerst,' zei mijn huisgenootje sip toen ze gisteravond doornat van de regen binnenkwam. Ik kon haar teleurstelling niet delen. Het maakt me niet langer uit wat voor weer het is. Na gisteren lijkt alles sowieso grauw en grijs. Gisteren is Sebastiaan begraven.

De oude begraafplaats, waar in de zomer de loofbomen voor een aangename verkoeling tussen de graven zorgen, lag er kaal en troosteloos bij. Geen vogel die zong, geen zacht geruis van bladeren, geen spatje zonlicht dat de opgegraven aarde verwarmde. Kil was de dag. Even kil als de dood. De dood die niet thuishoort bij iemand in de bloei van zijn leven.

Het gezelschap was zo groot dat we nooit met z'n allen om het graf pasten. Sebas' studiegenoten, zijn waterpolovrienden, zijn familie, zijn ouders en ik, allen waren diepbedroefd. Zijn moeder leek ontroostbaar. Net als zijn jongere zusje. Beiden zochten steun onder een arm van zijn vader. Gedrieën stonden ze tegenover mij en de rest. En terwijl de priester het gebed oplas en we met z'n allen in het grote zwarte gat staarden waarboven de kist hing, voelde ik me als versteend. Alsof iemand een kaasstolp over mij heen had gelegd, zo bevond mijn gevoel zich in een soort vacuüm. Al het leven was eruit. Nu Sebastiaan dood was, durfde ik zelf nog nauwelijks adem te halen.

Vorige week stond het zwart op wit in de krant:

VRIJWILLIGERS VINDEN LICHAAM VERMISTE JONGEN IN KANAAL

Het lichaam van de vermiste Sebastiaan Klein (20) uit Nijmegen is dit weekend in het Maas-Waalkanaal gevonden. Afgelopen weken zochten ongeveer honderd vrijwilligers dagelijks naar de jongen, die in de nacht van…

Iedereen om me heen was verbijsterd. Men hield het op een noodlottig ongeval.

Vrienden hadden bevestigd dat ze na de demonstratie in Den Haag nog naar het café waren geweest. Het was laat geworden. Sebastiaan was met een paar jongens opgefietst. Hij woonde sinds kort in een kraakpand dat vlak bij een industrieterrein lag. Halverwege de rit, toen de jongens rechtdoor gingen, was hij rechts afgeslagen om zijn weg langs het kanaal te vervolgen. Hij was nooit thuis aangekomen.

Ik wist nog dat zijn moeder mij die middag daarop belde. Of hij bij mij sliep? Hij had geen telefoon in dat kraakpand en ze had hem via vrienden geprobeerd te bereiken. Hij zou die middag met zijn vader op pad gaan, maar was niet komen opdagen.

Dat was niets voor hem, hij hield zich altijd aan zijn afspraak. Ik stelde haar gerust. Hij zou vast komen. Misschien was het laat geworden en sliep hij uit. 'Heus, u hoeft zich geen zorgen te maken,' had ik tegen haar gezegd. Arm mens. Dat hij toen al een nacht in het kanaal had gelegen kon niemand vermoeden.

Een berg witte rozen lag als een kleed over de kist verspreid. Toen ik de mijne erbij legde hield ik het niet meer uit. Ik zakte op mijn hurken. Snikkend gilde ik zijn naam, waarop juist op dat moment een geweldig onweer losbarstte.

'Kom,' hoorde ik een stem naast me zeggen. Het was Peter. En toen ik hem door mijn tranen heen aankeek, schrok ik. Aan de koele blik in zijn ogen zag ik dat hij niet zoals ik verscheurd werd door verdriet. Integendeel. Triomfantelijk trok hij me bij de kuil vandaan. Alsof de dood van Sebastiaan hem verlost had van een zware last.

39

Mijn benen brengen me automatisch in de richting van het gebouw waar Hans verblijft. Het ligt tegenover dat van mij, precies aan de andere kant van het zwembad. In tegenstelling tot mijn ruime, uit beton opgetrokken vleugel is dit gebouw laag, hokkerig en van hout. Hoewel het nogal benauwd oogt, heeft het ook iets pittoresks. Zoals een kampeerboerderij uit de jaren vijftig. Eenvoudig maar wel gezellig.

De aanplant is hoger dan bij mij. Geen spatje zon bereikt de kamers. Ik vermoed dat het hier een stuk koeler slapen is. Ook is er nauwelijks een stukje open veld. Laat staan dat er brandnetels staan. Alles is keurig onderhouden. Waarschijnlijk omdat de kamers vrijwel meteen aan het zwembad liggen. Slechts een korte strook van flagstones en gras scheidt het zwembad van de naastgelegen terrassen die bij het gebouw horen.

Zodra ik dichterbij kom, zie ik de rood-witte politielinten om de bomen hangen. Het hele terrein rondom het zwembad is afgezet. Bijna heb ik de ingang van het gebouw bereikt of ik zie twee politiemannen aankomen. Vlug duik ik weg tussen de lage begroeiing. Als ze mij naderen, hoor ik ze lachen. Ze praten over voetbal en een van hen laat iets zien op zijn mobiel. Hierop gaat de ander nog harder lachen. Gespannen volg ik de twee mannen.

Wat ga ik hier zo doen? Waarover stonden Joke en Hans met dat politiemannetje te praten? Als Joke mij verdacht wil maken, wat moet ze dan met Hans? Misschien was Hans op zoek naar mij, misschien kwam op dat moment Joke haar kamer uit en wie weet kwam toen ook net dat politiemannetje aanlopen. Mijn gedachten gaan met me op de loop, en bij iedere naderende voetstap van de agenten voel ik mijn hart sneller kloppen. Pas als ik er helemaal zeker van ben dat ze weg zijn, kom ik uit mijn hurkzit omhoog.

Niemand mag me zien. Niemand mag weten wat er in die plastic zak zit. Niemand, behalve Hans, besluit ik. Ik ga hem zo alles vertellen. Alles. Hij moet weten waar ik Joke van ken. Ik zal hem laten weten wat er ooit in het verleden tussen haar, mij en Peter is gebeurd. Ik wil geen geheimen voor hem. Niet langer ga ik me als een zenuwachtig en verliefd meisje gedragen. Vanaf nu draait alles om de waarheid. Hij moet weten waar hij aan toe is. En dat niet alleen, ik wil hier iemand kunnen vertrouwen. Dat moet, anders weet ik me geen raad.

Voorzichtig stap ik uit het dorre struikgewas. Alles om me heen is stil en verlaten, een serene plek midden in het bos. Een plek om je geborgen te voelen. Waarbij de rust en de verlatenheid je nieuwe kracht moeten geven.

Weinig rust, denk ik cynisch als ik me nerveus naar de ingang van het lage gebouw begeef. Zodra ik de deur open en een aangename koelte me verwelkomt, slaak ik een diepe zucht. 'O, kon deze nachtmerrie maar voorbij zijn,' mompel ik, terwijl ik de hal binnenstap. In de lage, ronde ruimte staan drie leunstoelen, twee boekenkastjes en een biljart. Ze geven de plek een huiselijke sfeer. Vanuit de hal lopen twee gangen naar de achterliggende kamers. Waar zou Hans verblijven, vraag ik me af als ik een blik werp op de gangen.

Plotseling gaat daar een deur open. Ik kijk om me heen. Waar kan ik naartoe? Het geluid van naderende voetstappen komt dichterbij. Ik laat me in een van de leunstoelen vallen. De plastic zak duw ik zo ver mogelijk weg achter mijn rug. Ik pak een tijdschrift van het boekenkastje en begin te bladeren.

Een van de gezette vrouwen die ik herken van de eerste cursusdag loopt de hal binnen. Ze heeft zich uitgedost in een druk, zomers gewaad. Het accentueert de rondingen van haar lichaam. Ze begroet me vriendelijk. Ik geef een kort knikje. Als ze pal naast me gaat zitten, begin ik me behoorlijk ongemakkelijk te voelen.

'Ik wacht op mijn vriendin,' zegt ze en ze wijst de gang in.

'Oké,' probeer ik zo luchtig mogelijk te zeggen.

'Wat een toestand, niet, met die arme man?'

Als ik niet reageer, buigt ze zich naar voren en gaat op fluisterende toon verder.

'Het rare is dat ik het heb aangevoeld,' mompelt ze geheimzinnig. 'Op het laatste moment, vlak voordat we zouden vertrekken, zei ik nog tegen mijn vriendin: "Laten we het cancelen." Mijn chakra's waren totaal niet met elkaar in evenwicht. Al de hele week waren ze zeer onrustig. Met name deze,' zegt ze terwijl ze op haar middenrif wijst.

'Oké,' zeg ik.

'Dat zegt genoeg, niet?'

'Tja, ik weet niet...'

'We luisteren zo slecht naar ons eigen lichaam,' zegt ze en zonder verder aandacht aan mij te besteden wordt haar blik opeens heel vaag. 'We begeven ons maar al te snel in situaties die niet goed voor ons zijn, en tóch doen we het. En daarom denk ik dat niets zomaar is. Niets is toeval. Ik kan je zeggen, ook al was ik aanvankelijk ontzet en boos – want zeg nou zelf, waarom moesten ze ons met die dooie man in dat zwembad lastigvallen? –, het kan ook een teken zijn. Nietwaar? Daarom heb ik net even gependeld. En ja, hoor, het was goed. Ik hoef niet voor mijn leven te vrezen.'

40

Zodra de vrouw en haar vriendin zijn vertrokken, richt ik me langzaam op uit mijn stoel. De zak met schoenen drukt pijnlijk tegen mijn onderrug. Ik trek hem zo snel mogelijk achter me vandaan en als ik op mijn horloge kijk, zie ik dat het diner net moet zijn begonnen. Zou Hans daar op mij wachten?

Hoewel ik mijn maag nog niet voel, ben ik wel dorstig. Mijn dunne zomerbroek kleeft aan mijn klamme lichaam. Ik staar naar buiten, waar de strakblauwe lucht achter de dennen voor een prachtig zomers decor zorgt. Hoogzomer, en ik beleef er geen enkel plezier aan.

Net als ik wil opstaan hoor ik iemand op de buitendeur aflopen. Verschrikt kijk ik achterom. Maar als ik zie wie er binnenkomt, begint mijn hart verheugd te bonzen. Het is Hans. Hij is in gedachten verzonken. Pas als hij langs mijn stoel loopt en mij ziet zitten, kijkt hij op. Hij staart me aan alsof hij een spook ziet.

'Wat doe jij hier?!' roept hij ontzet.

Ik schrik van de toon in zijn stem.

'Ik wacht op jou,' zeg ik naar waarheid, maar ik krijg onmiddellijk spijt van mijn oprechtheid als ik zie hoe gespannen hij is. Mijn lip trilt. Ik wil me niet uit het veld laten slaan.

Zenuwachtig blikt hij naar de deur. Dan pakt hij me ruw bij mijn arm. 'Kom mee,' zegt hij dwingend. 'Je kunt hier niet blijven.'

Zonder te aarzelen laat ik me meevoeren door de lange gang. En al die tijd houdt Hans me bij mijn onderarm beet alsof ik een stout kind ben dat de klas uit wordt gezet. Pas als we voor zijn kamerdeur staan, vraag ik wat hiervan de bedoeling is. Zwijgend gaat hij me voor in de verduisterde kamer. En zoals ik al verwachtte is het hier een stuk aangenamer dan in mijn kamer. Voordat hij de overgordijnen opent, werpt hij even een blik door de gordijnspleet om er zeker van te zijn dat daar buiten niemand meekijkt.

Ik vind dat hij zich merkwaardig gedraagt, maar zeg er niets van. Integendeel. Zo rustig mogelijk deel ik hem mee dat ik even wat water ga drinken en voeg de daad bij het woord door me meteen in de badkamer op te sluiten.

Terwijl ik mijn dorst les, hoor ik hem de gordijnen openschuiven. Ik blik naar mijn spiegelbeeld en zie een vlekkerig hoofd met een verward kapsel. Als ik op zoek ga naar zeep, vind ik niets. Het enige wat er op de wastafel staat, is scheerzeep en een piepklein toilettasje. Wat nu, denk ik, als ik met de schoenen onder mijn arm de badkamerdeur open en de kamer in stap. Hans zit aan een tafeltje onder het raam op zijn laptop te tikken. Als hij mij hoort binnenkomen klapt hij het ding snel dicht. Weer heb ik het idee dat ik te veel ben.

In tegenstelling tot de mijne heeft deze kamer slechts één smal eenpersoonsbed, één stoel en een kast. Er is geen zitje of terras, wel een formidabel uitzicht. Het raam kijkt recht uit op het zwembad, dat diepblauw en oogverblindend helder in al zijn heerlijkheid ligt te schitteren. Zelfs op een ongeoefende zwemmer als ik heeft het een ongekende aantrekkingskracht. Konden we daar maar van genieten. Hans en ik. We zouden ons vurige passiespel van vanochtend daar dan in het water kunnen voortzetten.

Als ik mijn gedachten hardop uitspreek, schrik ik van mijn eigen woorden. Ze slaan natuurlijk nergens op. Zeker niet in deze gespannen sfeer. Wat moet hij niet van me denken? Maar op het moment dat ik een verontschuldiging begin te hakkelen, zie ik zijn strakke gelaatstrekken ontspannen. De zachte glans in zijn ogen is terug, en even zie ik hem zelfs mild glimlachen.

Verheugd laat ik de zak met schoenen vallen en ik loop op hem af om hem te omhelzen. Voordat ik iets kan doen, staat hij op, trekt me op het bed en begint op fluisterende toon tegen me te praten.

'Je kunt je maar beter even niet laten zien,' murmelt hij.

'Waarom niet?!' zeg ik hardop.

Ik begin genoeg te krijgen van zijn rare gedrag. Zeker nu hij ook nog eens pijnlijk in mijn arm knijpt.

'Dat is beter,' gaat hij verder. 'Het gaat om dat portglas van jou op Peters kamer...'

'Maar, Hans,' onderbreek ik hem nu daadkrachtig terwijl ik me uit zijn greep probeer los te rukken. 'Ik heb geen idee hoe dat glas daar is gekomen. Heus, geloof me. Waarom zou ik daarover liegen?'

Onderzoekend kijkt hij me aan. 'Slik je toevallig Seresta?' vraagt hij.

Mijn hart begint te bonzen. In een reflex spring ik van het bed. Hoe komt hij aan deze informatie? Heeft hij dan toch aan mijn pillen gezeten?

'Waarom vraag je dat?' stotter ik.

Even wacht hij voordat hij verdergaat. Hij lijkt naar de juiste woorden te zoeken.

'Nou ja, het schijnt dat er naast dat glaasje, jouw portglas dus, ook een whiskyglas is aangetroffen.'

Vertwijfeld trek ik mijn wenkbrauwen op. 'O, ja? Nou en?'

'Volgens die Bongers zaten daar resten van medicijnen in. Ook vond men op de kamer van Peter een lege verpakking van Seresta. Ik heb het niet aan die politieman gevraagd, maar aangezien hij daarnet naar jou op zoek was, vermoed ik dat ze het doosje met jou in verband brengen. Kan dat kloppen?'

41

Mijn brein kan het niet aan. Wat ik het liefst zou willen doen, is oplossen om voorgoed te kunnen verdwijnen. Hier zit ik nu, bij een man die ik nog maar een paar dagen ken. Met wie ik een onstuimige nacht heb beleefd en aan wie ik me helemaal heb overgegeven.

Opeens zijn we weer diezelfde vreemden voor elkaar die we eergisteren ook waren. Ik weet niet wat ik moet zeggen. Hoe kan ik hem overtuigen van mijn onschuld? Ik tracht van alles te verzinnen, maar mijn hersens weigeren dienst. Lamgeslagen zit ik naast hem op zijn smalle bed.

'Tja, wat nu?' vraagt hij.

Ik haal mijn schouders op en voel hoe de tranen over mijn wangen beginnen te stromen. Hans staat van het bed op en loopt naar de badkamer. Als hij met wc-papier terugkomt, veeg ik er mijn tranen mee af. Ik adem diep in en schor begin ik aan mijn verhaal.

Ik vertel hem over mijn eerste dag hier en over mijn ontmoeting met Joke. Ik tracht hem zo goed mogelijk uit te leggen waar ik haar van ken. En ook al is dat lang geleden, naarmate mijn herinneringen weer vers in mijn geheugen verschijnen, doe ik mijn verslag met steeds meer stemverheffing. 'En toen kwam daar ook nog eens Peter Schaap die zaal binnen,' zeg ik happend naar adem. 'Begrijp je nu waarom ik zo snel wegdook? En snap je nu ook waarom ik zo gespannen en zenuwachtig op hem reageerde?'

Hans streelt me over mijn rug. 'Rustig,' zegt hij. 'Ik denk dat ik er iets van begin te begrijpen.'

Mijn ademhaling wordt weer regelmatig als ik zijn zachte aanrakingen onderga. Ik zou me nu het liefst in zijn armen willen gooien. Elke vezel in mijn lichaam snakt naar deze man. Hij is op dit moment de enige die mij kan behoeden voor de grote boze buitenwereld.

'Hans?' begin ik aarzelend. 'Kun je mij een alibi verschaffen?'

'Een alibi?'

'Ja, ik weet dat het gek klinkt, en heus, ik heb niets met die moord te maken, maar voor het geval ze mij toch verdenken, jij was die nacht bij mij, weet je nog?' Ik kijk naar de man op wie ik alle hoop heb gevestigd. Flets blijft hij me aanstaren.

'Die nacht dat Peter daar in dat zwembad belandde,' zeg ik en ik wijs verkrampt naar buiten.

'Natuurlijk! Uiteraard wil ik dat,' antwoordt Hans. 'Maar zou het iets uitmaken?' voegt hij er aarzelend aan toe. 'Men gaat ervan uit dat jij die avond – toen ik met Joke naar het ziekenhuis was – nog wat bij Peter bent gaan drinken. Men heeft jullie horen ruziën tijdens het diner en jou woedend zien wegrennen met Peter in je kielzog. Ontken je dat dan?'

'Nee, nee, ik bedoel… ja, we hadden een woordenwisseling aan tafel, maar toen ik wegliep, ben ik naar mijn auto gegaan. Alleen. Zonder Peter. En al die tijd heb ik daar in mijn eentje gezeten. Waar Peter op dat moment was, daar heb ik geen idee van. Echt niet,' probeer ik zo overtuigend mogelijk te zeggen.

Maar als ik in Hans' ogen kijk, zie ik twijfel. En ik weet waar hij aan denkt. Ik voel zijn twijfel over die glazen en die pillen. Ik begrijp dat hij een woordenwisseling met iemand die daarna morsdood in een zwembad is aangetroffen probeert te rijmen.

'Hoe had ik hem daar naartoe moeten slepen?' vraag ik. 'Een kerel als Peter Schaap verplaats je toch niet zomaar?'

'In een laken?' antwoordt Hans.

Ik zie dat hij schrikt van zijn eigen woorden. Hij probeert me dan wel te begrijpen, zie ik aan zijn blik, maar ergens blijf ik voor hem ook een vreemde en een verdachte. Heeft mijn verhaal hem dan helemaal niets gedaan? Werkt de bekentenis over mijn verleden nu in mijn nadeel? Opnieuw voel ik me verward onder zijn blikken. Dan komt hij met een voorstel.

'Weet je wat,' zegt hij kalm. 'Ik ga iets te eten voor ons halen, en als we dat dan genuttigd hebben en het wordt schemerig, dan proberen we ongezien naar jouw kamer te komen. Lijkt je dat wat?'

Ik schuif het haar uit mijn gezicht, veeg over mijn bezwete bovenlip en probeer de zin van dit voorstel te begrijpen. Wil Hans me beschermen tegen dat politiemannetje met zijn moeilijke vragen? Wil hij daarmee tijdrekken, zodat we kunnen nadenken over mijn alibi? Of hoopt hij net als ik dat de politie straks met andere bewijzen komt en dat de verwisseling van die glazen puur toeval is geweest?

En nu ik daaraan denk, schiet er nog een andere gedachte door me heen. Was ik niet nadat ik ontdekt had dat mijn spullen weg waren, dat diezelfde ochtend gaan melden bij de receptie? Zie je wel, denk ik, en hoe meer ik de situatie probeer te analyseren, hoe meer ik ervan overtuigd raak dat mijn onschuld kan worden aangetoond.

Als ik dat tegen Hans wil zeggen, zie ik dat hij al bij de deur staat. Wanneer hij zijn hand op de klink wil leggen, valt zijn oog op de plastic zak, die ik daar naast de badkamerdeur heb neergezet. Ik volg zijn blik, en tot mijn ontzetting moet ik constateren dat er twee glimmende punten van herenschoenen uitsteken.

1983

'Hoezo, uit? Ik dacht dat we iets speciaals hadden?' Woedend smijt Sebastiaan zijn rugzak tegen de grond.

'Hallo zeg, jij begon. Jij wilde je niet binden. Je vond ons te jong, weet je nog? Je hebt het zelf gezegd, je moest eerst nog reizen. Alsof we dat niet samen konden doen,' snauw ik terug.

Boven gaat een deur open. Een van mijn huisgenootjes roept of alles goed gaat. Als ze me halverwege de trap met een slaperige blik opneemt, stel ik haar gerust. Meteen dribbelt ze weer naar boven. De deur valt dicht.

Daar staat hij dan, midden in de nacht, ik kan mijn ogen nauwelijks geloven. Zomaar opeens is hij terug. Mijn nachthemdje is te dun voor deze herfstnacht, rillend staar ik naar de jongen die voor me staat. Ik was al twee uur in slaap. Maar wat nog veel erger is, Peter is er ook. Hij ligt boven in mijn bed.

'Kom op, je vat kou,' zegt Sebastiaan en teder duwt hij me voor zich uit naar binnen. Meteen nadat hij de deur achter zich heeft dichtgedaan trekt hij me tegen zich aan. Die bekende armen, dat mooie lange lichaam, ik voel hoe het mij omklemt. Hij ruikt naar zweet en ongewassen kleren. Ik ruk me los.

'Nee, nee, ik wil het niet.'

'Waarom niet?'

'Daarom niet. Omdat ik al maanden niets van je gehoord heb,' roep ik stampvoetend.

Hij trekt zijn wenkbrauwen op.

'Ineens sta je hier voor me alsof er niets gebeurd is. Wat denk je wel niet? Dat ik hier smachtend op je heb zitten wachten?'

Hij doet een stap terug. In zijn ogen lees ik onbegrip. Een zachte frons ontstaat tussen die jongensachtige en ontwapenende ogen.

Dat hij vanaf het moment van zijn vertrek geen moment uit mijn gedachten is geweest, vertel ik hem niet. Ook rep ik er met geen woord over dat ik iedere dag wanneer de post werd bezorgd opgewonden naar beneden stoof. Steeds vaker liep ik weer teleurgesteld naar boven.

'Ik vroeg je me te vertrouwen. Ik was vaak niet in de gelegenheid om te schrijven. Dagen achtereen zat ik op een schip. Wekenlang heb ik in onherbergzame gebieden doorgebracht. Denk je dat ze daar postzegels verkopen of een brievenbus hebben?'

Hij lacht. Ontspannen klinkt zijn lach, het is de lach van een reiziger die zich niet gek laat maken door onvoorziene omstandigheden. Die zich aanpast aan barre weersomstandigheden, die weet wat het is te moeten wachten op treinen en bussen, die met minimale bagage weet te overleven en die bij thuiskomst een warm welkom verwacht.

Ik geloof hem. Natuurlijk geloof ik hem. Ik wil me verliezen in die mooie, eerlijke ogen, die me na al die maanden weer net zo lief en ondeugend aanstaren. Hij is dun en bruin en hij heeft een baard, ieder detail zuig ik als een spons in me op. Ik zou hem willen kussen en omhelzen en hem meenemen naar mijn kamer om daar… Peter is daar.

'Ik begrijp er niets van,' zegt hij. 'Ik ben meteen doorgegaan naar Nijmegen. Ik wilde eerst jou zien. Terwijl mijn ouders…'

'Dat is lief, maar het gaat niet. Kun je niet bij een van de jongens slapen?' zeg ik, doelend op zijn waterpolovrienden.

'Tuurlijk kan dat. Sterker nog, ik heb een oude fabriek gevonden waar ik voorlopig kan blijven. Het is een kraakpand.'

Nu klinkt zijn stem opgewonden en bevlogen. Zo ken ik hem. Met die stem heeft hij me betoverd.

'Maar wil je niet dat ik vannacht bij jou blijf? Ben je dan niet blij om me te zien?' Weer die smachtende blik. Als ik niet reageer, wellen er tranen op in zijn ogen. Onhandig staan we tegenover elkaar. Ik streel zijn hand.

'Eind van de week loop ik mee,' zegt hij plotseling.

De ijzige stilte is doorbroken. Ik begrijp niet waar hij het over heeft. Vragend kijk ik hem aan.

'Het wordt de grootste vredesdemonstratie in tijden. Ban de bom. We gaan demonstreren tegen die kruisraketten. Ga je ook mee? Het is in Den Haag, op het Malieveld.'

Ik haal mijn schouders op. Zijn vingers strelen door mijn haar, en net als hij op het punt staat me te kussen en ik me daaraan wil overgeven, gaat er boven opnieuw een deur open. De houten vloer kraakt onder de voeten van de persoon die zich bonkend naar de trap begeeft.

'Iris?! Wie is daar?' roept Peter over de balustrade.

42

Terwijl hij de plastic zak met de schoenen negeert, opent Hans de deur.

'Tot zo,' zegt hij alsof het vreemde object in de hoek er niet toe doet.

Sprakeloos staar ik hem na. Zodra de deur dichtvalt schiet ik ernaartoe. In blinde paniek gris ik het ding van de vloer. 'Verdomme!' vloek ik.

Ik kijk om me heen. Wat nu? Ik moet die rotschoenen ergens verstoppen.

Mijn ogen speuren de kamer af naar een geschikte plek. Het moet ergens zijn waar ik ze ongemerkt kan achterlaten. Ik werp een blik onder het lage bed. Die optie valt onmiddellijk af. Als het bed verschoond wordt, zie je de zak zo liggen. Ook de badkamer is geen goed idee. Automatisch valt mijn blik op de kledingkast. Daar dan maar?

Als ik de kastdeur open, zie ik een koffer en een paar oude sportschoenen staan. Ik heb mazzel. Als ik de schoenen weghaal, ontdek ik een losse bodemplank met daaronder een loze ruimte. Er liggen een extra kussen en een deken in.

Meteen trek ik de bedspullen weg en prop de zak met schoenen erin. Maar zodra ik het kussen en de deken weer terugleg en de kastdeur sluit, vraag ik me af of dit wel zin heeft. Stel dat het kamermeisje of, erger, de politie vindt die zak hier met de schoenen van het slachtoffer, dan wordt Hans in verband gebracht met de moord op Peter. Zoiets kan ik hem niet aandoen. Arme Hans, door mij heeft hij al genoeg aan zijn hoofd.

Ik duik opnieuw in de kledingkast. In mijn haast scheer ik langs een van de colbertjes die boven mijn hoofd hangen. Het jasje verschuift op het hangertje, raakt los en slaat over me heen. Meteen word alles donker. Ik graai in de lucht, en terwijl ik met het kledingstuk worstel, valt er iets uit een van de zakken. Als een blad in de wind dwarrelt het langs mijn handen. Het is een visitekaartje. Ik vang het op en zonder erop te kijken moffel ik het weg in mijn broekzak.

'Geen tijd te verliezen,' mompel ik als ik het jasje heb teruggehangen maar wederom met de zak met schoenen onder mijn arm sta.

De enige plek die veilig is en waar iedereen de schoenen kan hebben achtergelaten, is ergens op de gang of in de hal. Daar moeten ze heen. Dat ik daar niet eerder aan gedacht heb, denk ik, verstoord over mijn eigen dommigheid.

Ik zal zorgen dat de schoenen goed zijn schoongeveegd zodat er geen enkele vingerafdruk van mij op wordt teruggevonden, en dan zoeken ze het verder maar uit.

Het klamme zweet staat in mijn handen als ik trillend van de zenuwen de gang op loop. Goddank: niemand te zien. Hierdoor aangemoedigd doe ik een stap in de richting van de hal, waar het zitje en de boekenkastjes zijn. Daar zal ik de schoenen achterlaten. Tot zover gaat alles goed. Maar als ik halverwege de gang ben, hoor ik stemmen van buiten komen. Het is Hans. Hij is terug, en hij is in gesprek met een vrouw. Ze lopen de hal in.

Vliegensvlug draai ik me om, neem een spurt en ren als een gek terug naar de kamer van Hans. Nog net op tijd valt de deur in het slot. Op nog geen meter afstand hoor ik de twee praten. Aan de lach van de vrouw meen ik Anna te herkennen.

'Oké dan, tot later,' hoor ik haar opgewekt zeggen.

Gek van spanning laat ik me op het smalle bed vallen en duw de plastic zak eronder. Dan komt Hans binnen. Hij draagt twee tasjes. Uit het ene steken een stokbrood en een fles wijn, het andere staat bol van de etenswaren. Zijn gezicht verspringt van opgewekt naar ernstig als hij mijn verhitte en nerveuze blik opvangt.

'Kan ik wat van je aanpakken?' vraag ik, hem te hulp schietend. Mijn handen beven.

'Wat was je daar aan het doen?' vraagt hij.

Ik vang zijn argwanende blik op. Hij kijkt naar het tafeltje naast het bed, waarop zijn laptop staat.

'Niets, hoezo?'

Zwijgend zet hij de tasjes met eten op bed, pakt zijn laptop en loopt ermee naar de kledingkast. Als hij zich bukt om hem op te bergen, neem ik plaats op het voeteneinde van het bed. Zo onopvallend mogelijk schuif ik met mijn hiel tegen de plastic zak die daaronder ligt. Roerloos wacht ik af.

De geur van kippenboutjes bereikt mijn neus, ik voel mijn maag in opstand komen. Toch durf ik me nauwelijks te bewegen, de sfeer tussen Hans en mij is kil. Het ligt aan mij. Ik boezem hem wantrouwen in.

Hans sluit de kast af en keert zich om. Hij slikt. Het lijkt alsof hij zoekt naar de juiste woorden. Afwachtend kijk ik hem aan. Alles gaat goed, zeg ik in mezelf. Doe normaal, hij weet van niets.

Dan stapt hij in mijn richting. Hij wijst naar de grond, naar de plek waar de schoenen stonden. Zijn blik is vlak, zijn stem donker. 'Wat deden die schoenen van Peter Schaap daar in jouw tas?' vraagt hij.

43

Het ging niet meer. Niet langer kon ik die wantrouwende en afkeurende blikken van Hans verdragen. Meteen nadat hij me ter verantwoording riep over die schoenen stroomde al het bloed weg uit mijn gezicht. Ik had geen woorden meer. Het was op. Wat kon ik zeggen? Half verstikt door tranen en bevend van ellende rende ik zijn kamer uit naar de uitgang van het houten gebouw. Zonder op of om te kijken vloog ik de parkeerplaats over, langs de ingang van het hoofdgebouw, langs een groepje met rokers door de lange gang van mijn vleugel. Sneller en sneller gingen mijn voeten totdat ik buiten adem mijn kamer bereikte.

Nu zit ik hijgend op bed. Mijn hart bonst zo in mijn keel dat ik bang ben dat ik eronder zal bezwijken. Ik leg mijn hand op mijn borst, adem diep in en uit en tracht me te concentreren op de afgesloten ruimte van mijn kamer.

'Kom tot jezelf,' zeg ik meerdere malen achter elkaar. 'Niemand valt je hier lastig.'

En terwijl mijn blik zich van mijn spiegelbeeld in de flatscreen naar het portret van Socrates verplaatst, voel ik hoe die pupilloze ogen in zijn marmeren kop me vertrouwen inboezemen.

'Je laat je niet gek maken,' mompel ik voor me uit. 'Je blijft hier net zo lang zitten totdat die hele heisa over die moord is opgelost. Je hebt er niets mee te maken, dus hoef je ook niet open te doen. Niet voor dat politiemannetje, niet voor Joke, noch voor Hans. Laat ze eerst maar eens goed uitzoeken wat de werkelijke doodsoorzaak van die verdronken klootzak is. Dan zullen ze merken dat jij er niets mee te maken hebt. En dan pas kom je tevoorschijn. Tot die tijd blijf je hier.'

Mijn gemompel sterft weg. De woorden echoën na in mijn rusteloze brein. Als mijn hartslag opnieuw toeneemt, dwing ik mezelf tot kalmte. Ik moet zorgen dat ik goed slaap. Dan zal ik beter in staat zijn om helder te denken. Wie weet krijgen ze morgen de dader te pakken. Wie weet gaat het sneller dan verwacht. Ik praat mezelf net zo lang moed in totdat mijn ademhaling weer normaal wordt.

Dan laat ik de klamme kleren van mijn lijf vallen. Ik stop de oplader van de telefoon in het stopcontact, vind nog een pil tussen mijn toiletspullen, sla de lakens van het bed terug en strek me uit op het bed. Als ik mijn ogen sluit, val ik vrijwel meteen in slaap.

Het is donker in de kamer als ik wakker word. Van buiten klinkt een geluid dat me bekend voorkomt. Het is een sirene. Hij komt dichterbij. Er voegt zich nu ook een zwaailicht bij. Als discoverlichting boven een dansvloer werpt het licht zich naar binnen. Meteen zit ik rechtop tegen mijn kussen. Wat gebeurt daar? Nu hoor ik mannenstemmen. Ze roepen iets, het klinkt als commando's.

'Ja, nu!' buldert een van hen.

Ik vang het geluid op van watergespetter. Neemt iemand een duik in het zwembad? Was dat niet afgezet door de politie? Muisstil probeer ik de geluiden die ik hoor te plaatsen.

Een autodeur klapt dicht. Er wordt een motor gestart. Het zwaailicht dooft, de sirene zwijgt, een voertuig rijdt weg. Dan is het stil.

Zonder het licht aan te doen laat ik me van het bed glijden. Op weg naar het raam stoot ik me aan het nachtkastje. En hoe dichter ik bij het raam kom, hoe lichter het wordt. Nietbegrijpend blik ik door de kier tussen de vitrages naar buiten, waar felle schijnwerpers het zwembad verlichten. Ze beschijnen de plek waar Peter is gevonden. Wat kan dat betekenen? Heeft men iets nieuws ontdekt? Iets cruciaals misschien? Iets wat men vanochtend over het hoofd heeft gezien?

Mijn nieuwsgierigheid wint het van mijn angst. Zo stil mogelijk schuif ik de terrasdeur open. Op mijn tenen sluip ik naar buiten. In de kamer naast mij brandt licht. Joke moet ook gealarmeerd zijn.

Als ik een mannenstem vanuit haar kamer hoor, deins ik even terug. Ik wil niet dat ze mij hier in het donker ontdekken. Voetje voor voetje schuifel ik naar de balustrade. Zo geruisloos mogelijk kniel ik neer achter een van de stoelen van het zitje. Terwijl ik me klein maak, raken mijn knieën het betonnen vloeroppervlak. Het voelt aangenaam koel. In elkaar gedoken wacht ik af.

Wat gebeurt daar bij mijn buurvrouw? Met veel kabaal wordt er een kast geopend. Er klinkt gerammel van sleutels. Spullen worden verschoven en daarna hoor ik een doffe plof. Alsof er een matras wordt opgetild. Even is het weer stil, dan stapt er iemand naar buiten. Ik houd mijn adem in.

Een schim tekent zich af achter het matglas. Het geluid van een aansteker volgt. En nog een keer, en nog een keer, het ding weigert dienst. Ik hoor een zacht gevloek. Nog eenmaal klinkt de aansteker, dan is er de geur van sigarettenrook.

De gorgelende keelklank die daarop volgt, herken ik onmiddellijk als die van de politieman. Hij toetst iets in op zijn portofoon. Gekraak en gepiep worden afgewisseld door gekuch, het geluid verplaatst zich over de glazen afscheidingswand. Als ik een kriebel in mijn keel voel opkomen sla ik snel mijn hand voor mijn mond. Nog net op tijd weet ik een hoestaanval te smoren.

'Ja, ja, alles meenemen graag,' hoor ik de man zeggen. 'Nee, dat zal niet gaan. Jammer dan. Zoals ik al eerder zei, het wordt een latertje.'

44

Het stoeltje waar ik me aan vastgrijp tikt tegen het glas. Angstig kijk ik naar de schim erachter. Hij draait zich in mijn richting. Maar wanneer er bij mijn buurvrouw op de deur wordt gebonsd, lost hij tegelijkertijd weer op en verdwijnt.

Moeizaam kom ik overeind, mijn benen tintelen, mijn hoofd voelt zwaar. Ik laat de woorden van de politieman in mijn hoofd resoneren. Wat bedoelt hij met 'een latertje'? Wat zou er gebeurd zijn?

Ze moeten Joke over iets gealarmeerd hebben. Uiteraard, zij heeft hier de leiding. Maar waarom hoor ik dan niet haar snerpende stem? Is ze daar wel? En wat doen ze daar in haar kamer? Zou zij...?

De daaropvolgende gedachten geven me kracht. Ik recht mijn rug en wrijf over mijn slapende benen; fier loop ik mijn kamer in. Ik doe de verlichting aan en laat al ijsberend mijn gedachten de vrije loop. Gedachten die me al eerder bestookten. Toen verwierp ik ze. Maar nu het in de naastgelegen kamer zo'n herrie is, ga ik ervan uit dat Joke iets met de moord op Peter te maken moet hebben. Wie weet heeft zij hem wel omgebracht.

Hoe meer ik dat idee toelaat, hoe vaster het zich zet in mijn hoofd. Zij was de enige met een motief. Het moet uit wrok zijn geweest. In het verleden heeft ze hem nooit kunnen krijgen, en nu, hier, nu hij hier bij toeval mij tegen het lijf liep... Meteen sluit de volgende gedachte daar naadloos bij aan. Was dat wel toeval, zo vraag ik me af. Of zat zij daar ook achter?

Het zou me niets verbazen als zij, toen ze vernam dat ik zou deelnemen aan deze cursus, alles in scène heeft gezet om de schuld op mij te schuiven. Wie anders heeft die schoenen in mijn auto gezet? Wie anders heeft Peter bedwelmd met mijn pillen? Zij wist als enige dat ik dat soort pillen slikte. Zij moet in mijn kamer hebben gesnuffeld en die dingen hebben ontvreemd: mijn autosleutel, mijn mesje en de glazen waarop mijn vingerafdrukken stonden.

Ik denk aan het venijn waarmee ze me vanaf dag één heeft bejegend. En opeens zie ik haar weer met Peter voor mijn deur staan. Weer hoor ik haar in mijn herinnering ruziën met een man in haar kamer. Dat moet hem toen ook geweest zijn. Mijn hart gaat sneller kloppen als ik al die dingen bij elkaar optel. En ik ben nog niet klaar. Wat te denken van Hans? Zelfs Hans heeft ze voor haar snode plannen kunnen gebruiken. Wat kwam het haar goed uit om met hem mee te gaan naar het ziekenhuis. Zo wist ze zeker dat ik met Peter... In euforie klap ik in mijn handen. Hoe heb ik zo dom kunnen zijn?

Iemand als Joke Stoep gaat nooit zomaar zonder bijbedoelingen met een wildvreemd iemand naar een ziekenhuis. Ha! Zo'n egoïstisch en zelfzuchtig kreng als Joke zeker? Alles wijst erop dat ze ook daarmee mij een hak wilde zetten. Zo kon ze mooi gebruikmaken van Hans voor haar eigen alibi.

Arme Hans, arme argeloze Hans. Geen wonder dat hij haar geloofde.

Woedend raap ik een teenslipper op en smijt hem door de kamer. Het ding raakt het kapje van een schemerlamp, dat meteen op halfelf komt te hangen.

Ik weet het nu zeker. Joke heeft het gedaan. Wat zei Hans ook alweer toen ik hem vroeg hoe ik Peter in dat zwembad had moeten krijgen? In een laken?

Dat moet het geweest zijn. Zo heeft ze het gedaan. Wie niet sterk is moet slim zijn. Hoe meer de aannemelijkheid van deze theorie tot me doordringt, hoe meer ik de neiging krijg die te willen delen.

Opnieuw hoor ik in de belendende kamer geroezemoes van stemmen. Dit keer maken ze me niet langer bang. Nu ik weet dat men daar op zoek is naar bewijzen om Joke te kunnen pakken, valt er een zwaar en drukkend gevoel van mijn schouders. Ik stop met ijsberen. Ik weet wat me te doen staat. Morgen ga ik in alle rust mijn verslag doen. Nu eerst mijn dorst lessen, denk ik als ik een plastic bekertje van de sidetable pak en ermee naar de badkamer loop. Daarna zal ik mijn oordopjes zoeken om de rest van de nacht goed te kunnen doorslapen. Laat die politiemannen daar eerst maar hun werk doen, morgenochtend zal ik hun mijn kant van het verhaal vertellen. Dat is vroeg genoeg.

Ik open de badkamerdeur en zonder het licht aan te doen laat ik het water boven de wastafel net zo lang stromen tot het ijskoud is. Drie volle bekertjes water drink ik. En net als ik het voor de vierde keer heb gevuld, valt mijn oog op iets donkers in de hoek van de douchecabine.

1983

Het is volle maan. Een deel van het bed wordt door het witte schijnsel verlicht en geeft onze blote lijven iets macabers, alsof we dood zijn. Beneden klinkt een diepe bassound. Annie Lennox' stem klinkt erbovenuit. 'Sweet dreams', hoor ik haar zingen.

Als er buren waren, hadden we op dit tijdstip vast en zeker klachten gekregen. Veel te hard, zouden ze zeggen, de muziek staat veel te hard. Maar in dit huis, waar Peter iedere zomer op de katten en honden past, kan alles. Het huis is van zijn tante, de zus van zijn vader, en het ligt net iets buiten Arnhem in een gehucht dat de naam De Steeg draagt. Iedere villa die hier staat, grenst aan het bos en wordt door zoveel groen omsloten dat de bewoners eerder kunnen spreken van een golfbaan dan van een gazon rondom hun huis.

Het is de tweede keer dat ik hier ben. De eerste keer kende ik Peter nog maar net. Hij had me toen meegevraagd voor een zogenaamd onschuldig verjaardagsfeestje van zijn nichtje, het werd een kennismaking om nooit te vergeten.

Zijn hele familie was aanwezig, zowel het Italiaanse deel van moederskant als de rijke tak van zijn vader. Iedereen was meteen verrukt van me. Hoe noemde zijn vader het ook alweer? Een mooie vangst? Ik herinner het me nog goed. 'Pure schoonheid, jongen,' had hij tegen zijn trotse zoon gezegd. En Peter had voornamelijk staan glimmen.

Ik was veel te verlegen en veel te veel onder de indruk van deze aristocratische familie om me tegen dit soort welkom te verzetten. Toch voelde ik me er ingeluisd. Zo lang kenden Peter en ik elkaar nog niet. Hoe haalde hij het in zijn hoofd om me als zijn 'vriendin' voor te stellen? En achteraf vraag ik me zelfs af of ik toen al niet gewaarschuwd had moeten zijn.

Peter is niet iemand die genoegen neemt met een 'nee'. Zeker niet toen ik iets met Sebastiaan kreeg. Toen deed Peter er ook alles aan om me vast te houden.

Dat is hem dan aardig gelukt, denk ik, nu ik hier naast hem lig. Hoewel ik die opdringerige cadeautjes, briefjes en ansichtkaarten van hem een tijdje heb weten te negeren, moet ik toegeven dat sinds Sebastiaan niets meer van zich heeft laten horen, ik me door al die aandacht van Peter toch wel gevleid voel. Heeft hij toch nog gewonnen.

En terwijl ik mijn hoofd tegen zijn schouder vlij en de Eurythmics een nieuw nummer inzetten, voel ik me weer boos worden op Sebastiaan. Waarom ben ik zomaar uit zijn leven geschrapt? Ik die maar steeds dacht dat het serieus was tussen ons, ben ik echt zo naïef geweest? De pijn van het afscheid is nog steeds voelbaar. Hoe dom van me om me zo in hem te verliezen.

'Het is een leuk feest,' zeg ik als Peter me vraagt of ik gelukkig ben.

'Je weet best dat ik dat niet bedoel,' zegt hij. Hij kust me teder in het kuiltje van mijn hals. De warmte van de zomerse avond valt door het open raam naar binnen.

'Denk je nog steeds aan die klootzak?'

'Nee,' lieg ik standvastig.

'Mooi, want je kunt hem maar beter zo snel mogelijk vergeten.'

'Hij zal toch echt wel weer een keer terugkomen,' zeg ik nuchter. 'Hem ontlopen zal moeilijk worden in Nijmegen.'

'En wat doe jij dan?'

'Dan zal ik hem zeggen dat het uit is,' antwoord ik resoluut.

Ik weet dat ook dat een leugen is. Ondanks mijn woede verlang ik nog steeds naar hem.

'Goed zo,' zegt Peter. Hij trekt me naar zich toe. Mijn borsten raken zijn stevige torso. Ik sluit mijn ogen. Alweer moet ik aan

Sebastiaan denken. En als ik Peters warme adem over mijn mond voel glijden, doe ik alsof het niet Peter is maar Sebastiaan die me nu kust.

Ik moet lachen om zijn geilheid. En bij iedere giechel van mij voel ik zijn opwinding toenemen. Hij wil me. Slap en loom geniet ik van zijn aanrakingen op mijn huid. Ik geef me over aan zijn passie. En bij iedere streling en kus laat ik me meeslepen in mijn fantasie over Sebastiaan.

'Ik ga hem voorgoed uitschakelen,' fluistert Peter opeens lallend in mijn oor. 'Lijkt je dat wat?'

Zijn hand streelt over mijn blote buik. Ik voel zijn vingertoppen naar het warme, vochtige vlees tussen mijn benen afzakken. Ze drukken tegen het knobbeltje, dat hard wordt en me doet kronkelen van opwinding en genot.

'Geef eraan toe. Toe maar, kom maar.' Peter hijgt ophitsend in mijn oor. 'Dit is wat je wilt, toch? Je wilt toch dat hij je nooit meer lastigvalt?'

Sebastiaan, wat zeg je nu? Dat Peter me niet meer lastigvalt?

Vlugger en vlugger gaan zijn vingers. Natter en natter sopt het vocht uit me weg.

'Kom maar, toe maar, zeg het dan. Zal ik het doen? Je hoeft alleen maar te knikken, ik zorg voor de rest.'

Ik voel me dronken van het bier, ik voel een tong, en gladde vingers. Ik voel het zachte laken onder mijn billen en de hardheid van een man die me wil. Alles om me heen begint te draaien als ik 'Ja, ja, doe het...' verzucht.

45

Een plakbandroller? Wat doet dat ding hier? Verbaasd staar ik naar het apparaat dat ik uit de douchecabine heb gevist. Ik moet meteen aan de boekhandel denken. Daar heb ik er ook zo een. Met dat verschil dat deze een rood handvat heeft en die van mij geel is. Maar verder is het principe gelijk. Een grote rol bruin tape draait over een gekartelde rand. Wanneer je eraan trekt snijdt hij automatisch door het plakband. Ideaal om boekendozen mee dicht te plakken. Maar waarom is hij hier beland? Is dit een zoveelste pesterij van Joke?

Dat moet wel, denk ik geërgerd, en woedend geef ik een zet tegen de glazen douchedeur.

Ik besluit me er niet door te laten afleiden. Nu ik vermoed wie erachter zit, hoef ik me niet langer gek te laten maken. Morgen, morgenochtend en geen minuut eerder, zal ik me uitspreken tegen die politieman. Wanneer ik fris en helder tegen de dag aankijk, zal ik hem alles vertellen over mijn verleden met Joke en Peter. Alles mag hij weten. En dan moet het wel een heel domme kerel zijn als hij me niet meteen op mijn woord gelooft.

Gesterkt door mijn zelfvertrouwen, ja, bijna blij met die zoveelste vreemde vondst die als bewijs kan dienen, open ik de deur naar het slaapvertrek. Meteen als ik de kamer binnenstap, valt het me op hoe donker het is. Een flits van twijfel schiet door me heen. Heb ik die bedlampjes zojuist zelf uitgedaan of is de stroom uitgevallen? Zo goed en zo kwaad als dat gaat blik ik de verduisterde kamer in. Wat gek, ik kan me niet herinneren dat ik de overgordijnen net heb dichtgedaan. Heel langzaam worden de contouren van de sidetable voor me zichtbaar, en zodra mijn oog op het stand-bylampje van de tv valt, weet ik dat het niet met de stroom te maken heeft. Er moet iets anders aan de hand zijn. Mijn hartslag versnelt. Is daar iemand? Beweegt daar wat? Zie ik daar in de weerschijn van de spiegel een figuur staan? Mijn god, hoe is die hier binnengekomen?

Trillend omsluit ik de plakbandroller. Als een wapen draag ik het ding met me mee. Aarzelend doe ik een stap in de richting van de kledingkast.

'Wie is daar?' vraag ik bibberend.

Er komt geen antwoord, terwijl ik er toch zeker van ben dat daar iemand staat. Wat moet ik doen? Voorzichtig verzet ik een voet en daarna nog een. Als een boomklever kleef ik me vast aan de muur van het halletje. Mijn hand gaat op zoek naar de lichtschakelaar. En net als hij op het knopje stuit, stapt een figuur uit het duister naar voren. Ik hef de roller en sla om me heen.

'Stop!' hoor ik een bekende stem sissen. Het is Hans.

'Godallemachtig! Wat doe jij hier?' Verlamd van angst staar ik hem aan. 'Ik schrik me dood!'

We staan tegenover elkaar onder de lamp van het halletje. Zijn kalende hoofd glimt als een biljartbal. Hij houdt een plastic kaartje omhoog en gebaart me te zwijgen. Nerveus wijst hij naar de kamer van Joke. Zijn gezicht is verhit. Hijgerig hapt hij naar adem.

'Sst,' zegt hij, als ik opnieuw iets wil zeggen. Ruw trekt hij me mee naar het bed. Zijn ogen schieten zenuwachtig heen en weer, van de terrasdeur naar de kamerdeur. Nu valt zijn oog op de plakbandroller in mijn andere hand. Als ik wil zeggen dat ik die net in de badkamer heb gevonden, drukt hij zijn vingers tegen mijn mond. Opnieuw gebaart hij me om te zwijgen. De manier waarop hij me hier in mijn eigen kamer behandelt begint me te irriteren, en wederom krijg ik de neiging hem te vragen wat hij hier doet. Zou het met die schoenen van Peter te maken hebben, vraag ik me af. Ik kom overeind, maar zodra ik wil opstaan, duwt hij me terug op het bed.

'Blijf zitten,' fluistert hij nu dwingend. Zijn hand houdt mijn bovenarm in een klem.

Ik kom in verzet. Maar als ik me probeer los te rukken, verstevigt hij zijn greep op mijn arm. Ik kijk naar de opgejaagde blik in zijn ogen. Het is de blik van iemand die geen tegenspraak duldt. Ik snap er niets van. Waarom doet hij zo?

'Als je belooft niet te gaan gillen zal ik je vertellen wat er is gebeurd,' commandeert hij met klem.

Ik voel zijn onrustige ademhaling over mijn blote schouders glijden. Als hij mijn arm loslaat, wrijf ik omzichtig over de pijnlijke plek. Zijn ogen laten me niet los.

'Sorry. Het was niet mijn bedoeling om je pijn te doen,' zegt hij snel.

Dan slaakt hij een diepe zucht. Alles aan hem lijkt van slag. Onrustig strijkt hij over zijn bovenbenen, zijn vingers trillen. En als hij opeens zijn hoofd laat hangen, doet me dat eindelijk ontspannen. Zijn verslagenheid raakt me. Ik wil dan ook niets liever dan dat hij me vertelt wat er met hem aan de hand is.

Als hij opkijkt, zie ik dat de kille blik heeft plaatsgemaakt voor een verloren blik, alsof hij zojuist heeft durven toegeven het niet langer alleen aan te kunnen. Ik moet meteen aan zijn dochter denken. Maar de manier waarop hij me net vroeg te zwijgen, zorgt ervoor dat ik nog net op tijd mijn woorden inslik.

Doodstil zitten we naast elkaar op het bed. Pas op het moment dat er in de kamer naast me een deur wordt dichtgesmeten, veert Hans op. Schichtig draait hij zijn hoofd in de richting van het raam. Als ik zijn blik volg, hoor ik een mechanisch gepiep. Dan is er de stem van het politiemannetje. Onbeweeglijk staar ik naar Hans. Ook als hij opstaat en op zijn tenen naar de terrasdeur loopt, houd ik me stil. Ik volg hoe hij zijn oor tegen de deur legt. Steeds minder begrijp ik van zijn houding. Waarom gedraagt hij zich zo vreemd? En waarom zouden we niet gewoon hardop kunnen praten?

Het komt allemaal door die achterlijke Joke, denk ik geergerd. En terwijl zij door mijn hoofd spookt, krijg ik er schoon genoeg van.

Ik staar naar het tapeapparaat. Al die tijd heb ik met dat ding in mijn hand gezeten. Woedend smijt ik het tegen de grond. Het helse kabaal dat daarop volgt echoot luid door de stille kamer. Hans draait zich verschrikt om. Wild gebaart hij naar het terras. Ik reageer niet, integendeel. Kalm sta ik op en ik trek aan de lichtschakelaar boven het bed. Langzaam verspreidt de spaarlamp zijn blauwwitte licht door de kamer. Kordaat stap ik op Hans af. Driftig gebaart hij me tot kalmte.

Hij kan me wat. Hij moet maar eens weten wat er in de kamer naast me gaande is. Het is de politie, zal ik hem zeggen. En als ik hem vertel wat de reden van hun bezoek is, en waarom ze daar de hele boel overhoop halen – omdat het met de moord op Peter te maken heeft, zal ik zeggen – dan zal hij begrijpen waar die zogenaamd vriendelijke Joke toe in staat is. Dan zullen zijn onrustige ogen worden geopend.

'Hans...'

'Sst! Stil!'

'Hans, het is niet wat je denkt,' zeg ik hardop omdat ik nu echt klaar ben met zijn domme gefluister.

'Het gaat om Joke,' zegt hij nerveus.

'Ja, natuurlijk,' antwoord ik. Een zucht ontsnapt uit mijn mond. 'Dat weet ik toch.'

Hans fronst niet-begrijpend zijn wenkbrauwen. Weer is er die vreemde blik in zijn ogen. Als een schuw dier kijkt hij me aan. Argwanend en opgejaagd.

'Hoezo weet je dat?' vraagt hij. 'Is de politie hier dan al geweest?'

'De politie?' Meewarig schud ik mijn hoofd. Ik snap niet waar hij het over heeft.

Hans knikt. Hij veegt langs zijn bezwete neus en als hij zijn bril omhoogschuift meen ik opeens een soort twinkeling in zijn ogen te zien.

'Ja, de politie,' vervolgt hij opstandig. 'Je wist het toch, zei je net?'

Ik aarzel. Hebben we het wel over hetzelfde?

'Sorry? Wat bedoel je?'

'Wat ik bedoel...' Grommend doet hij een stap naar voren. Ik deins achteruit als ik zijn adem langs mijn wang voel glijden. 'Wat ik bedoel, is dat ze het lijk van Joke van Dam uit het zwembad hebben gevist.'

46

De grond onder mijn voeten lijkt zich te openen, heel langzaam word ik meegezogen in een diep en donker gat. Hou me vast, wil ik tegen Hans gillen. Maar in plaats daarvan zak ik als een lappenpop voor zijn neus in elkaar.

Niet de mededeling over Jokes dood slaat in als een bom, o, nee, zeker niet. Eerder voel ik een soort opluchting. Ik zal de laatste zijn die een traan om dat mens zal laten. Wat me uit balans brengt, zijn de woorden die Hans eraan toevoegt. Hij is naar me toe gekomen om me te waarschuwen, zegt hij. Hij wil me waarschuwen voor de politie. Alles wijst erop dat Peter en Joke elkaar niet alleen professioneel kenden, vertelt hij. 'En hoorde jij daar ook niet bij?' Zijn stem klinkt bezorgd.

Hij stelt me de vraag terwijl hij het antwoord al kent. Ik heb het hem zelf verteld.

Ik voel hoe mijn ogen zich vullen met tranen. Ik schud mijn hoofd. Ik meen te begrijpen waar hij op doelt. Denkt hij dat ik hen vermoord heb? Eerst Peter en nu Joke? Is het dan niet duidelijk dat ik verrast ben door haar dood? Ik werd wakker van het gestommel en de zwaailichten. Er was rumoer bij het zwembad. Zo was het toch? Ik weet het niet meer, ik lag te slapen. Ik had een pil genomen.

Het is geen wonder dat Hans me zo blijft aanstaren. Het is een schat. Alleen het feit al dat hij naar me toe is gekomen om me te waarschuwen, zegt genoeg. Welke man die nog maar zo kort iets met een vrouw heeft doet zoiets? Een vrouw in wier richting nota bene alle verdenkingen van een moord wijzen.

Hoe kan ik mijn onschuld bewijzen? Ik denk aan de schoenen van Peter. Ik denk aan al die andere zaken die tegen me pleiten. Mijn verwarde houding, mijn labiele gedrag. De pillen. De irritaties, de ruzies die ik voor ieders ogen met de slachtoffers heb gehad. Wie gelooft mij nog?

Sterker nog, ik realiseer me dat ik mijn laatste troef zojuist heb verspeeld. Nu Joke dood is, gelooft niemand meer in mijn verhaal over haar pesterijen in mijn richting. Ze zien me aankomen. Angstig staar ik naar Hans. Terwijl mijn lichaam rilt van de kou, voelt mijn hoofd koortsachtig heet.

'Kom,' zegt Hans en ineens slaat hij zijn arm om mijn middel. 'Trek even wat aan.'

Hij pakt mijn jeans van de stoel en reikt me een verfomfaaid T-shirtje uit mijn weekendtas aan. Hoewel het kledingstuk tussen de vuile kleren ligt en niet al te fris ruikt, trek ik het lijdzaam over mijn hoofd. Ik realiseer me dat het midden in de nacht moet zijn. Waarom zou ik me aankleden? Ik behoor allang te slapen. Als Hans niet zomaar was komen binnenvallen en als de politie niet hiernaast was geweest, dan...

Weer ben ik terug bij af. Weer gaat mijn brein op zoek naar een oplossing. Als ik er nou eens op een verlichte manier naar probeer te kijken? Precies zoals ik dat hier in deze week van plan was te leren. En als ik daarbij mijn ego nou eens probeer uit te schakelen? Hoe noemde die goeroe van Anna dat ook alweer? 'Kijk er op een boeddhistische manier tegenaan en je ziet dat alles bestaat uit illusie.'

Maar als ik aan de dood van Peter denk, dan is dat beslist geen illusie. En nu Joke daar ook nog bij is gekomen... O, god, dit kan niet waar zijn. Dat mij dit moet overkomen. Was er maar iemand die tegen me zei dat ik nu droomde. Dat er morgen gewoon een nieuwe dag is zonder moorden. Dat de dingen die Hans me net verteld heeft louter op verzinsels berusten. En dat hij straks gewoon naast me in bed kruipt om zacht en teder de liefde met me te bedrijven. En dat ik morgen, bij het krieken van de dag, Jokes snerpende stem gewoon uit de kamer hiernaast zal horen schetteren.

'Wat moet ik doen?' vraag ik aan Hans. Ik beef, mijn stem trilt.

Peinzend neemt hij me op. Zijn blik is ijzig. Opnieuw neemt hij de regie. Dit keer dirigeert hij me naar de stoel. Als hij me daar neerzet, vraagt hij of ik wat wil drinken. Bij het woord drinken voel ik meteen mijn droge keel opspelen.

'Graag,' antwoord ik gretig.

Ik staar naar zijn sterke rug wanneer hij wegloopt naar de badkamer. Een schaduw valt over zijn bezwete polo. Langs zijn ruggengraat heeft zich een transpiratievlek in de vorm van de kaart van Nederland afgetekend. Als ik hem zo bekijk, lijkt hij eerder op een ruige stratenmaker dan op een man die zich toelegt op een weekje bezinning. Weer valt het me op dat er iets nerveus van hem uitgaat. Al die tijd dat hij hier nu is, vind ik hem uiterst verkrampt overkomen. Zelfs nu ik weet dat het met de dood van Joke te maken heeft, kan ik de zwaarte van zijn stemming niet goed plaatsen. Ik hou het erop dat het met mij te maken heeft. Als hij mij niet ontmoet had en wij niets met elkaar hadden gekregen, had hij hier nooit gezeten. Dan had hij niets van mijn verleden geweten. Dan was deze akelige samenloop van omstandigheden aan hem voorbijgegaan. Dan had hij net als al die andere cursisten vernomen dat er een moord, en vervolgens nóg een was gepleegd. Meer niet. Nu zit hij er tot zijn nek toe in.

Een gevoel van medelijden trekt door mijn lijf. Hoe kan ik hem duidelijk maken dat ik zijn bezorgdheid zeer op prijs stel, maar dat ik me zo langzamerhand ook realiseer dat het tijd wordt dat hij aan zichzelf gaat denken. Ik zal de confrontatie met de politie gewoon moeten aangaan. Ik moet flink zijn. Ik heb niemand vermoord. Wel of geen klinkklaar bewijs, wel of geen alibi, ze zullen me moeten geloven.

Ik hoor het water in de wastafel kletteren. Met veel kabaal lest Hans zijn dorst. Hij slaakt een diepe zucht en gromt iets onverstaanbaars. Als hij daarna met een bekertje water uit de badkamer stapt, valt het me op dat een groot deel van zijn gezicht nog nat is. Uit zijn haar drupt water en ook op de glazen van zijn bril liggen minuscuul kleine druppeltjes. Het ontneemt me het zicht op zijn ogen. En alsof hij op dat moment tot dezelfde ontdekking komt, haalt hij de bril van zijn neus en wrijft hem droog met zijn polo. 'Tja,' begint hij en hij knijpt zijn ogen samen. 'Wat nu?'

Terwijl ik het bekertje water aan mijn mond zet, focus ik me op de diepe, witte streep tussen zijn wenkbrauwen waaromheen de huid rood verbrand is. Zodra het water mijn lippen beroert, klok ik de inhoud achterover. Wanneer Hans me peinzend blijft aanstaren, voel ik een blos van schaamte over mijn wangen kruipen. Ik voel me als een lastig kind waar hij vanaf moet. Net voordat ik hem wil vragen te vertrekken schraapt hij zijn keel en zegt: 'Als jij niet de moordenaar bent, en de moordenaar het op Peter en Joke had gemunt, zou jij dan niet de volgende zijn die eraan gaat?'

47

Ten dode opgeschreven voel ik me. Hans heeft volkomen gelijk. Ik had er nog niet bij stilgestaan, maar iemand moet het ook op mij hebben voorzien. Wie? En wat nog belangrijker voor me is: waarom? Wat moet iemand van mij?

Na de dood van Peter trachtte ik het te ontkennen. Ik kon niet geloven dat hij was vermoord. Noch de politieman noch Hans kon mij ervan overtuigen dat er hier in dit bezinningsoord een brute moordenaar rondliep.

'Je moet je gedeisd houden,' zegt Hans. 'Je moet hier weg. Ze mogen je niet vinden.'

'Niet vinden? Wie dan? Hoezo weg?' Wezenloos staar ik hem aan.

'De politie zal je zoeken, zeker wanneer bekend wordt dat je beide slachtoffers goed gekend hebt. Maar wat nog veel erger is: zolang zij de moordenaar niet gevonden hebben, zal die op zoek gaan naar jou. Je leven loopt gevaar, Iris. Besef je dat wel?'

Ik staar in de grote angstogen van Hans.

'Nee, eigenlijk niet,' zeg ik oprecht.

Ik snap nog steeds niets van dit alles. Waarom zou iemand mij willen vermoorden? Met welk motief? De enige twee mensen die een motief konden hebben, waren Peter en Joke. En die zijn dood.

'Weet je wel zeker dat Joke dood is?' vraag ik in de hoop dat Hans zich heeft vergist.

Hij knikt en begint te vertellen dat het incident met de schoenen hem niet had losgelaten. Aanvankelijk geloofde hij zijn ogen niet toen hij ze daar in zijn kamer meende te zien staan. Hij zei tegen zichzelf dat het niet waar was, dat hij het zich verbeeldde, maar toen hij met het eten op weg was terug naar zijn kamer, besloot hij toch om opheldering te vragen. Hij wilde weten hoe het nou echt zat tussen mij en Peter.

Enigszins bevreemd kijk ik hem aan.

Ja, dat het met jaloezie te maken had, geeft hij ruiterlijk toe. En ja, hij begrijpt natuurlijk ook wel dat het nergens op slaat, maar goed, het is nog maar zo kort 'aan' tussen ons, zegt hij zonder me aan te kijken. Haast verlegen wijt hij het aan zijn wat eenzame bestaan van de laatste tijd. Maar ik ben echt iets voor hem gaan betekenen.

Mijn hart maakt een sprongetje. Dus toch, gaat het blij door me heen. Hij vindt me leuk. Ik ben meer dan alleen maar een schip dat passeert in de nacht. Verheugd wil ik zijn hand pakken, maar zodra ik hem mijn blijdschap wil tonen, gaat hij snel verder.

Hij vertelt dat hij op weg was naar mij toen hij de politie tegen het lijf liep. Zij waren juist op weg naar de kamer van Joke. De man met het pokdalige gezicht had hem staande gehouden en verteld dat ze Joke in het zwembad hadden gevonden. Ze bleek op dezelfde wijze als Peter om het leven te zijn gekomen. Namelijk door verstikking.

'Verstikking?' vraag ik niet-begrijpend. 'Hoe dan?'

Als Hans niet antwoordt volg ik zijn blik naar de plakbandtaper die naast de sidetable op de grond ligt. De kou slaat me om het hart. Nee, gaat het door me heen. Laat het niet waar zijn.

'Met een dichtgetapete vuilniszak,' zegt Hans.

Ik word gek. Meteen denk ik aan de vuilniszakken in de kofferbak van mijn auto. Gaat het om dezelfde zakken? Wie heeft ze daar dan neergelegd? Als Joke het niet gedaan heeft, wie dan wel? Anna? Zou zij dit alles op haar geweten hebben? Ik weet dat ze mij niet mag en ik weet dat ze meteen dol was op Peter. Maar dan heeft ze hem toch niet vermoord? Zou Joke hem dan... En wist Anna daarvan? Hebben ze hierover ruzie gekregen? Zou het zo gegaan zijn? Ik kan geen andere verklaring bedenken, misschien heeft ze in paniek mij met die rommel opgezadeld.

Als ik de woorden hardop uitspreek tegen Hans trekt hij zijn wenkbrauwen op.

'Anna?' vraagt hij weifelend en hij schudt zijn hoofd. 'Hm, dat lijkt me sterk, probeer dat maar eens te bewijzen.'

'Het moet!' roep ik tegen hem. En opeens flitst er een nieuwe gedachte door mijn hoofd. 'Het gaat hier natuurlijk om een ordinaire crime passionnel. Niks bezinning of vrede met jezelf hebben. Wat een bullshit! Jaloezie en afgunst zijn het die deze moordenaressen dreven. Zij moeten het gedaan hebben. Joke heeft Peter vermoord en Anna op haar beurt Joke.'

Vertwijfeld trekt Hans met zijn mond. 'Gaat dat niet wat ver?' vraagt hij. Een wrang lachje verschijnt rond zijn lippen. 'Je vermoordt toch niet zomaar iemand? Sorry, maar ik vind het een flinterdun verhaal.' En aan zijn stem hoor ik dat hij dat meent.

'Zolang de politie niet op een dergelijk spoor zit, blijft de verdenking op jou rusten,' vervolgt hij en hij haalt zijn schouders op. 'Daar zul je het toch mee eens zijn?'

En alsof hij zijn woorden kracht wil bijzetten, blikt hij opnieuw naar de plakbandtaper.

Ik begrijp waar hij op doelt. Hij heeft gelijk. Ik kan dan nog zoveel prachtige theorieën bedenken, ik zal de laatste zijn die ze geloven. Bovendien, mocht het al waar zijn wat ik denk, dan zal Anna alles ontkennen. Iemand anders moet de politie op weg helpen. De enige die ik kan verzinnen en die ik kan vertrouwen, is Hans.

'Hans, je hebt gelijk,' zeg ik en pijlsnel schiet ik naar de kledingkast.

'Gelijk? Hoe bedoel je?'

'Ik ben het met je eens,' roep ik gehaast. 'Wat je daarnet zei, is waar. Ik moet inderdaad verdwijnen. Dat is momenteel de enige oplossing. Ik verdwijn en jij gaat de politie van mijn onschuld overtuigen. Is dat een idee?'

Hans' ogen lichten op. Weer zie ik die speciale blik die ik niet kan thuisbrengen. Een blik die zowel 'ik ben dol op je' als 'ik wantrouw je' kan betekenen. Hoe dan ook, ik wil me niet langer van de wijs laten brengen. Zeker niet nu de angst me kracht geeft en me laat doen wat ik moet doen.

1983

Het landschap is grauw en grijs. Zo grijs als de meilucht die daar als een zak vol zware kiezels boven hangt. Geen spatje zon heeft vandaag de moed kunnen opbrengen om door al dat gewicht heen te prikken. Maar goed ook, denk ik somber. Stel je voor dat dit een stralende dag was geworden, hoe had ik het af-

scheid dan ervaren? Nu werd hij tenminste nog vergezeld door bliksem en donder op zijn hellevaart naar de andere kant van de oceaan.

Ik voel me verbitterd en egoïstisch, omdat ik gewoonweg niet in staat was om blij voor hem te zijn. Terwijl iedereen het hem zo gunde en hem lachend een goeie reis wenste, kon ik alleen maar op een afstandje blijven kijken en het lijdzaam ondergaan.

Nu staar ik naar de troosteloosheid van het voorbijrazende landschap. Vanaf Schiphol slaan de slagregens onophoudelijk tegen het treinraampje. En zoals het regenwater langs de trein gutst, zo stromen bij mij de tranen over mijn wangen. Ik doe geen enkele moeite ze te verbergen. Iedereen mag weten dat sinds vorige week alle kleur en licht uit mijn bestaan zijn weggevaagd. Op het moment dat Sebastiaan me vertelde dat hij zijn studie zou onderbreken om iets van de wereld te gaan zien, leek diezelfde wereld voor mij plotseling stil te staan. Mijn leven belandde op een dood punt. Zonder hem in Nederland achterblijven? Ik kon het me niet voorstellen. Eén maand, hooguit twee, beloofde hij.

'Zo lang?' was alles wat ik wist te zeggen.

Zo lang verstoken te zijn van dat lieve gezicht, van die handen, die stem en zijn warme, koesterende lijf? We hadden elkaar nog maar net ontdekt. We waren zo verliefd en zo intens gelukkig. Hoe kon hij dan nu alweer afscheid willen nemen? O, nee, dat kon hij me niet aandoen. Mijn hart brak. Ik smeekte hem niet zonder mij te vertrekken. Ik zou mijn studie ook onderbreken opdat we samen konden reizen. Samen zouden we nieuwe landen ontdekken en samen zouden we leven als nomaden. Misschien dat we wel nooit terug zouden keren naar Nederland. Wat had ik hier nog te zoeken? Mijn vader leefde niet meer, mijn moeder herkende me nog nauwelijks en mijn broers hadden hun eigen bestaan. Ik zou Sebastiaan overal naartoe volgen, maar dan moest hij me wel meenemen.

Hij vertrok zonder mij.

Ik hield me goed. Al die tijd daar in die hal op het vliegveld, waar alleen maar blije mensen met hun valies stonden te wachten op de spannende tijden die zouden komen, trachtte ik mijn tranen te bewaren voor als ik alleen was. Niemand wil een huilebalk als vriendin. Niemand zit te wachten op een zuurpruim die als een schoothondje achter haar geliefde aan loopt. Zijn ouders, zijn zusje en de waterpolojongens die waren gekomen om hem uit te zwaaien, ik liet ze zien hoe stoer ik was. Niemand hoefde te weten dat ik beefde van ellende.

Zijn laatste lange kus brandt nog na op mijn lippen. Die laatste aanraking van zijn wang tegen de mijne. Waarom laat hij me zo spartelend achter? Waarom zegt hij dat we nog jong zijn? Wil hij daarmee zeggen dat hij het nog niet zeker weet? Dat de afgelopen weken voor hem slechts een leuk tijdverdrijf waren?

Ik ben kapot en leeg. De eenzaamheid waarmee dit afscheid gepaard ging – blijkbaar ben ik niet meer dan een van de velen die hem kwamen uitzwaaien – doet zo'n pijn dat ik bang word van mijn eigen gevoelens. Tegen iedereen was hij zo typisch Sebastiaan. Hartelijk en goedlachs. Ben ik dan niet iets bijzonders voor hem? Zoals hij dat wel voor mij is? Ik twijfel opeens zo. Over een halfuurtje ben ik thuis, in Nijmegen. Hij beloofde dat hij zou schrijven.

48

Mijn weekendtas puilt uit, de rits staat open, maar dat kan me niet schelen. Zo vlug als ik kon heb ik er al mijn kleren in gestopt, inclusief mijn wandelschoenen, de cursusmap van deze week, ja, zelfs voor die ellendige plakbandtaper was nog plaats. Mijn lichaam voelt zwaar en warm als ik mijn toilettas als laatste tussen de spullen prop. Hans kijkt me verbouwereerd aan. Al die tijd heeft hij zwijgend mijn handelingen gevolgd. Eerst de boel inpakken, dacht ik toen mijn verdwijnplan zich vaster en vaster in mijn hoofd zette. Dan zal ik hem daarna uitleggen wat ik precies ga doen.

Ik veeg het bezwete haar uit mijn gezicht, neem naast hem plaats op bed en voordat ik van wal steek, zoek ik zorgvuldig naar de juiste woorden. Het is nu of nooit.

'Luister goed,' begin ik, en hoewel ik stijf sta van de spanning klinkt er ernst in mijn stem.

Opnieuw kijkt Hans me verrast aan.

'Iets verderop, aan de rand van het bos, heb ik een schuur ontdekt. Er staan wat tuinspullen en tafels in opgeslagen. Daar ga ik me verbergen.'

'O? En hoe wil je daar dan binnenkomen?' vraagt Hans terwijl hij een wenkbrauw optrekt.

Hoor ik daar ironie in zijn stem? Gelooft hij me niet? Ik zal hem moeten overtuigen.

'Jij gaat me daar naar binnen helpen,' vervolg ik streng. 'Jij bent sterk genoeg om de deur of een raam te forceren.'

'Zou kunnen, maar...'

Mijn irritatie neemt toe. Ik wil geen kostbare minuten verspillen. Hans moet naar me luisteren. Hij begrijpt niet half hoe ik me hier op de been probeer te houden. Kwam hij niet zelf aanzetten met het verhaal over de dreiging die er boven mijn hoofd hangt? Opgepakt of vermoord worden?

'Als ik daar in die schuur verstopt zit, ben ik even van het toneel verdwenen. Dat geeft ons een adempauze. En aangezien mijn auto er nog staat, zullen ze niet meteen groot alarm slaan. Ze zullen eerst de zijgebouwen en het hotel afzoeken. En in die tussentijd ga jij met ons verhaal naar dat politiemannetje toe. Nou? Wat denk je daarvan?'

'Hm,' weifelt Hans.

'Jij brengt me eten en drinken, en wie weet, zodra ze jouw kamer doorzocht hebben, kan ik me vanaf dat moment daar verstoppen. Die schuur is maar tijdelijk, snap je?'

Als ik opnieuw een aarzeling bij Hans bespeur, trek ik nerveus aan zijn arm. Ik wil dat mijn plan slaagt.

'Zodra ik ben verdwenen, zal de dader willen weten waar ik ben en hoeveel ik weet. Dan pas zal de politie op een ander spoor kunnen komen. Begrijp je waar ik op doel?' vraag ik. 'Stelde jij niet voor dat ik zou verdwijnen? Help me dan!'

'Oké,' zegt hij. 'Je hebt me overtuigd. Laten we dan maar gaan.'

Alles in me jubelt van opluchting. Ik wist het! Wat ben ik hem dankbaar. Het enige wat ik hem nog op het hart moet drukken is hoe hij morgenochtend de politie te woord kan staan. Elke twijfel aan mijn onschuld moet hij bij ze wegnemen. En wat nog belangrijker is: hij moet Anna in de gaten houden. Als ik gelijk krijg, zal zij zich vreemd gedragen. Voor de laatste keer speur ik de kamer af. Ben ik niets vergeten? Mijn oog valt op de zo goed als lege portfles, een cynisch lachje ontsnapt uit mijn mond. 'Waar een verdwenen portglaasje niet toe kan leiden,' mompel ik binnensmonds.

Hans hoort het niet, hij sluit de terrasdeur af.

'Ik ben nog even naar de wc,' roep ik gehaast.

Als ik even later naar buiten stap, staat Hans al met mijn weekendtas in de deur naar de gang. Zenuwachtig blikt hij van links naar rechts de gang op. Blijkbaar is hij net zo gespannen als ik. Het is een geluk bij een ongeluk dat mijn kamer aan het eind van de vleugel ligt. Er is niemand te zien. Overal is het pikdonker, iedereen slaapt.

Hans seint dat we via het smalle bospad naar de omheining van het landgoed moeten zien te komen. Ik knik. Zo geruisloos mogelijk volg ik hem in zijn voetsporen. Halverwege het pad slaat de twijfel mij om het hart. Wanneer heb ik hem verteld waar die schuur lag?

49

Hoge dennen omsluiten het overwoekerde bospad. Her en der steken boomwortels vervaarlijk boven de grond uit. Tot twee keer toe zwikken mijn voeten uit de teenslippers. Het is zo aardedonker dat ik nauwelijks een halve meter voor me uit kan zien. Alle vogelgeluiden die vanaf zonsopkomst de zomerse dag bepaalden, zijn verstomd, nergens lijkt nog een spoor van leven te zijn, totdat ik iets voel wegglippen bij mijn voet. Geschrokken doe ik een stap opzij. Opnieuw dreig ik een slipper te verliezen. Nog net op tijd weet ik mijn evenwicht te bewaren, maar als mijn ogen zich weer op Hans focussen, merk ik dat ik hem kwijt ben.

Vanaf het moment dat hij en ik mijn kamer verlieten, is hij met grote passen voor me uit gesneld. En telkens wanneer ik nog net een glimp van zijn lichte zomerbroek wist op te vangen en ik het pad zonder kleerscheuren dacht te kunnen volgen, loste hij op in het donker van de nacht. Steeds meer vragen spoken door mijn hoofd. Maar de allerbelangrijkste blijft hangen, zet zich vast en bezorgt me een kloppende hoofdpijn.

Hoe kan het dat hij hier zonder zaklamp zo goed de weg kent? Ik meende toch echt dat hij net als ik hier voor het eerst was.

Als ik wederom iets hoor ritselen tussen het struikgewas, slaat mijn gepieker om in angst. Opgejaagd versnel ik mijn pas. Een laaghangende tak zwiept in mijn gezicht. Als hij terugveert, trekt hij een pluk haar mee. Ik gil het uit. Mijn stem boort een gat in de muur van stilte. Even verstomt al het geritsel. Dan hoor ik takken breken en haastige voetstappen in mijn richting komen. Het is Hans.

'Waar blijf je nou?' vraagt hij geprikkeld.

Als een hulpeloze toerist die de groep niet kan bijhouden staar ik verontschuldigend naar de man voor me. Ik kan me voorstellen dat hij zich aan mijn trage tempo ergert en dat hij op dit tijdstip – hoe laat zou het eigenlijk zijn, heb ik mijn horloge wel meegenomen? – ook liever in zijn bed ligt, maar waarom houdt hij er geen rekening mee dat ik hem niet kan bijhouden?

'Ik ben gestruikeld...' begin ik.

Hij onderbreekt me. 'Oké dan. Hier, hou mijn hand vast,' gromt hij. Woest biedt hij zijn vrije hand aan. 'Maar hou je een beetje in, ja? Voor je het weet heb je de hele boel wakker gebruld.'

Ik durf niets meer te zeggen, integendeel. Gelaten geef ik me over aan de sterke greep van zijn vingers. Ik voel de gekloofde ruwe huid scherp over de mijne schuren. Misschien werkt hij wel voor Staatsbosbeheer, gaat het ineens door me heen. Het is een belachelijke gedachte, maar iets anders kan ik op dit moment niet verzinnen. Hij kapt en ruimt bomen natuurlijk. Daar heeft hij die handen van. Hoe kun je anders als een nachtdier de weg in een donker bos vinden?

Pas bij de allerlaatste meters, wanneer een sterrenhemel zichtbaar wordt en de contouren van een dak oplichten, beginnen mijn ogen aan het duister te wennen. We zijn bijna bij de schuur. En alsof Hans besluit dat ik vanaf hier het pad ook makkelijk alleen kan lopen, laat hij ogenblikkelijk mijn hand los. Ik zie hoe hij mijn weekendtas van zijn ene naar zijn andere hand verplaatst en begrijp hieruit dat hij het gezeul met mijn spullen zat wordt. Hoe stomverbaasd ik net nog was over de manier waarop hij zijn weg naar de schuur vond, zo perplex staar ik nu naar hem als ik zie hoe hij op de deur afstapt. Zodra hij voor de deur staat, laat hij mijn tas vallen. Hij rommelt in zijn zak en het volgende moment haalt hij iets tevoorschijn. Schoorvoetend kom ik dichterbij en volg zijn handelingen. Ik kan niet zien waarmee hij de deur wil openbreken, maar in stilte bid ik dat het hem lukt. Dan valt mijn mond nog verder open van verbazing. Terwijl ik hem aan een hangslot hoor rammelen, kan ik nog net een glimp opvangen van een sleutel die hij erin steekt. En alsof deze schuur zijn persoonlijke eigendom is, wipt hij het slot van de deur, opent hem en werpt mijn tas naar binnen. Er valt iets uit. Het rolt over de vloer. Ik wil erachteraan, maar Hans houdt me tegen. 'Kom op!' commandeert hij en hij geeft de deur een zet.

'Hoe... kom jij...?' stotter ik.

'Geen vragen nu,' antwoordt hij.

Gespannen blikt hij om zich heen alsof er ieder moment iemand uit het donker tevoorschijn kan komen. Ik hoor zijn versnelde ademhaling en zie zijn transpirerende hoofd. Ik aarzel om naar binnen te gaan. Hardhandig pakt hij me bij mijn onderarm en duwt me voor zich uit. 'Jij vond toch dat je moest verdwijnen?' hoor ik hem achter me mompelen. Zijn stem klinkt dreigend. Het beangstigt me.

'Dan moet je vanaf nu geen vragen meer stellen,' sist hij.

50

Heen en weer geslingerd tussen schuldgevoel en twijfel – het klopt wat Hans zegt: ik wilde dit zelf – blijf ik me verbazen over de manier waarop hij handelt. Het lijkt erop alsof hij deze nachtelijke actie al ruim van tevoren heeft zien aankomen.

'Ga daar maar vast naartoe,' zegt hij, terwijl hij me plotseling staande houdt en op een plek achter in de schuur wijst.

Op de tast schuifel ik ernaartoe. Een schaduw doemt op en pas als ik mijn knie daar pijnlijk tegen stoot, merk ik dat het een stapel stoelen is. Ik hoor iets tegen de grond kletteren. Een muffe, weeïge geur bereikt mijn neusgaten. Een kreet van schrik kan ik nog net onderdrukken. Ik wil graag gehoorzamen aan de wens van Hans om me stil te houden, daarom loop ik verder. Behoedzaam verzet ik mijn voeten. Nu voel ik iets zachts tegen mijn tenen kriebelen. In een reflex trek ik mijn been terug, mijn slipper vliegt uit en niet langer weet ik me in te houden. 'Shit!' gil ik en ik buk me naar mijn schoeisel. Mijn hand tast over de stoffige vloer, en net als hij op mijn slipper stuit, voel ik de hand van Hans in mijn nek.

'Wat doe je daar?' vraagt hij. Ik draai me om en word verblind door een lamp waarmee hij in mijn gezicht schijnt.

Godallemachtig, waar heeft hij die opeens vandaan? Had hij die niet eerder kunnen gebruiken?

'Ik schoot uit mijn slipper,' zeg ik gehaast terwijl ik mijn ogen dichtknijp tegen het lamplicht. Om hem niet te irriteren met mijn gestuntel kom ik snel overeind. Op één slipper loop ik door.

'Het is goed, ik heb hem alweer aan,' lieg ik.

'Mooi, dan geef je me nu een hand en dan gaan we hier naar beneden,' antwoordt hij.

'Naar beneden?'

Weer begrijp ik er niets van, maar ik grijp automatisch naar de uitgestoken hand en volg de lichtstreep op de vloer. Een touwknoop steekt uit de vloer. Hans bukt zich voorover naar het touw. Het geluid van piepende scharnieren knarst in mijn oren en het volgende moment opent zich een luik in de vloer. Ik tuur in een diep en donker gat.

'Zie je de trap?' vraagt Hans terwijl hij me een por in mijn rug geeft en in het gat schijnt.

Ik zie niets, maar alweer doe ik mijn best om me niet te laten kennen en ik focus zo goed en zo kwaad als dat gaat op iets wat op een trap moet lijken.

'Daar,' wijst Hans en hij tracht me met zijn schijnsel bij te lichten.

Nu zie ik iets van een traptrede opdoemen. Haast kinderlijk verrukt roep ik: 'Ja, ja, ik zie hem.'

'Oké, waar wacht je dan nog op?'

Ik aarzel. Wil ik dit wel? Waar gaat die trap naartoe?

'Kun je er wat meer op schijnen?' vraag ik zacht als ik wiebelend mijn voet op de bovenste tree zet en geen idee heb welke diepte me te wachten staat. De lichtbundel is minuscuul, maar genoeg om op handen en voeten de trap af te dalen.

Ik besluit het erop te wagen en voor ik het weet, heb ik de vloer van de kelder bereikt. Onder mijn slipperloze voet voel ik iets wat op stro lijkt. En omdat het hier nog donkerder is dan boven, blijf ik doodstil staan. Waar moet ik heen?

Heel voorzichtig draai ik me om. Pas als mijn ogen een beetje aan de duisternis gewend zijn, zie ik een piepklein raampje dat uitzicht biedt op de sterrenhemel. Ik werp een blik in het trapgat en net als ik Hans wil vragen hoe hij van deze plek wist, voel ik iets langs me heen suizen en tegen de grond slaan. Voor ik kan reageren volgen er nog twee voorwerpen. Ze ploffen naast me neer.

'Sorry,' roept Hans boven het gat. 'Je hebt het zelf gewild.'

En terwijl ik ontsteld in het donkere gat blijf staren, hoor ik opnieuw de scharnieren knarsen. Het luik valt dicht.

1983

De kamer is niet groot, maar wat heb ik een mazzel met deze plek. Hartje stad met uitzicht op de tuin, waar een seringenboom in paarse glorie zijn bedwelmende parfum door het open raam naar binnen werpt.

Peter heeft met de verhuizing geholpen. Hij heeft mijn boekenkast in elkaar gezet en daarna ook nog mijn bed in elkaar geschroefd. 'Wat is voor jou belangrijker,' wilde hij weten, 'je bed of je boekenkast?' Ik zei dat ik beide niet kon missen, maar dat het prettig was als eerst mijn bed stond zodat ik er met een boek op kon gaan liggen lezen.

'Oké,' wierp Peter tegen en hij ging vlak voor me staan. Hij schraapte zijn keel, hief zijn wijsvinger en trok daarbij zo'n arrogant smoelwerk dat het leek alsof hij ging vertellen dat de

wereld bij nader inzien toch niet rond was. 'Maar dan moet er wel eerst een boekenkast staan om een boek uit te kunnen pakken,' bralde hij.

Ik proestte het uit, en lachend belandden we daarna in de oude leunstoel van mijn oma.

Peter ken ik van filosofie. Sinds kort volg ik dat als bijvak naast mijn studie Nederlands. Het onderwerp filosofie boeit me mateloos, we zijn nu met Socrates bezig. Peter ligt een paar jaar voor op mij, en als ik eerlijk ben, dan vind ik dat helemaal niet erg. Hij kan namelijk heel goed vertellen. Niet dat ik hem altijd in alles geloof, maar hij heeft iets ondeugends en stoers. Hij doet me aan mijn oudste broer denken, die schept ook graag op.

Ik weet dat sommige meisjes me benijden omdat Peter zoveel aandacht aan mij besteedt, maar ook dat zie ik meer als een broer-zusverhouding dan als verkering. En al beweert Peter beslist geen broederliefde voor me te voelen, wat mij betreft gaat het nog heel lang duren voordat het meer wordt.

Ik kijk mijn kamer rond. Weer voel ik me blij om in dit statige huis te kunnen wonen. Twee van mijn huisgenootjes ken ik al, ze zijn tegelijk met mij aan hun studie begonnen. Binnenkort komt er ook een jongen bij, Freek heet hij. Ik ben benieuwd hoe ons leven hier zal gaan verlopen. Ik heb nog zoveel om naar uit te zien. Tevreden staar ik voor me uit.

Juist op het moment dat Peter voorstelt om de boekendozen uit te pakken, horen we een enorme dreun van achter mijn kamerdeur. Het geluid zwelt aan. Schurend en bonkend komt het dichterbij. Verschrikt staar ik naar Peter. Meteen komt hij in actie. Woest opent hij de deur.

'Zeg, hé! Allejezus, wat is hiervan de bedoeling?!' hoor ik hem snauwen. Meteen vlieg ik achter hem aan. Opgelaten over de toon waarop hij degene die daar staat benadert, trek ik hem

aan zijn hemd in een poging hem te bedaren. Wat denkt hij wel niet? Hij woont hier niet eens. Straks verpest hij het hier nog voor me.

Zodra ik zie wat er aan de hand is, haal ik opgelucht adem. Een van mijn huisgenootjes zit naast een omgevallen ledikant. Ze giert het uit van het lachen. Drie bomen van jongens proberen uit alle macht het gevaarte de bocht om te krijgen. Niets helpt. Het ijzeren bakbeest heeft zich vastgeklemd tussen de muur en de trap. En in plaats van dat Peter een helpende hand biedt, wordt hij nog kwaaier.

'Zeg, als jullie zo stom zijn om niet eens een bed te kunnen verhuizen, had je dit werk dan niet beter aan een professional kunnen overlaten?' brult hij.

Een van de jongens steekt nu zijn hoofd door de spijlen. Peter negerend geeft hij aanwijzingen om het ledikant te kantelen. En terwijl de anderen zijn raad opvolgen, kijkt hij mij stralend aan.

'Hoi,' zegt hij. 'Jij moet dan Iris zijn!'

Met een rood hoofd van schaamte over Peters horkerige gedrag, knik ik verlegen naar de lange jongen.

'Ik ben Sebastiaan Klein,' zegt hij. 'Ik ben een vriend van Freek. Hij zal zo wel komen. Voor het zware werk heeft hij ons ingehuurd.' En terwijl hij naar me knipoogt en een blik van verstandhouding met me wisselt, voel ik hoe mijn hart sneller gaat kloppen en een verse blos zich aandient.

51

Beetje bij beetje wordt de ruimte waarin ik verblijf zichtbaar. Via het kleine vensterraam dat zich vlak onder het plafond van de kelderruimte bevindt, gloort het ochtendlicht. Ik moet in slaap zijn gesukkeld. Meteen nadat ik mijn ogen heb geopend merk ik dat mijn linkerbeen slaapt. Kennelijk heb ik te lang in één houding gezeten. Ik rek me uit, wrijf over mijn tintelende kuitspieren en als ik me vanuit mijn verkrampte houding omhoogdruk valt mijn oog op de trap. Hij is smal en redelijk steil, ik tel tien treden. Dan valt mijn oog op het luik. Zonder aarzelen spoed ik me naar boven. Uit alle macht druk ik tegen het luik, maar hoe ik ook pers of duw, er is geen enkele beweging in te krijgen. Het ding zit muurvast. Trillend zak ik in elkaar en staar naar de ruimte onder me, die klein en bedompt is. Langs de muren staan houten rekken. Ze reiken tot aan het plafond, ze doen me denken aan wijnrekken, maar nergens valt een fles te bespeuren. Wel staan er diverse stapels kisten. Maar als ik de trap afdaal en er een open, blijkt de inhoud uitsluitend uit stro te bestaan. De andere kisten zijn ook leeg. Nergens vind ik iets wat me kan helpen om het luik te forceren.

Ik moet aan Hans denken. Waarom heeft hij me hier opgesloten? Waarom heeft hij niet gezegd dat hij deze ruimte kende? Ik meen me te herinneren dat hij niet wist waar ik het over had toen ik hem erover vertelde. Of heb ik toen iets over het hoofd gezien? Werd ik zo in beslag genomen door mijn eigen enthousiasme om me hier te verbergen dat ik niet goed oplette? Geen moment heb ik me afgevraagd of hij misschien al op de hoogte was van deze plek. Was dat niet de reden van zijn bezoek vannacht? Ik gaf hem alleen geen kans me dat te vertellen. Maar waarom was hij dan zo nerveus?

Als ik terugdenk aan de onderneming hiernaartoe, verliep die nou niet bepaald in harmonie. Sterker nog, ik kreeg eerder de indruk dat ik een blok aan zijn been begon te worden. Dat hij misschien wel spijt had gekregen van onze amoureuze affaire en dat dit dé manier was om zich van mij te ontdoen. Te ontdoen.

Waarom krijgen die woorden hier opeens zo'n heel andere betekenis? Waarom klinken ze opeens veel minder onschuldig dan wanneer ze uitsluitend op een onenightstand zouden slaan? Nu iedereen in dit oord zit opgesloten, wordt het knap lastig om als kersverse minnaars elkaar te ontlopen. En wil je nog wel omgaan met iemand die zowel de moordenaar als het volgende slachtoffer kan zijn? Geen wonder dat hij zo bruut tegen me optrad, denk ik nu. Maar waarom gaat hij dan zo ver me hiernaartoe te helpen? Hoe wist hij van deze kelder? En hoe komt hij aan de sleutel van dat hangslot? Wil hij me echt beschermen tegen de moordenaar? Of speelt er iets anders mee? Hoe goed ken ik deze man eigenlijk?

Het is vreemd, maar hoe meer ik over hem nadenk, hoe benauwder ik het krijg.

Zonlicht valt door het raampje op de kisten. Als ik een blik door het raampje wil werpen, merk ik dat ik er net niet bij kan. Ik pak een kist en schuif hem onder het raam. Wanneer ik erop geklauterd ben, krijg ik direct zicht op een zandpad. Dit moet het pad zijn waar ik laatst over gewandeld heb. Toen ik deze schuur ontdekte. Niet bepaald een doorgangsroute. Als niemand weet dat ik hier zit, zal niemand mij hier ooit vinden. Naarmate de ernst van de situatie tot me begint door te dringen, voel ik dat mijn hart sneller gaat kloppen. Wat kan ik doen? De enige aan wie ik kan denken is José. Zij moet me helpen.

Ik stap van de kist en terwijl ik in mijn broekzak zoek naar mijn mobiel, voel ik iets wat lijkt op een stukje papier. Als ik het tevoorschijn haal, zie ik dat het een visitekaartje is. Het is het kaartje van Hans, dat ik daar gisteren inderhaast heb weggestopt. Ik draai het om en lees zijn naam: *Hans van Dam – Aannemer* staat erop. Ik staar naar de naam. Een schok gaat door me heen. De woorden beginnen te dansen voor mijn ogen. 'Van Dam?' roep ik uit. 'Van Dam?' Noemde Joke Stoep zich ook niet zo?

52

Mijn gevoel zegt dat er iets niet klopt. Ik heb geen idee wat, maar mijn ogen blijven rusten op de achternaam van Hans. *Van Dam.* Had hij zich met die naam aan mij voorgesteld? Ik kan het me niet herinneren. Het is een onschuldige naam. Honderden, zo niet duizenden Nederlanders dragen deze vertrouwd klinkende achternaam. Waarom boezemt hij mij dan zoveel angst in? Waarom beef ik alsof ik door de kou ben bevangen? En waarom schudt het kaartje zo in mijn trillende hand? Omdat Joke Stoep zich Van Dam noemde?

Dat moet toeval zijn. Hans heeft toevallig dezelfde achternaam als zij. Ik zou niet zo van slag geweest zijn als ik het eerder had geweten. Als Hans en ik de kans hadden gehad om elkaar beter te leren kennen. Als de week normaal was verlopen. Als Peter niet was komen opdagen en Joke niet was vermoord.

Is ze wel vermoord? schiet het plotseling door me heen. Het lijkt alsof mijn keel plotseling wordt dichtgesnoerd. Ik hap naar adem als nog meer spookgedachten mijn brein bestoken en me niet meer willen loslaten.

Alles wat ik weet over die nachtelijke heisa naast me, weet ik van Hans. Waarom heb ik niet op de politie gewacht? Waarom ging ik ervan uit dat wat Hans vertelde waar was? Waarom heb ik me zo snel laten inpakken door zijn verhaal? Nog steeds dezelfde Iris, denk ik, balend van mijn eigen naïviteit. Waarom heb ik me überhaupt zo snel door een man laten verleiden? Omdat ik er zo lang geen gehad had? Of omdat ik Joke tegen het lijf liep?

Ik weet niet of het aan de bedompte ruimte ligt, maar de penetrante, bijna verstikkende keldergeur neemt voor een seconde alle aandacht van mijn sores weg en zet me aan tot handelen. Ik moet hier zo snel mogelijk zien weg te komen. Hoe kan ik iemand bereiken? Ik was op zoek naar mijn mobieltje, toen ik dat kaartje vond. Als hij niet in mijn zak zit, waar heb ik hem dan gestopt?

Ik speur de ruimte af naar mijn weekendtas en vind hem ondersteboven naast de trap. De kleren die erin zaten zijn eruit gevallen. T-shirts, slipjes en sokken, ze liggen over de vloer verspreid. De cursusmap is uit elkaar gevlogen. Als Heuga-tapijttegels hebben de blaadjes papier zich in een ruitpatroon vastgekleefd aan de vloer. Ik pak mijn tas om te zien of de mobiel daarin zit. Nerveus graaien mijn vingers over de bodem. Hij is leeg. Ook in de zijvakken vind ik, buiten een pakje zakdoeken, een brillenkoker en een zakmes – had ik dat ook meegenomen? –, niets wat op een telefoontje lijkt.

'Het komt door de schemer hier,' stel ik mezelf gerust. 'Je moet gewoon beter kijken. Kalm blijven en verder zoeken,' zeg ik kordaat, alsof ik tegen een kind praat dat blijft zaniken omdat het zijn lievelingsspeeltje kwijt is.

Systematisch laat ik een voor een de kledingstukken door mijn vingers glijden. Ik schud ze grondig uit en moet tot mijn spijt constateren dat mijn mobiel er niet tussen zit. Hij moet ergens zijn gevallen. Dan herinner ik me dat ik vannacht iets op de vloer hoorde kletteren. Dat moet het geweest zijn. En terwijl ik mijn oog over de grond laat dwalen, zie ik een zaklamp en een fles met water liggen. Die moeten door Hans naar beneden zijn gegooid.

Het is gek, maar ondanks alle twijfels over hem, doet me dit juist weer goed. Waarom zou een man die niet te vertrouwen is een zaklamp en water achterlaten?

Het moet kloppen wat hij over Joke en de politie heeft verteld. En dat hij dezelfde achternaam als Joke Stoep heeft, berust op louter toeval. Ik moet me geen rare dingen in mijn hoofd halen. Ik moet kalm blijven, wat water drinken en met behulp van die zaklamp zal ik mijn mobiel vinden. Dan ga ik daarna meteen José bellen.

Ik klok een deel van het water naar binnen en net als ik de zaklamp oppak om de vloer af te zoeken, klinkt er een bekende ringtone. Ogenblikkelijk sta ik op scherp. Het geluid komt uit de buurt van de trap. Ik schiet ernaartoe. Maar nog voordat ik de trap bereikt heb, valt de lamp uit mijn vingers en zak ik van pure wanhoop in elkaar.

Ineens weet ik het weer en dringt het tot me door waar de mobiel moet zijn gevallen. Luid en duidelijk schalt de melodie door het plafond. Ik blik omhoog. Tranen branden achter mijn ogen. Daar achter dat potdichte luik probeert iemand mij te bereiken.

53

Onder een van de kastplanken vlak naast de trap heb ik de koelste plek kunnen vinden. Geen spatje zonlicht komt hier naar binnen. Want hoewel ik het niet in een kelder zou verwachten, loopt de temperatuur behoorlijk snel op. Slaperig leun ik in mijn hemdje tegen de weekendtas. Een geïmproviseerde slaapplaats van stro moet mijn lichaam beschermen tegen de hardheid van de stenen vloer. Ik schat dat het tegen het middaguur loopt, ook mijn horloge ben ik kwijt. In een verwoede poging het uurwerk te vinden, stootte ik tot tweemaal toe zo pijnlijk mijn hoofd dat ik het uiteindelijk opgaf. Wat maakt het uit of ik weet hoe laat het is? Ik kom hier toch niet weg.

Gekmakend lang bleef de telefoon overgaan. Keer op keer hield de beller het vol tot aan de voicemail. Als het daarna weer stil werd, voelde ik de aandrang om te gaan gillen. Ik deed het niet. De energie ontbreekt me. Niemand zal me horen.

Doodmoe staar ik naar het raampje, waar nauwelijks enige zuurstof doorheen komt. Een van de kisten heb ik zo geplaatst dat hij recht onder het raampje staat. Mocht er iemand langslopen, dan sta ik in twee stappen bij het raam. Maar in de uren dat ik hier nu zit is er niemand voorbijgekomen. Zou er sowieso iemand zijn die dit pad kiest voor een wandeling, vraag ik me af. Was ik hier zelf ook niet bij toeval terechtgekomen? En dan nog. Het raam valt nauwelijks op. Verankerd tussen twee roestige spijlen, gaat het voor het grootste deel schuil achter bloeiende bramenstruiken. Als Hans me niet van eten en drinken voorziet, zal de eerste persoon die me hier vindt hoogstwaarschijnlijk een bramenplukker zijn. Ik vrees dat we dan wel twee maanden verder zijn. Dan zal er nog weinig van me over zijn.

Mijn angst over het vooruitzicht om hier levend te zijn begraven, neemt hand over hand toe als ik nogmaals boven mijn hoofd de mobiel hoor overgaan. Wanneer zal de beller het opgeven? Hoewel ik tracht niet toe te geven aan mijn wanhoop, kan ik de opkomende tranenstroom niet tegenhouden. Snikkend geef ik me over aan het niet te stoppen paniekgevoel dat over me heen valt. Mijn hoofd gloeit, mijn lichaam schokt; ik lik het zoute traanvocht van mijn lippen. En hoe meer ik me realiseer hoe stom ik ben geweest, hoe heviger ik jank. Stom en argeloos was ik. Mijn eigen val heb ik opgezet. Vrijwillig ben ik erin gelopen. Ik was totaal verblind.

Even blind als ik vroeger was voor het eigenbelang van Peter en voor de oprechte liefde van Sebastiaan, zo blind ben ik geweest voor Hans. Wat hem drijft, is me volkomen duister. Maar iets aan hem is vreemd. Misschien zal ik het nooit weten.

Wat maakt het uit of ik het weet, niets helpt me hier nog uit. Uitgeput laat ik me achterovervallen. Het slaapgebrek wint het van de angst.

En zodra ik mijn dodelijk vermoeide hoofd op mijn weekendtas leg, hoor ik een zacht en aangenaam geritsel. Het voelt troostend. Als het knisperen van een haardvuurtje in een steenkoude winter doet het geluid me ontspannen. Nu komt het geritsel dichterbij. Ik tracht mijn ogen te openen, maar ben zo moe dat ik niet weet of ik slaap of waak. Vrijwel meteen daarop sta ik oog in oog met een muis. Hij heft zijn kleine, grijze lijfje. Twee vuurrode – of zijn ze zwart, dat onderscheid kan ik niet maken – kraalogen nemen me van top tot teen op. Hij lacht naar me, en als hij zijn kleine voorpootjes om zijn spitse snuitje slaat, knik ik beleefd terug. Pas op het moment dat hij nog dichterbij komt en zomaar opeens zijn staart om mijn nek slingert, word ik hem zat. 'Nee, niet doen,' kerm ik als hij mijn keel dichtknijpt. 'Nee, toe. Ga weg. Laat me met rust,' smeek ik naar adem happend. 'Je mag me niet laten stikken...'

1982

'Als je wilt, kun je bij ons een kamer krijgen,' zegt Marian. Ik staar naar de vaart waarmee ze haar tong over het lepeltje laat glijden, ze likt eraan alsof ze met een smeltende ijslolly in haar hand zit.

We zitten in de kantine van de faculteit en drinken koffie. Ik heb haar net verteld dat ik mijn kamer uit moet. De hospita bij wie ik een kamer huur, heeft vorige week besloten om voorlopig geen studenten meer in huis te nemen. Ze vindt dat ze te oud wordt voor al dat gedoe. Welk gedoe is me een raadsel. Een bravere student dan ik krijgt ze nooit meer. Volgens mij heeft het met haar zoon te maken. Een gladde zakenman in een driedelig pak die haar eenmaal per maand vanuit de grote stad een bezoekje brengt. Hoewel ik van hem griezel en niks met hem te maken wil hebben, heeft hij zijn oog op mij laten vallen. Tot twee keer toe bleef hij onverwacht slapen. Zogenaamd omdat hij de laatste trein gemist had. Midden in de nacht probeerde hij mijn kamer binnen te komen. Ik weet zeker dat zijn moeder hiervan weet, maar blijkbaar is ze niet in staat hem tot de orde te roepen. Dan moet ik maar wijken.

Het voorstel van Marian komt dus als geroepen. Ik weet nog dat ze me een maand geleden vertelde van het huis in de binnenstad. Het stond al een tijdje leeg. Er woonden krakers in en haar ouders konden het tegen een schappelijke prijs kopen. 'Je bent een geluksvogel,' zei ik toen tegen haar. Nu straal ik omdat ze mij in haar geluk laat delen. Ze vertelt wie ze nog meer op het oog heeft als medebewoners – mensen die ik niet ken – en dat we volgende week al kunnen beginnen met inrichten.

'Dat komt me goed uit,' zeg ik. 'Kan ik me daarna helemaal aan mijn keuzevak wijden.'

'O, ja? Wat ga je dan doen?' Nieuwsgierig kijkt ze me aan.

'Filosofie,' antwoord ik.

'Toe maar, nou, ik hou het voorlopig alleen bij Nederlands, hoor.' Ze lacht uitdagend. Weer likt ze aan haar lepeltje. 'Ik wil nog tijd overhouden voor de mannen,' knipoogt ze.

'Denk je dat er bij filosofie geen leuke mannen rondlopen?' vraag ik en ik trek verbaasd mijn wenkbrauwen op.

'Bij filosofie? Lopen daar niet allemaal coltruien, baarden en brillen rond? En roken die niet allemaal pijp?' vraagt ze en ze trekt daarbij zo'n smerig gezicht dat ik het uitproest.

'Vast!' hik ik. 'Dan word ik in ieder geval niet afgeleid door amoureuze toestanden. Ik wil later wel iets bereiken, hoor, en niet alleen maar moederen.'

'Zo. Had ik niet gedacht van jou, jij bent er dus zo eentje,' zegt ze, en haar blik wordt opeens afkeurend streng.

Niet-begrijpend kijk ik haar aan. Waar heeft ze het nu weer over?

'Zo'n paarsetuinbroektype,' zegt ze, als ik haar fronsend blijf aankijken. 'Lesbisch als het ze uitkomt.'

'God, nee, zeg. Waar zie je me voor aan?'

'Oké, gelukkig dan maar. Je had anders niet bij ons kunnen wonen, hoor.'

Als ik abrupt stop met lachen omdat ik schrik van haar woorden, legt ze haar hand op de mijne.

'Grapje!' roept ze. 'Je denkt toch niet dat ik tegen het feminisme ben?'

'Nou ja,' hakkel ik. 'Ik weet niet, zo goed ken ik je nog niet.'

'Lieve schat, die malle opgeschoren wijven, ze doen maar. Ik zorg gewoon dat ik braaf mijn studie afrond, en daarna? Geen idee. Ik wil een man, ik wil kindjes. Zal ik eens wat verklappen?' Ze buigt haar hoofd in mijn richting. Samenzweerderig kijkt ze me nu aan. 'Heb je dat stuk al gezien?' Ze wijst in de richting van de ingang.

Als ik mijn hoofd omdraai trekt ze aan mijn arm. 'Niet meteen kijken!' snauwt ze zenuwachtig. Als ik mag kijken op wie ze doelt, zie ik een rijzige jongen. Hij zit aan een tafeltje bij de ingang. Terwijl hij praat zwaait hij met zijn armen, het ziet er nogal gewichtig uit, alsof hij iets heel belangrijks te vertellen heeft. Zijn donkere krullen passen goed bij zijn flamboyante verschijning. Hij heeft iets van een Italiaan, maar het kan ook een Griek zijn. En als ik naar zijn kleren kijk, dan zijn die niet bepaald studentikoos. Integendeel. Op zijn kaki bandplooibroek draagt hij een overhemd dat de meeste jongens zich alleen tweedehands kunnen veroorloven. En dan zijn schoenen. Als mijn oog daarop valt, moet ik bijna lachen. Wie draagt er nou dergelijke peperdure schoenen? Belachelijk. Hij doet me denken aan die creep bij die hospita waaraan ik nu net ontsnapt ben.

Dan ineens richt zijn blik zich op mij. Een satanisch glimlachje speelt rond zijn mond. Het is raar, maar zijn priemende ogen bezorgen me kippenvel. Er gaat iets dreigends uit van die ogen, iets dierlijks en primitiefs, alsof hij me ieder moment in zijn klauwen kan verscheuren. Snel verwerp ik dat soort vreemde gedachten. Ik wend mijn blik af en focus me weer op mijn studiegenootje.

'Nee, heus, voorlopig voor mij geen mannen,' zeg ik tegen Marian als ze me vraagt of ik haar goedkeuring kan delen. Waar ik me wel op verheug, is een lang en gelukkig studentenleven.

54

Ik slaap, ik waak en als ik weer opnieuw door de slaap word overvallen, dan droom ik de meest verschrikkelijke dingen. Dan lig ik op een verlaten plek in een donker bos en voel ik gekriebel in mijn haar, langs mijn nek en tussen mijn tenen. En telkens als ik tijdens het waken stiekem tussen mijn wimpers door gluur, zie ik muizenstaarten zo groot als scheepskabels. Ze slingeren zich om mijn lichaam en vaster en vaster raak ik verwikkeld in hun greep. Ik schreeuw het uit van de pijn. En telkens als ik dreig te stikken, zie ik uit het donker Hans opdoemen.

'Help me,' stoot ik uit. Maar Hans doet niets. Het enige wat hij doet, is lachen. Heel hard lachen. Zo hard dat ik denk dat mijn trommelvliezen zullen knappen. En als ik dan mijn handen voor mijn oren wil slaan, kan ik ze opeens niet meer vinden omdat ze zijn afgeknaagd door de muizen. Badend in het zweet schrik ik dan wakker. En elke keer als ik wakker word, meen ik achter het raam iets te horen bewegen. Dan ren ik naar de kist en trek me op aan de spijlen. Maar als ik naar buiten tuur, blijkt het loos alarm. Dan zijn het de braamstruiken die langs het glas schuren. Dan is het een hond die in de verte blaft of dan zijn het vogels die tikkertje spelen tussen de struiken. Nog nooit klonk hun levendigheid me zo angstaanjagend scherp in de oren.

Iedere keer nadat ik me heb vergist, voel ik mijn lichaam vermoeider en trager worden. Dan sleep ik mezelf terug naar de plek bij de trap. Dan zak ik in elkaar tussen de muizenkeutels en het stro, en dan jank ik de tranen uit mijn kop.

De laatste keer dat ik zo op handen en voeten van het raam naar de trap terugkroop, heb ik mijn inspanningen beloond met het water dat nog restte in de fles. Die is nu leeg. Als Hans me niet snel van een nieuwe fles voorziet, zal het niet lang meer duren tot ik bezwijk. Ik bid en smeek naar boven dat het ophoudt, dat deze nachtmerrie niet waar kan zijn, en dat er straks iemand is die me hier weghaalt.

Als ik ga verliggen op de stenen vloer voel ik een pijnscheut door het litteken van mijn heup trekken. Het herinnert me aan de keer toen ik er ook zo slecht aan toe was. Het moment dat ik ontwaakte uit mijn coma.

Al die tijd na het ongeluk was er niets geweest. Een stille, kleine wereld waarin mijn geest lag verzonken, vredig en kalm. Omringd door verplegend personeel, mijn vriendinnen en mijn broer sliep ik daar als Sneeuwwitje mijn eeuwige slaap. Totdat het moment kwam waarop ik mijn ogen opende en iedereen verrast reageerde. Ik was gered. Terug in de wereld, terug onder de levenden. Was ik er toen maar in gebleven, denk ik nu bitter. Dat had me deze lijdensweg bespaard.

Weer raak ik de draad kwijt in de maalstroom van gedachten. Opnieuw zoekt mijn geest de slaap en wederom word ik gewekt door vreemde geluiden. Niet langer kan ik de moeite opbrengen naar de kist te kruipen en op het raampje te tikken. Iedere vezel in mijn lichaam lijkt gestopt met ademen. Ik ben moe. Dood- en doodmoe.

Misschien dat ik daarom het knarsen van de scharnieren niet kan plaatsen. Net zomin als ik het daaropvolgende geluid van voetstappen durf toe te laten. Pas op het moment dat ik opkijk en een schaduw meen te herkennen, weet ik dat ik in mijn onderbewustzijn hem heb horen binnenkomen.

Hij staat zwijgend voor me en kijkt strak op me neer. Ik wil overeind komen, maar mijn benen weigeren dienst. Ook mijn stem heeft het begeven, slechts een schorre grom ontsnapt uit mijn droge strot.

'Hier, drink wat,' zegt hij.

Als ik niet reageer, zakt hij naast me op zijn hurken. Ik voel hoe hij mijn hoofd optilt en een fles water aan mijn lippen zet. Aanvankelijk loopt het water langs mijn kin en hals en geeft het mijn opgewarmde lichaam koelte. Heel langzaam kom ik weer bij mijn positieven en als een dorstige baby aan de moederborst omsluiten mijn lippen de hals van de fles. Gulzig zuig ik het water naar binnen. Net zo lang totdat hij leeg is.

En al die tijd zit Hans in zijn gehurkte houding naast me. In zijn ogen zie ik een bezorgde blik. Ik vraag me af of die blik voor mij geldt of hemzelf aangaat. Het liefst zou ik willen vragen wat er aan de hand is. Waarom hij me hier heeft opgesloten. Waarom hij me niet eerder over deze plek heeft verteld en waarom hij me zo lang heeft laten wachten. Met deze temperaturen. Zonder drinken. Ik zou van hem willen weten wat hij met me van plan is. Maar het allerbelangrijkste wat door mijn hoofd hamert is dat ik wil weten wie hij is.

Er komt geen enkele vraag. Alleen mijn adem is nog hoorbaar. Zacht en regelmatig klinken mijn zuchten. Hoewel ik worstel om niet toe te geven aan de zwaarte op mijn oogleden, sluit ik toch mijn ogen. Ik ken dit gevoel. Ik ken het door en door. Het is dezelfde verlammende druk die me doorgaans doet ontspannen als ik een van mijn pillen heb ingenomen. Ik moet gedrogeerd zijn, denk ik vlak voordat ik in het grote niets verdwijn.

55

Het is donker. Zo donker dat ik geen hand voor ogen kan zien. Als ik overeind kom omdat ik moet plassen stoot ik voor de derde maal mijn hoofd tegen een van de balken die de trap ondersteunen. Vloekend grijp ik naar mijn hoofd en op de tast schuifel ik naar de plek waar ik tot nog toe mijn behoefte heb gedaan. Zodra ik mijn slipje laat zakken, voel ik hoe het warme vocht mijn lichaam verlaat. De geur van urine vermengt zich met de rottende bodemgeur van de kelder. Vervolgens kruip ik weer terug naar mijn bed van stro. Dan stuit mijn hand op iets zachts. Het is een voorwerp dat ik nog niet ken. Vanaf dat ik hier nu zit heb ik iedere centimeter van de kleine ruimte in me opgenomen. Ik weet waar de trap begint. Ik weet hoeveel stellingkasten er staan en hoeveel planken erop liggen. Ook het aantal kisten met stro is me bekend. Ik ken de exacte afstand vanaf de vloer tot het raampje, ik weet hoe dik het glas is en bovenal hoe stevig het verankerd zit tussen die roestige spijlen. Ik ken alles. Maar wat ik hier voel, kan ik niet thuisbrengen, dit is nieuw. Wat is het?

Als een blinde betast ik de gladde oppervlakte van het object. Het veert mee alsof er lucht in zit. De omvang doet me denken aan een luchtbed. En als mijn vingers iets omsluiten wat lijkt op een ventiel, weet ik het zeker. Hier ligt een opblaasmatrasje.

Dus toch, schiet het door me heen, ik heb het niet gedroomd. Hans was hier. Ik heb hem echt gezien. Hij gaf me water, hij keek bezorgd. We hebben geen woord gewisseld, terwijl ik hem zoveel wilde vragen.

Als hij dit luchtbed voor me heeft neergelegd, zou hij dan ook iets te eten hebben gebracht? Waarom ben ik vanochtend zo dom geweest om die zaklamp niet bij me te houden? Ik moet hem zien te vinden. Weer speur ik de vloer af. Mijn handen gloeien van het vuil als ik de vloer millimeter voor millimeter aftast. Tot bloedens toe schuren mijn knieën over de keiharde keldervloer. Ik vind niets. Toch dwing ik mezelf om door te zoeken. Minutenlang, de wanhoop nabij, zit ik happend naar adem op de plek waar ik ben aanbeland. Van daaruit staren mijn ogen in het uitzichtloze niets.

Probeer niet op te geven, zeg ik keer op keer tegen mezelf. Hij heeft je van een luchtbedje voorzien, dan zal er ook eten zijn. Eerst moet je die lamp zien te vinden. Waar heb je die voor het laatst gebruikt?

Tijdens mijn gepeins flitst opeens het moment voorbij waarop ik de zaklamp liet vallen. Mijn mobiel ging, ik schrok, en tegelijkertijd liet ik de zaklamp los. Het was onder aan de trap. Vlak onder het luik. Daar moet hij liggen.

In twee stappen sta ik bij de plek onder aan de trap. Als ik op de tast mijn vingers tussen de vloer en de planken steek, voel ik het metaal van de lamp. Ik gil het uit van blijdschap. Voorzichtig trek ik de lamp naar me toe. Mijn handen beven als ik op het knopje druk en het volgende moment mijn omgeving wordt verlicht.

Als een dief in de nacht zoek ik snel de ruimte af naar iets wat op eten en drinken lijkt. Ik vind twee flessen water en een tasje met voedsel. Ook staat er een wc-rol. Weer kan ik mijn geluk niet op.

Ik eet bijna alles wat er in het tasje zit in één keer op. Drie boterhammen met kaas, een gevulde koek en een appel gaan naar binnen. Alleen de sinaasappel en de banaan laat ik liggen voor later. Wel drink ik de helft van een van de flessen water op. Bij mijn laatste slok slaat de schrik me ineens om het hart. Dat water. Zat daar de vorige keer niet iets doorheen? Hij wil me toch niet vergiftigen?

56

'Iris?'

Ik herken de stem.

'Hans?'

'Ja, ik ben het.'

Met een ruk schiet ik overeind. Mijn hoofd tolt. Ik staar in het donker. Mijn oren zijn gespitst. Hoor ik hem lopen? Nee, er is niets. Een stilte volgt. Heb ik gedroomd? Ik zwaai om me heen. Mijn handen grissen in het luchtledige.

'Rustig,' hoor ik hem vlak naast me zeggen.

Hij is er echt. Ik ben niet gek. Een golf van blijdschap stroomt door me heen.

'Ik heb de zaklamp,' zeg ik terwijl mijn handen gehaast op zoek gaan naar het metalen voorwerp dat ik naast mijn matrasje heb gelegd.

'Niet doen,' snauwt hij kort.

'Maar...'

'Geen licht. Je kunt niet weten, iemand kan me gevolgd zijn.'

'Gevolgd?'

'Ja. Politie.'

'O, maar...'

Ik wil hem van alles vragen. Al die vragen die ik mezelf vanaf mijn komst hier in die kelder heb gesteld zou ik het liefst meteen op hem willen afvuren. Ik zoek naar een beeld bij de donkere gestalte naast me. Ik vind geen enkele gezichtsuitdrukking. Integendeel, als bij een doodshoofd zie ik op de plek van zijn ogen twee zwarte gaten oplichten. Ik ken de ogen die daarachter liggen. Het maakt niet uit dat ik ze niet kan zien. Ik weet hoe lief en belangstellend ze kunnen kijken.

Nog geen week ken ik de vorm van zijn lippen, kin, borstkas, heupen en benen, en toch kan ik me hier in het duister van de nacht ieder detail voor de geest halen. Iedere aanraking van dat verrukkelijke lijf ligt in mijn herinnering besloten. En nu ik ook die bekende geur weer van hem opsnuif, heb ik mijn ogen niet nodig om te weten wat voor speciaals daarbij hoort.

O, god, wat zou ik hem graag omhelzen. Wat zou ik graag zijn ruwe handen op mijn huid voelen. Ik zou hem geen enkele vraag hoeven stellen als hij maar zei dat het voorbij was. Dat hij hier is om me op te halen. Ik zoek naar de juiste woorden.

Hij is me voor.

'Ik weet het,' zegt hij. 'Ik moet je een hoop uitleggen. Maar ik weet niet of dit het juiste moment is.'

Niet het juiste moment, raast het door me heen. Wanneer zou het dan wel schikken? Weet hij wel hoe ik hier de dag ben doorgekomen? Hoe angstig ik ben geweest omdat ik geen idee had of hij wel of niet terug zou komen? Hoe dorstig en hongerig ik was, hoe beroerd ik eraan toe was? Zo erg dat ik dacht dat ik zou sterven?

'Sst, spaar je krachten,' fluistert hij als ik hem probeer vast te pakken. 'Ik heb tijd nodig om na te denken. Voorlopig zit je hier goed. Niemand vermoedt iets. Hier, drink wat.'

Hij duwt een fles met water tegen mijn mond. Ik sla de fles van me af. Het ding suist door de lucht en smakt tegen de grond. Water spat in het rond.

'Hé, ben je gek geworden?!'

Zijn toon wordt sarcastisch. 'Dom wicht! Wil je hier van de dorst omkomen?'

'Ik drink jouw water niet meer,' schreeuw ik. 'Waren het mijn eigen pillen of was het iets anders? Ik wil niet dood, ik wil hier weg!'

Ik krijs zo hard ik kan, bezeten haast. Hans drukt zijn hand op mijn mond. Hij gromt dat ik me gedeisd moet houden en dat hij me inderdaad een pilletje had gegeven. Maar dat was goed bedoeld. Hij was bang dat ik me niet rustig zou houden. Hij begrijpt ook wel dat het geen pretje voor me is om hier te verblijven.

'Kom, en werk een beetje mee,' sust hij. 'Het is voor je eigen bestwil.'

Hoezo, voor mijn eigen bestwil? Waar heeft hij het over? Als ik me niet zo door hem had laten opjutten, was ik nooit op het onzalige idee gekomen me hier te verbergen. Als ik begin te huilen, hoor ik hem kuchen.

'Heus, vertrouw me. Dit water is goed,' zegt hij. 'En echt, het gaat allemaal goed komen. Althans, voor jou dan,' voegt hij er mysterieus aan toe.

Ik hoor hem in zijn zak rommelen. Sleutels rinkelen. Dan flitst er een lichtbundel van een zaklamp langs me heen. Meteen gaat hij weer uit.

Ik zie hoe Hans in de richting van de trap loopt. Ik volg zijn schaduw. Als ik de onderste tree van de trap hoor kraken, veer ik op. Dit kan niet, echt niet: ik moet mee. Wat we ook hebben afgesproken en hoeveel politiemensen me daarboven ook zullen opwachten, hij moet me meenemen uit deze vreselijke kelder. Anders word ik gek, stapelgek.

Ik schiet achter hem aan. Mijn handen graaien naar zijn benen. Ik voel de zoom van zijn broek en trek er uit alle macht aan. Hij wankelt. In paniek grijp ik me eraan vast en omklem zijn been. Hij brult dat ik hem moet loslaten. Dat doet mijn greep alleen maar versterken. Ik sjor en trek, in de hoop dat ik me zo kan laten meeslepen naar boven.

Woest rukt Hans aan zijn been en trapt me van zich af. Zijn schoenzool raakt me vol in mijn gezicht. Ik verlies mijn evenwicht. Recht achterover sla ik tegen de harde vloer. Mijn hoofd raakt een kist. Een stemloze schreeuw ontsnapt uit mijn mond.

Dan wordt het stil. Het enige geluid dat ik nog kan waarnemen is het kraken van de houten trap onder zijn voeten.

'Gaat het?' hoor ik hem vragen.

Weer hoor ik een niet te plaatsen bezorgdheid doorklinken. Is dat de stem van dezelfde man die me zojuist tegen de grond heeft getrapt? Ik snik dat het niet meer gaat, dat ik hier weg wil. Ik smeek hem me hier niet achter te laten. Dat ik alles voor hem zal doen, als hij me maar niet opnieuw opsluit.

Ik hoor hem zuchten. Zijn commentaar is onvermurwbaar. 'Nog niet,' zegt hij bars.

En opnieuw kraken de traptreden. Dan knerpen de scharnieren van het luik en vlak voordat ik het met een doffe plof hoor dichtvallen roept dezelfde stem: 'Sorry, Iris, ik vond je echt leuk.'

57

De bult op mijn achterhoofd heeft de grootte van een duivenei en als ik over mijn bovenlip lik, proef ik bloed. Verdwaasd kruip ik naar mijn onderkomen naast de trap.

Het zwart van de nacht maakt plaats voor een roze ochtendgloed die door het vensterglas naar binnen glijdt. Een merel begint aan zijn dag en niet veel later koeren de houtduiven hun monotone deuntjes mee.

Uitgeput luister ik naar de woorden van Hans die zich aan één stuk door in mijn hoofd herhalen. 'Het is voor je eigen bestwil en alles gaat goed komen, althans, voor jou dan.'

Waar doelde hij in godsnaam op met dat achterlijke gebazel? En wat te denken van die allerlaatste woorden? 'Ik vond je echt leuk.'

Hoezo, écht leuk? Twijfelde hij over onze vrijpartijen? Was de intentie waarmee hij me zijn liefde verklaarde niet oprecht? Was alles één grote farce? Kon hij zo goed liegen dat ik daar met open ogen instonk? Maar waarom dan? Wat zit hier toch achter?

Ik voel hoe mijn linkerooglid begint op te zwellen. En net boven mijn neus, ter hoogte van mijn wenkbrauw, klopt er onophoudelijk een zenuw die door de schoen is geraakt. Mijn armen en benen voelen beurs omdat ik daarmee mijn val trachtte te breken. Maar hoe pijnlijk mijn ledematen ook zijn, ik wil niet opgeven. Sterker nog, juist die luttele, zogenaamd nietszeggende woorden van Hans zetten me aan tot verzet.

Terwijl zijn woorden doormalen in mijn hoofd en ik hier op mijn matrasje de nieuwe dag afwacht, krijg ik meer en meer zicht op mijn omgeving. Ik zie hoeveel eten en drinken er nog rest. Ik bereken hoeveel ik daarvan nodig heb om de dag mee door te komen. Dat houvast heb ik nodig, want ik zal moeten overgaan tot het uitdenken van een plan. Een aanvalsplan. Zonder goed plan kom ik hier niet uit. Ik kan niet blijven wachten totdat Hans het tijd vindt om mij te bevrijden. Wie weet komt die tijd wel nooit, ziet hij er plotseling van af, of heeft de politie hem opgepakt. Was hij daar niet voor op de vlucht?

Hoe meer ik over zijn woorden nadenk, hoe sterker ik het vermoeden krijg dat zijn angst voor de politie misschien wel helemaal niets met mij te maken heeft, maar met hemzelf. Systematisch zet ik de dingen op een rijtje.

Hij komt alleen in het donker. Gisteren was het al schemerig. Hij moet hier toen aan het eind van de avond geweest zijn. Vannacht kwam hij ook vlak voor het ochtendgloren. Wat er ook met hem aan de hand is, en of hij iets met de moorden te maken heeft, ik kan het allemaal niet verklaren, maar dat hij zich voor mij verantwoordelijk voelt staat vast.

Desondanks ben ik mijn vertrouwen in hem kwijt. In zijn drift en paniek heeft hij bewezen dat hij me ook ieder moment kan aanvallen, opsluiten en achterlaten. Daarom zal ik iets moeten ondernemen. Ik moet hem stoppen. Desnoods met geweld. Mijn leven is me te lief. Op het moment dat de zon volop op het raampje staat en het grootste deel van de kelder zichtbaar wordt, ga ik direct over tot actie. Ik inventariseer de attributen die me moeten helpen om hier weg te komen. Ik heb mijn zakmes, er staan kisten, ik heb een lamp, mijn kleren, een weekendtas, een matrasje... Hoe ga ik het aanpakken?

Nerveus laat ik mijn blik via de wandrekken en de trap naar mijn slaapplaats en het raampje met de kist glijden. Ik pieker me suf. Er kan maar één ding werken. Bovendien moet het snel gaan; als het mislukt of als hij onraad ruikt, zal hij zich meteen omdraaien en vertrekken. Wie weet kom ik hier dan echt nooit meer weg.

Mijn idee zet zich vast in mijn hoofd. Bij binnenkomst moet hij ergens over struikelen of uitglijden, zodat hij zijn evenwicht verliest en van de trap valt. Het luistert nauw om hem dan op te wachten en meteen te overmeesteren.

Hij is sterk. Veel sterker dan ik. Hij zal verzet bieden, ook daar moet ik meteen korte metten mee maken. Ik heb mijn zakmes. En ook al is het iets wat ik nooit, maar dan ook nooit van mezelf verwacht had, het moet. Ik zal hem moeten verwonden. Dan pas heb ik de tijd om te ontsnappen.

Het donker mag geen probleem vormen. Mijn ogen zijn inmiddels zo goed aan de duisternis gewend – beter dan de zijne – dat me dat een voorsprong geeft. Daarbij ken ik de kleine ruimte door en door. Zelfs al zou ik mijn plan op de tast moeten uitvoeren, dan nog zou het kans van slagen hebben.

Het idee is ronduit smerig. Toch is het de enige uitweg die ik onder deze omstandigheden kan bedenken. Daarom zet ik al mijn vrouwelijke schroom overboord en schuifel ik naar de hoek die dienstdoet als toilet.

Keurig afgedekt met wc-papier liggen daar mijn uitwerpselen van de afgelopen dag en nacht. En als mijn zenuwen me niet zoveel parten hadden gespeeld, dan was de hoeveelheid zeker niet van deze omvang geweest. Nu kan ik alleen maar blij zijn dat mijn darmen van streek zijn.

Zo snel mogelijk schuif ik de stinkende boel in de plastic zak waar mijn eten in zat. Vlug bind ik hem dicht en leg hem bij de trap. Stap één is gezet. Vlak voor de duisternis invalt zal ik overgaan tot stap twee en de smurrie op de treden uitsmeren.

Gelaten trek ik me terug op mijn matrasje. Voordat de verstikkende warmte van de dag zal toeslaan neem ik nog een paar slokken water om mijn ergste dorst te lessen. Ik heb de tijd. Het is beter om niet onnodig energie te verspillen, ook niet aan piekeren. De laatste stap komt pas aan het eind van de dag. Tot die tijd moet ik rusten en mijn andere voorbereidingen treffen. Ik strek mijn warme lichaam uit, leg mijn hoofd op mijn weekendtas en net als ik mijn ogen wil sluiten, meen ik buiten stemmen te horen.

58

Het is me eerder overkomen. Vorige keren berustte het ook telkens op verbeelding. Ik wil me niet gek laten maken. Daarvoor ontbreekt me de energie. Daar is mijn plan om uit te breken te belangrijk voor. Toch spits ik mijn oren.

Ik hoor iemand kuchen. Ik schiet rechtovereind. En net zoals de andere keren ben ik meteen bij het raampje, ik stap op de kist en trek me omhoog aan de spijlen. Tussen de braamtakken door kan ik nog net een paar ouderwetse herenschoenen over het bospad zien naderen. Ik kan niet zien wie daarbij hoort, maar het kuchje herken ik uit duizenden. Het moet dat politiemannetje zijn. Samen met nog iemand loopt hij daar. Alles in mij juicht van vreugde.

In één beweging stap ik van de kist, grijp naar mijn zaklamp en hijs me zo snel mogelijk weer omhoog aan de spijlen. En terwijl mijn ogen zich focussen op het stoffige schoeisel in het zand, sla ik uit alle macht met het metalen voorwerp tegen het verweerde glas.

Niemand hoort me. Nog harder sla ik tegen het achterlijk dikke glas en ik mep op het ijzer van de sponningen. Roest spat in mijn gezicht, maar in de figuren op het pad zit geen enkele beweging. Ze staan daar maar. Doodstil, alsof ze op iemand wachten. Dan, als mijn handen rood zijn van het slaan en krabben, draait het ene paar schoenen zich om en loopt in mijn richting. Heb ik dan eindelijk hun aandacht? Gespannen tuur ik door het stukje glas dat me uitzicht biedt op het bospad. Ik zie hoe iemand zich bukt. Ik zie een hand naar de bramenstruiken reiken.

'O, ja, toe dan. Kom dichterbij!' roep ik zo hard ik kan. 'Hier! Hier!' Ik zwaai met mijn lamp. Ze moeten me zien, ze moeten. 'Kijk dan hier, hier!'

Weer zie ik een nieuwe, aarzelende stap in de richting van de struiken gaan. Maar de begroeiing is hier zo dicht dat je niet zomaar zonder reden tussen die struiken gaat rommelen.

Ik zie bijen druk bezig boven de bloesem, ik zie hoe een vlinder wegfladdert en ik hoor opnieuw iemand hoesten. Dan is er een stem die iets roept vanaf het bospad tegen degene die gebukt voor de struiken staat. De hand trekt zich terug. Werpt een sigarettenpeuk op de grond en trapt hem weg in het zand.

De voeten draaien om, wenden zich van me af en vervolgen hun weg over het pad.

Ik zak in elkaar. Uitgeteld sla ik mijn handen voor mijn ogen. Dit keer komen er geen tranen. Wel is er een ongekend groot verdriet dat door mijn lichaam stroomt. Pijn heb ik. Overal voel ik pijn. In mijn knieën, mijn schouders, mijn hoofd en mijn buik. Maar wat het meest zeer doet is de schrijnende pijn die door mijn lijf trekt en niets te maken heeft met een fysieke kwetsuur. Het is een gevoel van verlatenheid en eenzaamheid. Het gevoel te bestaan en er niet toe te doen.

59

Traag verstrijken de uren. Ik schat dat het zo tegen het eind van de avond moet lopen als ik door het raampje twee vleermuizen voorbij zie scheren. Als twee supersnel wendbare gevechtsvliegtuigen nemen ze een voor een een duikvlucht langs het zanderige bospad. Stijgen op en dalen. Stijgen opnieuw en knallen ogenschijnlijk hard tegen elkaar. Hun spel gaat net zo lang door totdat de duisternis ze als een bezorgde vader binnenroept en ze doet verdwijnen in hun holen.

Alles is klaar voor als Hans komt. Mijn plan is zo goed uitgedacht dat ik ieder detail tot in de finesses heb doorgenomen en herhaald. Ieder spoortje onzekerheid dat kan leiden tot een foute inschatting is uitgeschakeld. Ik mag niet falen. Ik moet op het juiste moment handelen.

Eerst heb ik al mijn kledingstukken met de uiterste precisie aan elkaar geknoopt. Hiermee zal ik Hans kunnen vastbinden. Daarna moest een van de deksels van de kisten eraan geloven. Als een beeldhouwer heb ik een stuk hout net zo lang langs de muur gebutst en geschaafd totdat ik er uiteindelijk een prachtig slaghout aan overhield. Een cricketbat is er niets bij. Vervolgens wist ik na veel gepriegel het elastiek uit mijn beha te verwijderen. Dat zit nu strak om mijn onderbeen geklemd. Hierin hangt mijn zakmes. Net iets onder mijn kuit, maar wel hoog genoeg om het in één beweging te kunnen pakken als ik Hans overmeester. Telkens dwing ik mezelf het mes vooroverhangend vanuit een vechthouding te grijpen. Ik oefen net zo lang totdat ik op de centimeter nauwkeurig het wapen in één keer tegen zijn keel kan drukken.

Zo handel ik alles rondom mijn overlevingsplan af. En mits de warmte dat toelaat, maak ik zo vaak mogelijk die ene belangrijke sprong naar de trap. De sprong naar de plek waar Hans – als mijn inschatting klopt – zal terechtkomen. Die sprong wordt straks cruciaal. Daarom mag er niets, maar dan ook niets misgaan. De uitwerpselen bewaar ik voor het laatst.

Hij is laat. Later dan de vorige keren. Voor mijn gevoel zit ik al uren als een kat op haar prooi te wachten. Soms, als ik even ga verzitten, ben ik bang dat hij niet komt, dat alles voor niets is geweest en ik hier alsnog zal creperen.

De stank van uitwerpselen beneemt me haast de adem. Tree voor tree heb ik de ontlasting uitgesmeerd over de trap. En ik bid dat Hans bij binnenkomst geen argwaan krijgt zodra de strontlucht hem zal bereiken.

Als ik eindelijk het slot aan de buitendeur hoor rammelen, is iedere spier in mijn lichaam alert. Ik houd mijn adem in als ik zijn bekende voetengestamp boven mijn hoofd hoor dreunen. Ogenschijnlijk hard – harder dan ik me kan herinneren, maar dat kan ook aan mijn zenuwen liggen – klinkt het piepen van de scharnieren als het luik wordt geopend. Dan hoor ik zijn stem.

'Iris?'

Mijn hart klopt in mijn keel. Doodstil wacht ik af. Wat doet hij nu? Gaat hij weer weg? Ik hoor hem heen en weer lopen. Opnieuw bid ik dat hij ook ditmaal geen zaklamp zal gebruiken. Dat hij niet over de trap schijnt, en bovenal dat hij precies doet wat ik verwacht dat hij zal doen. Ik bijt op mijn lip als ik even niets meer hoor. Gelukkig duurt het niet lang voordat ik hem hoor teruglopen en op de trap hoor stappen.

Nu komt het erop aan. Bevend neem ik mijn positie in. Ik spits mijn oren. Dit heb ik vandaag talloze keren geoefend; concentratie, daar gaat het nu om. Niet aarzelen, zeg ik in mezelf als ik het slaghout voel trillen tussen mijn klamme vingers.

Even kraken de treden. Dan snijdt een helse vloek door de doodse stilte: 'Jezus, wat...?!'

In de volgende seconde hoor ik een bons op een van de treden, gevolgd door het onmiskenbare geluid van een vallende waterfles. Ik hoor een plank losschieten uit een wandrek naast de trap. Het ding klettert met een klap tegen de grond. Kennelijk grijpt mijn verraste bezoeker zich vast aan de kast. De geluiden brengen me even uit mijn concentratie. Nog harder doe ik mijn best me niet te laten afleiden.

Uiteindelijk volgt die ene klap waar ik zo naar heb uitgezien. De laatste twee treden, die het meest kraken, komen niet eens meer in aanraking met zijn lichaam. Ik hoor hoe hij neerkomt, ik hoor hem zuchten onder zijn val. Zijn gekerm komt precies daar vandaan waar ik het verwacht had.

Dit is het moment. Als bij het startsein voor een hordeloop tel ik de seconden: 21, 22, 23... Blindelings ken ik mijn weg naar de plek waar ik moet toeslaan.

Ik hef mijn slaghout en laat het neerkomen op de kreunende gestalte onder me. Het blijkt een voltreffer. De verwensingen die volgen moedigen me aan om door te gaan. Harder en harder haal ik uit, woest en ongecontroleerd sla ik nu in de richting waar de kreten vandaan komen. Ik voel een hand naar me grijpen. Ik weet hem nog net te ontwijken. En in de volgende beweging heb ik mijn zakmes te pakken. Zonder na te denken steek ik het wapen in de spartelende figuur onder me. Een diep en gorgelend geluid bereikt mijn oren. Dan is er niets meer. Geen beweging en geen geluid. Bevend luister ik naar mijn eigen ademhaling.

60

De seconden lijken wel uren als ik doodsbang voor me uit staar in het donker. 'Doorgaan,' zeg ik tegen mezelf als ik rillend van angst mijn zaklamp aandoe.

Bij iedere centimeter die de lichtbundel hoger over het levenloze lichaam trekt, wordt het akelige gevoel dat ik iets verschrikkelijks heb gedaan sterker. En als de lamp op een grote rode bloedvlek vlak naast de keel van Hans schijnt, laat ik hem bijna van schrik vallen.

Ik schud mijn hoofd. Als verlamd staar ik naar de vuurrode plek in het witte T-shirt. Heb ik hem gedood? Heb ik hem met deze ene steek al voorgoed uitgeschakeld? Ik kan het bijna niet geloven. Mijn twijfel duurt niet lang. Een zucht ontsnapt uit het lichaam onder me. Meteen ga ik over tot de volgende stap.

Als een voorgeprogrammeerde robot pak ik de streng van kleren en bind die om de benen van Hans. Zodra ik de laatste knoop om zijn enkels heb gelegd, voel ik hoe zijn lichaam in verzet komt. Dat ontneemt me de kans om zijn armen vast te binden. En wanneer ik in blinde paniek in zijn zak op zoek ga naar de sleutel van het hangslot, weet ik nog net op tijd zijn hand te ontwijken.

'Waar ben je mee bezig?' murmelt hij. 'Je komt hier toch niet weg.'

Zonder sleutel kom ik hier inderdaad niet vandaan. Er zit maar één ding op: ik zal hem opnieuw buiten westen moeten slaan. Even twijfel ik, maar de drang om weg te komen is groter dan mijn medelijden. Bovendien is het donker. De uitdrukking op zijn gezicht hoef ik niet te zien, dat maakt het een stuk gemakkelijker. Opnieuw grijp ik mijn slaghout. En terwijl ik het hef om toe te slaan, gilt Hans: 'Stop!'

Zijn stem klinkt smekend en brengt me uit balans. Ik houd mijn adem in. Wat wil hij?

'Geef me een kans,' murmelt hij. 'Ik zal je uitleggen wat er aan de hand is. Oké?'

Hij klinkt alsof zijn tong gezwollen is. Hij kreunt zachtjes alsof hij vreselijke pijn lijdt. Weer word ik heen en weer geslingerd tussen medelijden en woede.

'Wat valt er uit te leggen? Ik ben niet langer geïnteresseerd in jouw uitleg,' roep ik trillend van de zenuwen. 'Wat heb ik daaraan? Ik wil hier weg.'

Als ik met mijn zaklamp op zijn gezicht schijn, zie ik dat hij zijn ogen sluit. Een straaltje bloed loopt langs zijn slaap. Weer schrik ik, ik aarzel en maan mezelf om vol te houden. Die sleutel, je moet die sleutel hebben, gaat het door me heen.

'Ik ontloop mijn straf niet,' murmelt hij verder. 'Ik wil je graag vertellen wat er is gebeurd. Ik mag je, heus. Het was niet mijn bedoeling om je zo te kwetsen. Trouwens, zonder die sleutel kom je nergens. Wil je niet weten waar ik hem heb verstopt?'

Verstopt? Dus dat was het. Daarom liep hij daarboven te dralen. Hij heeft die sleutel verstopt. Ik vloek in mezelf. Hij moet argwaan hebben gekregen. Hij heeft me in zijn macht.

Ik zal moeten luisteren naar zijn verhaal. Kan ik dat nog aan? Moet ik hem niet alsnog buiten westen slaan en zelf op zoek gaan naar die sleutel? Zo moeilijk zal dat niet worden. Zo groot is die schuur niet. Gek word ik van mijn besluiteloosheid.

Nog even en het wordt licht. Moet ik tot dan wachten?

'Goed dan,' hoor ik mezelf zeggen, en langzaam laat ik de greep op het slaghout vieren.

'Bedankt,' verzucht hij.

Ik hoor zijn ademhaling. Als ik mijn zaklamp opnieuw op zijn gezicht richt, zie ik hem langs zijn mondhoeken likken.

'Het was Jokes idee,' begint hij. 'Zij wilde je straffen.'

61

Het gemurmel van Hans wordt zo nu en dan onderbroken door een smekend verzoek om water. Toch laat ik hem daarvan verstoken. Simpelweg omdat ik het te riskant vind. Want wat zal hij doen? Grijpt hij me vast en worden de rollen dan omgedraaid? Ik ben veel te veel verzwakt om een gevecht met hem aan te kunnen.

Moeizaam braakt hij zijn zinnen uit. Hij vertelt dat Joke Stoep zijn vrouw was. En dat alles vanaf het allereerste begin door haar in scène was gezet.

'Toen jij je opgaf voor deze zomercursus scheen zij al op de hoogte te zijn van jouw komst,' zegt hij.

'Hoe dan?' vraag ik verbaasd. 'We hadden elkaar in geen dertig jaar gezien of gesproken.'

'Dat weet ik niet, maar er was veel meer waar ik de laatste jaren niet van op de hoogte was,' vervolgt hij bitter. 'We leefden nogal langs elkaar heen.'

Ik luister naar zijn onregelmatige ademhaling. Ik hoor hoe hij slikt. Een luide hoest wordt gevolgd door een plotselinge stilte. Als ik vraag of hij wil doorgaan pakt hij zuchtend de draad van zijn relaas weer op.

'Sinds het begin van de crisis bleef er weinig van onze relatie over. Achteraf gezien draaide alles om geld.'

Weer wacht hij. Hij schraapt zijn keel. Ik twijfel of ik hem toch niet wat water zal geven, maar vraag me tegelijkertijd af welk water. De fles die hij bij zich had, ligt ergens kapot op de vloer. De flessen die ik had, zijn leeg.

'Wat was haar drijfveer om mij te... hoe noemde je dat... te straffen?' vraag ik.

'Begrijp je dat niet? Blijkbaar ben je echt onnozel, ze had me al gewaarschuwd.'

'Onnozel?' roep ik pissig als ik hoor hoe hij begint te grinniken.

'Ja, natuurlijk, dombootje, jij had haar grote liefde afgepakt!'

'Grote liefde?'

Hij gorgelt even, slaakt wederom een kreet van pijn en noemt de naam van Peter Schaap.

'Maar dat is belachelijk!' roep ik fel. En alle woede uit mijn studententijd ligt weer zo vers in mijn geheugen dat ik mijn verontwaardiging over deze onzin niet kan binnenhouden.

'In de eerste plaats heb ik hem nooit van haar afgepakt. Want hoe heb ik hem van haar kunnen afpakken als hij nooit iets met haar heeft gehad? En in de tweede plaats: Peter en ik hebben elkaar na mijn ongeluk en zijn celstraf nooit meer gezien.'

'Tja, Joke beweerde anders.'

'Maar Joke was een notoire leugenaar!' gil ik.

'Ik weet het. Ik ben met haar getrouwd geweest. Maar ik vergaf haar. Keer op keer zag ik alles door de vingers. Wat ze me ook op de mouw speldde, ik vergaf haar.'

Hij wacht even. Zijn stem wordt zacht, breekbaar, en schor verzucht hij: 'Ik hield van haar.'

Een rilling loopt over mijn rug. Zijn betoog bezorgt me

kippenvel. Had ik twee dagen geleden niet de indruk dat hij van mij hield? Wat doet hij me aan? Ik wil dit niet horen. Ik kan deze kwelling niet aan. Want juist nu we elkaars gezichtsuitdrukkingen niet kunnen zien, is het de intimiteit van zijn verhaal die de kracht heeft van een biecht. Kennelijk moet hij het kwijt. Wil hij het delen. Dat waar hij al zo lang mee rondloopt.

'Toen Joke en ik elkaar leerden kennen, had ik een goedlopend bedrijf. Ik was een jonge aannemer in de bloei van zijn leven. Zij zocht iemand die haar kon helpen bij een verbouwing. Ze gaf toen al van die zweverige workshops waar ik nooit iets van heb begrepen. Maar ach, zo heeft iedere vrouw wel wat.'

O, ja, schiet het door me heen. Wat te denken van mannen en hun hobby's?

'Ze wilde haar praktijkruimte uitbreiden. En ze wist precies hoe ze het wilde. Ik was meteen weg van haar. Ik viel voor haar doortastendheid, haar charme, haar vrouwelijkheid en vooral haar gedrevenheid om haar doel te bereiken. Joke ging door roeien en ruiten als ze iets in haar hoofd had, begrijp je dat?'

'Ja, ja, ik ken die gedrevenheid,' antwoord ik sarcastisch.

'Al snel kregen we een relatie. We trouwden en kregen een dochter. Ja, ja, eentje maar, geen twee, zoals ik jou vertelde, en ja, ze had echt een blindedarmontsteking, vandaar dat je ons daar op die parkeerplaats trof. Maar wat ik vanaf het begin van ons huwelijk heb geweten, was dat er altijd iemand op de achtergrond stond. Iemand die mijn huwelijk overschaduwde. Je begrijpt het waarschijnlijk al, die persoon was Peter Schaap.'

'Nee, ik begrijp er niets van,' zeg ik. 'En eerlijk gezegd wil ik helemaal niets begrijpen van jou, noch van je huwelijk met Joke, noch van...'

'Dat wil jij wel weten,' onderbreekt hij me grommend. 'Je moet!'

Hoor ik hem nu overeind komen? Stokstijf wacht ik af. Weer schraapt hij zijn keel, luid en duidelijk klinkt zijn stem als hij vlak naast me uitvalt: 'Dankzij jou zijn er nu twee mensen vermoord! Snap je dat wel?'

62

Het voelt als een doodsteek. Die kille, beschuldigende woorden. Ik kan het niet geloven. Hoe komt hij erbij dat het mijn schuld is dat er twee mensen zijn vermoord? Waar heeft hij het over? Als ik blijf zwijgen gaat hij door.

'Die twee werkten samen, weet je. Peter deed zijn praktische filosofie en Joke runde de organisatie die zich liet inhuren bij seminars zoals dit. Joke maakte gebruik van Peters diensten en hij genoot van haar aandacht. Of hij ooit iets meer met haar heeft gehad, ik heb geen idee. Ik heb nooit een poging gedaan om daarachter te komen. Daarvoor had ik het te druk met de zaak. Althans, tot voor kort dan.'

Ik hoor hem opnieuw kermen. Ik durf de lamp niet op hem te richten. Ik wil niet weten hoe hij erbij ligt. Zonder me te verroeren wacht ik tot hij verdergaat.

'Ik heb gefraudeerd. Belasting ontdoken. Sinds die kutcrisis gaat het slecht in de bouw. Concurrentie en gedwongen ontslagen, ze kostten me indertijd haast de kop. Daarom ging ik creatief boekhouden. Een beetje knoeien met de jaarrekening, wie deed dat nou niet? Het werd mijn redding. Totdat Joke erachter kwam. Zij wilde niet opdraaien voor mijn gesjoemel, zoals ze dat noemde. Haar goede naam en haar organisatie mochten niet door mij in de problemen komen. Ze dreigde alles aanhangig te maken als ik de boel niet zou verkopen. Maar er viel niets te verkopen. Niemand wil een bedrijf dat bijna bankroet is.

Alles stond op scherp. Mijn leven hing aan een zijden draadje. Joke wilde scheiden. Maar wat veel erger was: ze zou ervoor zorgen dat ik Sterre nooit meer zou zien. Dat werd de genadeslag. Toen brak er iets in mij. Niemand neemt mij mijn dochter af, begrijp je dat?'

Weer lijkt het alsof hij niet verder kan praten. Hoor ik nu een snik in zijn stem? Ik doe nog steeds niets.

'Het was haar laatste troef,' gaat hij verder. 'Peter Schaap. Die walgelijke snob. Ze had hem doodleuk op de hoogte gebracht van mijn ellende. Met hem zou ze verdergaan. Samen met onze dochter. Peter was dol op Sterre, volgens Joke. En toen ik daarover buiten zinnen raakte, kwam ze met haar voorstel. Het voorstel om iets voor haar te doen. Iets waar ze vanaf haar jeugd al van droomde en waar ik haar bij kon helpen. Namelijk jou voorgoed uitschakelen.'

Mijn hoofd begint te gloeien, mijn handen klampen zich vast aan het slaghout. Ik kan niet geloven dat dit over mij gaat. Ik staar naar de contouren van de man op de grond, die beetje bij beetje zichtbaar wordt omdat de nieuwe dag zijn intrede doet. Straks moet ik handelen. Voordat de zon opkomt, moet ik die sleutel hebben.

'Wil je niet weten waarom ik ze vermoord heb?'

Weer gaat er een schok door me heen. Alsof ik onder stroom sta voel ik hoe een siddering door mijn lijf trekt. 'Heb jij ze dan...?' braak ik uit. Voor het eerst dringt het besef tot me door dat ik hier met de moordenaar van Peter en Joke zit. Ik kan het niet geloven.

'Ik deed wat Joke me opdroeg,' zegt hij bijna opgewekt. 'Ik ging naar die zweefweek, zodat ik jou leerde kennen. Ik palmde je in. En daarna hoefde ik je alleen nog maar hiernaartoe te leiden. Je zou een hongerdood sterven. Dat was Jokes plan.'

'Hoe kon je?!' gil ik.

'Mijn dochter,' antwoordt hij kalm. 'Nogmaals, Sterre betekent alles voor me. Hoewel ik haar straks, als dit uitkomt... maar misschien ook niet...'

'Je hebt met me gevreeën!' gil ik. 'Je hebt me van alles beloofd. Jij bent nog erger dan Joke en Peter bij elkaar!'

Mijn hart slaat wild door mijn lijf. Ik voel me vernederd en bedonderd. En als ik zo vanuit het duister op hem neerkijk, zou ik hem nu makkelijk kunnen uitschakelen. Zijn voeten zijn gebonden, hij is al gewond. Waarom niet? Ik laat hem hier achter, zoals hij met mij gedaan zou hebben. Maar in plaats van te handelen zit ik als een zoutzak achter hem op de grond.

'Ik geef het toe, ik ben een bedrieglijke oplichter. Maar wat ik ook moet toegeven, is dat ik je echt leuk vond. Je beviel me. Voor het eerst sinds tijden kwam ik een vrouw tegen die niet gedreven werd door hebzucht. Ik zag in jou zoveel van mijn dochter terug. Een onschuldig meisje dat nog met een open blik de wereld in kijkt.'

'Hou op!' roep ik gesmoord. Mijn stem breekt.

'Goed, goed. Toch vormde jij de aanleiding tot mijn eerste moord.'

Mijn hart bonkt in mijn keel. Wil ik dit wel horen? Het bloed trekt langzaam weg uit mijn gezicht. Blijf wakker, zeg ik tegen mezelf als ik dreig weg te vallen en de kracht die ik eerder voelde me in de steek laat. Concentreer je op je ontsnapping.

'Ik begrijp niet wat je bedoelt,' antwoord ik snel.

'Zoals ik al zei, Peter Schaap en Joke werkten vaak samen. Ze had hem hiernaartoe gehaald. Dus toen hij zogenaamd bij toeval jou tegen het lijf liep, triomfeerde Joke. Alles verliep volgens haar plan. Ik werd ingezet om jou te versieren, of liever gezegd: om jou gek te maken, zoals Joke dat noemde. Snap je al waar ik heen wil? Ik moest je verleiden, neuken en uiteindelijk laten vallen als een baksteen. Zoiets had ze in gedachten. Volgens haar was jij een labiele tante die snel aan de pillen ging. Een zelfmoord paste daar helemaal bij. Niemand zou je in deze schuur vinden.'

'Waarom heb je mij laten leven?' piep ik.

'Omdat ik genoeg kreeg van al die manipulatie. Omdat ik me niet langer door die twee etterbakken wilde laten koeioneren. Omdat die snob me ijskoud aan de bar vertelde wat hij vroeger bij jou had gedaan. Ik walgde van hem. Meer nog, ik walgde van mezelf. Dat ik iemand als jij meetrok in mijn modderige poel van verderf.'

Mijn keel zit dicht. Ik voel de tranen branden. Ik wil niet gaan huilen. Weer maan ik mezelf sterk te blijven. Ik ben niet labiel, zeg ik tegen mezelf.

'Het ging vanzelf. Hij was dronken en die pillen had ik via Joke. Ze had ze aangeschaft om jou uit te schakelen, ze kon niet weten dat je zelf ook pillen had.'

'Dat kon ze wel,' zeg ik binnensmonds.

Ik krijg geen antwoord. Stoïcijns praat hij door.

'Het was echt een makkie. Die gek vertrouwde me. Hij had me uitgenodigd op zijn kamer voor een afzakkertje. Weer kreeg ik sterke verhalen over vroeger en over jou te horen. Hij was zelfs van plan het er niet bij te laten zitten, zei hij. Nu hij je weer gevonden had, zouden jullie opnieuw kunnen beginnen. De idioot. Hij geloofde in zijn eigen gewauwel.'

'Vertel mij wat,' mompel ik voor me uit.

'Ik heb hem in dat zwembad gedumpt. Gesmoord in een van zijn eigen, dichtgetapete vuilniszakken, een van zijn eigen "tools", zoals hij die achterlijke troep noemde waar hij anderen voor veel geld mee belazerde. Enfin, je weet wat er daarna gebeurde.'

'Maar toen Joke erachter kwam wat ik gedaan had, werd ze compleet hysterisch. We maakten ruzie en weer begon ze te dreigen met Sterre. Ik had nu nog meer om voor te vrezen. Niet alleen fraude maar ook moord zou me ten laste gelegd worden als ik niet deed wat zij zei. Ik raakte in paniek. En alweer liet ik me door haar ompraten. Weer deed ik wat ze me opdroeg. Ik moest jou laten opdraaien voor de moord op Peter. Ik ontvreemdde allerlei spullen uit je kamer. Ik verwisselde glazen, ik zette de schoenen van Peter in je auto. Ik legde de vuilniszakken in de kofferbak en de plakbandtaper in de badkamer. Alles moest erop duiden dat jij het gedaan had. Het was niet moeilijk. Je had zelf de sleutel van je kamer bij mij op het tafeltje laten liggen. Kun je je dat nog herinneren? Je vloog weg toen Peter zich bij ons voegde.'

'Je bent een klootzak,' roep ik terwijl ik de tranen niet langer kan tegenhouden. 'Al die tijd dat ik je in vertrouwen nam, al die tijd dat ik jou wilde beschermen tegen de politie omdat ik het zo erg vond dat je er door mij bij betrokken was geraakt...'

'Ik weet het. Je voelt je bedrogen. Maar ik heb je hier niet zonder meer achtergelaten. Voordat ik jou hiernaartoe bracht, ben ik bij haar geweest. Ik kon er niet meer tegen. Ik was op. Daarom heb ik haar gewurgd. Ik wilde me niet langer door haar laten gek maken, niet nadat ik op jou verliefd...'

Een snik ontsnapt uit mijn mond. Mijn hele lijf trilt. Als

een kleine streep daglicht zichtbaar maakt hoe ik Hans heb toegetakeld, maakt verwarring zich van me meester. Kan ik hem zomaar laten liggen? Een bloedvlek tekent zich af ter hoogte van zijn borstkas. Zijn gezicht is bleek, zijn lippen droog. Behoedzaam kruip ik in zijn richting. Hij lacht naar me. Teder en lief is zijn lach. Spijt lees ik in zijn ogen. Oprechte spijt.

Als mijn handen de knopen waarmee ik hem heb gekneveld proberen los te wrikken, sluit hij zijn ogen en begint zacht te kreunen. Ik schrik van de blauwe en rode striemen die op zijn enkels staan.

'Het spijt me,' fluister ik als ik de laatste knoop heb ontward en hem overeind help.

'Mij ook,' antwoordt hij.

En het volgende moment grijpt hij me bij mijn nek en sleurt me bij mijn haren over de grond naar het raam. Ik gil het uit. Doodsbang kijk ik hem aan als hij vlak voor me gaat staan en vervolgt: 'Je denkt toch niet dat je hier nog levend vandaan komt, hè?'

63

Zo snel als hij me over de vloer naar de kist heeft gesleurd, zo snel heeft hij me met mijn zelfgemaakte touwen vastgeknoopt aan het raam. Ik ruik de stank van poep die om hem heen hangt. Ik zie zijn gehavende gezicht met de bloeduitstorting bij zijn slaap, waar ik hem keihard geraakt heb.

Ik had het zo goed voorbereid, mijn wapens deden hun werk, het touw hield hem eronder. En nu? Bittere tranen jank ik van angst en berouw. Terwijl de tranen maar blijven stromen, toont hij geen enkel medelijden. Integendeel, een glimlach verschijnt rond zijn lippen.

'Je had het goed uitgedacht,' zegt hij. 'Mijn complimenten.'

Omzichtig wrijft hij over zijn schedel.

'Even dacht ik dat ik er geweest was, die klap op mijn kop was niet mis. Daarom leek het me slimmer je het hele verhaal te vertellen. God, zeg, ben je altijd zo goedgelovig? Zo'n naïef typetje? Dacht je werkelijk dat ik je zou laten gaan? Na alles wat ik je verteld heb?'

Hij lacht nu hardop. En terwijl hij mij blijft aankijken, schuifelt hij achteruit naar de trap. Op zijn hurken betast hij de vloer en al die tijd blijft zijn blik op mij rusten. Dan raapt hij iets op. Het is zijn bril, hij veegt hem af en zet hem op zijn gehavende neus.

Mijn achterhoofd drukt tegen de richel van het raampje. Mijn armen zitten vastgebonden aan een van de spijlen. Ik voel hoe de zon een deel van mijn haar verwarmt. Ik hoor de bramenstruiken achter me schuren, ik kan niet zien wat daar buiten gebeurt, maar het lijkt alsof ik iemand hoor lopen. 'Laat ze me dit keer vinden,' smeek ik zacht.

Vanuit mijn ooghoek zie ik hoe Hans zijn kleren afklopt. Voorzichtig betast hij de wond onder zijn sleutelbeen en trekt hij aan de bebloede stof van zijn T-shirt, dat aan zijn borstkas zit vastgeplakt.

'Maar goed dat ik die sleutel heb verstopt,' zegt hij. 'Ik vermoedde al iets. Je was mij te stil. En nogmaals, het ging mijn verwachting te boven. Gadverdamme, vies wijf. Je eigen stront!'

Het shirt gaat uit. Voordat hij zich bukt om er zijn schoenen mee af te vegen, zie ik nog net hoe groot de plek van zijn verwonding is. Opgedroogd bloed vormt zich tot een korst. Weer meen ik iets achter me te horen. Ik weet het nu zeker: het zijn voetstappen.

'Help! Help!' krijs ik zo hard ik kan.

Hans kijkt verschrikt op, onmiddellijk verschiet hij van kleur.

'Hé! Hou je bek, jij!' roept hij zenuwachtig.

Weer gil ik het uit. Nog luider probeer ik de aandacht van de passant te trekken.

'Tegen wie denk je hier te kunnen schreeuwen?' buldert Hans en hij vliegt op me af. En terwijl hij me bij mijn keel grijpt, propt hij een van de losgeraakte kledingstukken in mijn mond. Kokhalzend hap ik naar adem. Mijn hart bonkt door mijn lijf en mijn benen lijken me niet langer te houden, ik voel hoe de kist onder mijn voeten begint te wankelen. Mijn armen worden beetje bij beetje opgerekt. De pijn in mijn oksels is ondraaglijk.

Dan rukt Hans aan een van de strengen die om mijn armen zitten en laat die vieren. Even ontspant mijn lichaam zich en voel ik hoe het bloed weer terugloopt naar mijn handen. Maar nog voordat ik me kan verzetten, grijpt Hans naar de streng en slaat hem dit keer om mijn keel. Nu bungel ik aan de hoogste spijl. Mijn oren suizen, mijn voeten tintelen, slechts één gedachte hamert door mijn hoofd: als ik de kist waarop ik sta loslaat, hang ik mezelf op.

Ik tracht niet te bewegen. Mijn tranen zijn opgedroogd en mijn doodsangst lijkt over te gaan in een stille aanvaarding van mijn lot. Ik kan niet meer, dit houd ik nooit vol. En terwijl ik in stilte afscheid neem van het leven, klinkt er boven mij een oorverdovende klap. Het geluid komt van buiten. Maar door de roes waarin ik verkeer kan ik me daar niet meer druk om maken. Weer volgt er een dreun. Door mijn wimpers heen zie ik Hans nerveus heen en weer lopen. En als het geluid van de scharnieren klinkt en het luik wordt geopend, hoor ik hem keihard vloeken. Voetstappen klinken boven aan de trap. Het gebonk komt dichterbij en neemt bezit van mijn hoofd. En terwijl alles in me klopt en bonkt en tintelt, ruik ik poep. Het is Hans, hij is terug. Ik hoor hem naast me.

'Eén trap tegen deze kist en ze is dood,' roept hij.

Iemand daalt de trap af. Ik hoor de laatste treden kraken, ik ken dat geluid. Het klinkt vertrouwd, haast rustgevend. Ik hoef niets meer.

'Meneer Van Dam, geef u over,' zegt een stem. 'We weten alles van u. We weten dat u gefraudeerd hebt, en we weten ook dat u Peter Schaap hebt vermoord.'

Ik herken de stem. Er hoort een hoestje bij. Het is dat politiemannetje. Droom ik?

'Eén zetje,' hoor ik Hans opnieuw zeggen en ik voel hoe zijn schoen de kist raakt. Mijn voeten raken hun grip kwijt. Ik verlies mijn balans, de streng om mijn keel zet zich vaster en vaster, en het volgende moment bungel ik in het luchtledige. De prop in mijn mond belet me naar lucht te happen. Langzaam voel ik alle bloed uit mijn gezicht wegtrekken, een vreemd soort sensatie maakt zich van me meester. Maakt me licht in mijn hoofd. Geeft me het gevoel te zweven als een koorddanser hoog boven een ravijn.

'Meneer Van Dam! Geef u over!'

'Nooit! Ik heb niets gedaan. Zij was het,' hoor ik Hans roepen en daarna is er het geluid van een worsteling.

Wederom is er die vreemde sensatie van gewichtloosheid als mijn tong woorden tracht te vormen. 'Ik heb het niet gedaan,' zeg ik tegen de prop in mijn mond. Niemand hoort me. Het maakt niet uit. Ik hoor vogels, ontelbaar veel vogels. Ik zie de overkant van het ravijn. Nog een paar meter en dan zal ik weer vaste grond onder mijn voeten voelen. Tot daar moet dit wiebelende touw me houden. Tot daar moet het me lukken. Ik kan het, ik weet het zeker. Ik ben niet bang, ik ben sterk.

64

Hoest. Ik kan niet stoppen met hoesten. Het is de rook. Die slaat op mijn keel. Ik grijp ernaar. Alles gloeit, brandt en smeekt om water. Weer die hoest.

'Blijft u liggen. U hoeft niets te doen, het is goed,' hoor ik een stem zeggen. De stem ruikt naar sigaretten. Mijn maag komt omhoog. Ik wil vragen om water, maar iemand is me voor.

'Hier, drink wat,' zegt een man en de hals van een fles beroert mijn lippen.

Het eerste wat ik registreer als ik mijn ogen opsla, is dat ik uit die donkere kelder weg ben. Ik lig in de buitenlucht onder een boom en kijk in de blauwe ogen van een bebrilde man. Hij lacht vriendelijk naar me. Hij heeft een driedagenbaard en draagt een knalgroen pak. Bemoedigend knikt hij naar me.

'We brengen u naar een koele kamer. Daar kunt u bijkomen,' zegt hij en weer zet hij de fles aan mijn lippen. 'Kunt u lopen?'

Ik heb geen idee. Alle gevoel voor tijd en ruimte ben ik kwijt. Het lijkt alsof ik een ruimtereis heb gemaakt en net terug ben op aarde. Hoe lang ben ik weggeweest, zou ik hem willen vragen, een paar jaar of een paar eeuwen?

'Ik heb het niet gedaan,' zeg ik opeens zonder dat ik begrijp waarom ik dat zeg.

'Mevrouw Van Egmond, u hoeft niets te zeggen.'

Het is die rokersstem die me misselijk maakt. Hij is er weer. Hij buigt zich over me heen. Ga weg, wil ik zeggen. Je stinkt.

'Een arts zal u onderzoeken. En later, als u een beetje bent bijgekomen, kunt u mij alles vertellen. Nogmaals, u hoeft nergens bang voor te zijn. We hebben de dader in hechtenis genomen. We zijn nog op zoek naar zijn vrouw, maar die kan nooit ver weg zijn.'

Vrouw? Wie bedoelt hij? Welke vrouw? Heel langzaam komt Hans in mijn hoofd voorbijdwarrelen. Ik hoor hem weer naast me brabbelen. Ik hoor hem zijn verhaal doen over Joke. Joke die door Hans vermoord is. Zijn ze op zoek naar haar lijk? Ik weet waar dat is. Hans heeft het me zelf verteld.

'Zwembad,' braak ik hoestend uit.

'Rustig maar,' zegt de man in het fluorescerende pak. 'Komt u mee, u bent in shock.'

Doodop laat ik me meevoeren naar een ambulance, waarin ik op een bank mag plaatsnemen. Een ambulancevrouw geeft me een injectie en meteen is alles weg. De pijn, Hans, de vogels en het ravijn; alles lost in één keer op.

Uren later open ik mijn ogen. Schoongewassen en in kleren die niet van mij zijn, lig ik op een smal eenpersoonsbed. Voorzichtig til ik mijn beurse hoofd op. Ik zie dat ik in een van de kamers in het houten gebouw ben beland. Het gebouw waar Hans een kamer had. Behalve dat het aangenaam koel is, is het hier ook heel stil. Ben ik alleen? Hebben ze me hier gewoon achtergelaten? Waar is die politieman?

Op de stoel tegenover het bed staat mijn weekendtas. Zou daar nog iets in zitten, vraag ik me meteen af. Mijn mobiel? Ik voel me te slap om te gaan kijken.

Duizenden gedachten dwarrelen door mijn hoofd. Steeds komen dezelfde terug en blijven hangen. Ik denk aan de moord op Peter. Ik denk aan de bekentenis van Hans. Dan komt de herinnering aan de kelder en aan mijn benauwde uren daar met hem weer naar boven, en dan denk ik ook weer terug aan Joke, die hij gewurgd had.

Ik voel aan mijn hals. Alles aan mijn lijf doet pijn, schrijnt en brandt. De politie heeft Hans ingerekend. Bij die gedachte slaak ik een diepe zucht.

Als ik merk dat ik moet plassen kom ik langzaam overeind. Mijn hoofd tolt zodra ik opsta. Wiebelend schuifel ik voetje voor voetje naar de badkamer. Ik schrik als ik mezelf in de spiegel zie. Rond mijn ogen ligt een paarsblauwe kleur die langzaam verschiet naar groen-gele uitlopers. Dwars door mijn linkerwenkbrauw loopt een fikse jaap en op het puntje van mijn neus zit een korst. Ik zie eruit als iemand die een cosmetische operatie heeft ondergaan. Met dat verschil dat er weinig ten goede is veranderd.

Uitgeput zak ik in elkaar op de wc-bril. De veel te ruime broek die ze me hebben aangetrokken zakt onmiddellijk tot op mijn enkels. Ik ondersteun mijn hoofd als ik treurig voor me uit staar naar de bruin gevlekte tegelvloer. Ik moet hier weg, ik wil hier geen minuut langer blijven. Ik moet José zien te bereiken. Ze moet me komen halen. En terwijl ik dit besluit, hoor ik de kamerdeur opengaan en iemand naar binnen komen.

Zou dat die arts zijn over wie die politieman het had? Of is hij het zelf, wil hij me eerst nog ondervragen? Vertrouwt hij me niet? Had hij niet gezegd dat alles goed was? Ze hebben nu toch de dader, wat moeten ze nog van mij?

'Bent u dat, meneer Bongers?' roep ik vanuit de badkamer. 'Ik ben hier, ik zit op de wc, ik kom zo.'

Geen antwoord. Waarom zou hij ook? Het is een man van weinig woorden. Snel trek ik de wijde broek omhoog en knoop hem dicht. Als ik op de badkamerdeur afstap en mijn hand op de klink leg, hoor ik geen enkel geluid uit de kamer komen. Is hij er nog? Langzaam open ik de deur. Een zoete geur bereikt mijn neusgaten. Het is de geur van een parfum dat ik meen te herkennen. Ik aarzel. Waar heb ik die geur eerder geroken? Was dat niet kort geleden? Niet lang hoef ik erover na te denken. Zodra ik de deur verder opendoe en zie wie daar midden in de kamer staat, slaat de kou me om het hart.

65

'Je dacht zeker dat het voorbij was, hè?'

Mijn hart bonkt in mijn zere keel. Bevend staar ik naar de geblondeerde vrouw voor me. Ik kijk in haar woeste ogen en zie de duivelse blik. Koel en berekenend kijkt ze me aan. Zou ze net zo bang zijn als ik, gaat het door me heen als ik zie hoe hevig ze transpireert. In haar zomerjurk zitten donkere kringen van transpiratievocht. Boven de grijns op haar bovenlip staan kleine zweetpareltjes. Ze doet haar best om niet te beven en toch zie ik dat ze trilt. Dat beangstigt me nog het meest. Die bibberende hand die een pistool vasthoudt en op mij gericht houdt.

Joke Stoep, ze leeft nog. Hans heeft dus gelogen.

'Ha ha, je bent er vierkant in getrapt,' hinnikt ze. 'Als die achterlijke lul niet zo gedraald had, was je er allang geweest. Dat snap je toch wel, hè? Godallemachtig, wat moeten die kerels toch met jou? Wat maakt jou toch zo verdomde aantrekkelijk? Wat heb jij dat ik niet heb?'

Die snerpende stem met de jaloerse en afkeurende intonatie. Net als toen.

'Tja, als hij niet zo lang achter zijn pik aan had gelopen, was de klus sneller geklaard. Alles moet ik zelf doen. Eerst Peter en nu jou.'

'Peter?' vraag ik.

'Peter, ja. Peter, mijn grote liefde, die me nooit echt zag staan. Alles, maar dan ook alles heb ik eraan gedaan om hem vast te houden, niets lukte. Al die jaren dat ik de tweede viool mocht spelen, keer op keer gaf hij me hoop. Hij hield me doodleuk aan het lijntje. Zelfs toen jij van het toneel verdween, bleef hij over jou praten. O, ja, ik trouwde met een ander, kreeg zelfs een kind van hem, in de hoop dat ik Peters aandacht daarmee zou winnen. Hoe heet zoiets ook alweer? *Hard to get*? Was jij dat niet? Bleef hij daarom achter jouw kont aan lopen? Omdat je hem afwees?'

Ik luister naar de verwijten die ze over me uitstrooit en ik vraag me af of niemand haar hoort gillen. Hoe is ze hier binnengekomen? En waar is dat politiemannetje?

'Die Hans toch. Zo'n eikel. Hij deed alles voor me. Hij aanbad me, de sukkel. Ze hebben hem opgepakt. Had hij maar niet met cijfertjes moeten knoeien. O, wat kwam me dat goed uit. Zo kon ik eindelijk wraak nemen op jullie. Hij heeft me geholpen Peter om zeep te helpen. Heeft hij je dat niet verteld?'

Weer schatert ze haar hoge, valse lachje. Het gaat me door merg en been. Mijn blik blijft gefocust op haar hand. De hand die onhandig het wapen omsluit en ermee zwaait alsof het een stuk speelgoed is.

'Hoe wist je dat ik hier was?' tracht ik zo kalm mogelijk te vragen. Maar mijn stem hapert.

'Lieve schat, ik weet alles. Ik heb zo mijn bronnen. Ik kom hier al jaren. Ik ken iedere steen, houtnerf en kier van dit oord. En straks, als jij hier dood op je bedje ligt, ben ik weg. En er is geen haan die daarnaar kraait. Niemand zal me vinden. Geloof me, zelfs dat domme politiemannetje niet. Alles staat klaar voor mijn vertrek naar het buitenland. Overal heb ik mijn verlichte vrienden zitten, en in mijn soort kringen worden nooit lastige vragen gesteld. Ieder van ons heeft voor zijn reïncarnatie een pad te doorlopen, en soms zitten er wat oneffenheden in dat pad. Daar reken je dan mee af, snap je? Dat is je taak, je opdracht. Begrijp je dat?'

'De politie is naar je op zoek,' zeg ik.

Even verstart haar blik. Dan knippert ze zenuwachtig met haar ogen. Ze richt haar pistool op het bed. 'Daar,' zegt ze. 'Ga daar liggen. Vooruit, waar wacht je op?' commandeert ze als ik stokstijf blijf staan.

De spierpijn in mijn rug en ledematen speelt op als ik me buk naar het bed. Al zou ik me willen verzetten, er rest me geen enkele veerkracht. Ik ben op. Tegen een pistool begin ik niets. Traag strek ik me uit op het bed. Ik staar naar de vrouw tegenover me. 'Je komt er niet mee weg,' zeg ik vastberaden.

Dan zie ik hoe ze naar een kussen grijpt. Vliegensvlug draait ze zich om en roept: 'Vaarwel, Iris van Egmond!'

Ze drukt de loop van het pistool tegen het kussen. Ik hoor de klik van de pal die ze overhaalt. Ik sluit mijn ogen en hoor een oorverdovende knal.

66

'Het is afgelopen,' zegt het politiemannetje terwijl hij zijn arm naar me uitsteekt om me overeind te helpen. Doodsbang kijk ik naar de rokende man boven mijn bed. Ik hoor geschuifel en gekreun, het is Jokes stem. Als ik angstig omkijk, zie ik hoe ze wordt afgevoerd. Ze bloedt.

'Hoe wist u...?' Niet-begrijpend zet ik mijn voeten naast het bed. Achter het mannetje staat een grote kerel in uniform. Hij stopt juist zijn wapen terug in de holster.

'We konden haar alleen via u pakken. We wisten van haar man dat ze het op u gemunt had. Het spijt me dat we u als lokaas hebben gebruikt. U hebt al zoveel te verduren gehad.'

Hij probeert zich te verontschuldigen, maar ik hoor hoe opgelucht hij is. Hij kan eindelijk naar huis. Naar zijn vrouw, naar zijn bed. Hij moet doodmoe zijn. Net zo moe als ik. Huilend zak ik in elkaar. Vanuit mijn ooghoek zie ik een vrouw op me aflopen. Ze neemt plaats op het bed en slaat een arm om me heen. Ik herken haar als de vrouw van de receptie. Het is de oudere vrouw, de aardige van het stel. Ze draagt nog steeds een mouwloos, zwart coltruitje. Door mijn tranen heen valt mijn oog op een grote vetvlek op haar rok. Ook zie ik nu dat ze gezondheidsslippers draagt. Hoewel ze niet bij de strakke en zakelijke outfit passen, zal er niemand zijn die daarop let achter zo'n balie.

'Kunt u meelopen naar de lounge?' vraagt ze.

Ik knik. Ik voel hoe haar armen me omhoogtrekken. Een golf van spierpijn jaagt door mijn heup en bovenbenen. Ik knijp mijn ogen samen.

'Gaat het?' vraagt ze bezorgd.

Weer knik ik. Ik wil hier geen minuut langer blijven. Ze neemt me mee door de gang naar de buitendeur. Daar word ik begroet door een zomerse dag. De zon geeft me een welkomstkus op mijn wangen en de vogels juichen me toe.

Ik ben vrij. Nog nooit was ik me zo bewust van mijn bestaan. Nog nooit heb ik het leven zo ten volle omarmd als op dit moment. Huilend strompel ik aan de arm van deze wildvreemde vrouw in de richting van de hoofdingang. Daar zie ik iemand naar me zwaaien. Ik herken de vrouw aan haar lengte en haar grijze haar. Het is José. Zodra ze me ziet, neemt ze een spurt en rent me tegemoet. Snikkend val ik in haar armen.

'Het is goed, schat,' zegt ze als ik mijn hoofd in haar boezem druk. Ze woelt door mijn warrige haar. Ik hoor haar hartslag door haar linnen blouse kloppen. Nog nooit was ik zo blij haar te zien.

67

De regen striemt onafgebroken langs de kleine ruitjes van mijn woonboot. Hoewel het pas begin oktober is, is het al behoorlijk koud. Winters koud. Mijn houtkachel wil niet goed trekken, ik heb mezelf in een fleecetrui en een wollen broek gestoken. En terwijl de wind door de kieren van het gammele dak giert, overstemt hij bij vlagen de frivole klanken van Mozarts pianomuziek.

Het is de vierde winter op het water. Tussen riet en weilanden, waar niemand weet wie ik ben, waan ik me veilig voor Joke. Ooit, wanneer ze haar straf heeft uitgezeten en ze mij zal proberen te vinden, ben ik niet meer traceerbaar. Ik heb met alles en iedereen gebroken. Ver weg van de bewoonde wereld, van de stad en mijn leven daar, woon ik nu hier. Mijn enige gezelschap bestaat uit watervogels, een zwerfkat en sinds kort een hondje.

Het ging niet langer. De nachtmerries waarin ik in mijn eigen stront een verstikkingsdood zou sterven, ze waren meer regel dan uitzondering. De instanties – ik wist niet dat er zoveel waren – geen enkele kon me helpen. Alle gesprekken liepen op niets uit. Het enige wat ik aan mijn laatste psychiater overhield, waren pillen. Heel veel pillen.

Als een platgespoten zombie ging ik door het leven. Dagenlang zat ik als een kasplant achter de potdichte overgordijnen van mijn etage apathisch voor me uit te staren. Ik keek tv of ik sliep. En tegen de tijd dat de dag overging in de nacht, haalde ik eten bij de avondwinkel. Niemand mocht me zien. Terwijl ik meer en meer verpieterde ging het leven om me heen gewoon door. Buiten mijn fysiotherapeut en de psychiaters had ik met niemand nog contact. Dagenlang sprak ik geen mens, maar leefde ik in mijn roes van slaap en verdoving.

Twee maanden na die bewuste zomerweek huurde José een man in om mijn boekhandel te runnen. Ik kende hem niet. Het enige wat ik van José vernam, was dat hij het goed deed. Zo goed dat hij nog geen vijf maanden later overstapte op zijn specialiteit, namelijk de verkoop van wijnboeken. Weer drie maanden later scheen hij daar ook nog eens wijnen bij te verkopen.

In de mist van verdoving hoorde ik toen alles aan. Met holle ogen staarde ik naar de mond van José, die maar doorbabbelde. Ik hoefde me geen zorgen te maken, vond ze. Er was genoeg geld en als ik er maar tijd overheen liet gaan, kwam alles op zijn pootjes terecht. Precies tweeënhalf jaar heb ik naar dat geneuzel van haar geluisterd. Tot de dag kwam waarop het niet langer ging. De dag waarop ik besloot te stoppen. Te stoppen met de medicatie en te stoppen met José.

Ze begreep er niets van. Tot op de dag van vandaag, terwijl ze me nog steeds geld overmaakt en ik dat op mijn beurt weer keurig terugstort, zal ze zich blijven afvragen waarom ik toen met haar brak. Ik heb haar nooit kunnen of willen vertellen waarom ik voorgoed vertrok. Waarom ik de boekhandel verkocht en een teruggetrokken leven ging leiden op een plek waar niemand me zou vinden. Misschien was dat wel mijn ultieme wraak. Door me in stilzwijgen terug te trekken, trof ik haar het meest.

Tweeënhalf jaar, hoe heb ik het zo lang volgehouden? Want als ik de dag moet aanwijzen waarop ik in mijn hart afscheid nam van José, dan was dat op de dag dat ze me kwam ophalen uit dat bezinningsoord.

Terwijl ik ontredderd in de schaduw voor de hoofdingang op haar wachtte, haalde zij de auto. Nog zie ik haar triomfantelijke gezicht toen ze het portier voor me openhield en mijn halflege weekendtas op de achterbank mikte. 'Zo, de kleren die de politie heeft ingepikt hoeven we niet meer terug,' sprak ze. 'Jij en ik gaan binnenkort shoppen, wij gaan jou eens helemaal in het nieuw steken.' En ze gaf me een knipoog op de manier waarop alleen zij dat kon doen. Stralend – alsof ik zojuist van een wereldreis terugkwam en al mijn avonturen met haar zou gaan delen – startte ze de auto.

Murw als ik was van die krankzinnige week en dankbaar voor haar bemoeienis, liet ik haar maar begaan. Hoe kon ik toen weten wat me nog te wachten stond? Ik was opgelucht en kapot tegelijk, het enige waar ik aan kon denken was dat die nachtmerrie voorbij was. Daarom liet ik de niet te stoppen woordenstroom van José als een kalmerende douche over me heen gaan. Flarden ving ik op, flarden dwarrelden weg en vlogen door het open raampje naar buiten.

Ze vertelde dat Ben een hartinfarct had gehad. Daarom had ze het nieuws niet gevolgd, anders had ze het vast geweten. Was het niet op het journaal geweest? Met Ben ging het inmiddels beter, hij was van de intensive care af, maar wat mij was overkomen, dat was ronduit verschrikkelijk. Onbegrijpelijk ook. Nogmaals, als ze het had geweten... Maar dan nog. Wat had ze kunnen doen? Machteloos zou ze zich hebben gevoeld. Het was te erg voor woorden, dat mensen in staat waren om te moorden.

Ik zei niets. Ik staarde uit het raampje, moe en uitgeblust gaf ik me over aan mijn redster, wier mond de hele rit naar Amsterdam niet stilstond.

'Als ik dit van tevoren had geweten,' ging ze verder en ze schudde haar hoofd. 'Ik was er zo van overtuigd dat deze zomerweek goed voor je zou zijn. Een spirituele week die alle spoken uit het verleden zou doen oplossen. Die vrouw zei hetzelfde, ze was zo aardig.'

'Vrouw?' vroeg ik. Opeens had ze mijn volle aandacht.

'Ja, een bijzonder aardig mens. Hoe heette ze ook alweer? Van Dam? Ja, dat was het, zo heette ze. Heb je haar nog ontmoet? Toen ik haar aan de telefoon had, vertelde ze dat ze al jaren dit soort trainingen gaf. Dat gaf mij meteen vertrouwen. Ze begreep dat ik je wilde verrassen. Maar als ik geen informatie over jou gaf, kon ze me niet beloven dat je wel bij de groep zou passen. Ik twijfelde eerst nog of dat wel gepast was. Want ja, het waren tenslotte heel persoonlijke vragen die ze me stelde.'

'Persoonlijk?' vroeg ik en ik voelde hoe mijn hartslag toenam.

'Nou ja, ze wilde bijvoorbeeld weten waar je voor kwam, wat jouw specifieke klachten waren. Hoe het zo gekomen was en of je medicatie gebruikte, wat je voor werk deed en of je een relatie had. Volgens haar waren dat allemaal belangrijke aspecten om een traumatisch verleden goed in kaart te brengen en te helpen oplossen. En uiteindelijk vroeg ze naar je adresgegevens voor de nieuwsbrief van het centrum. Het leek me allemaal heel onschuldig, schat.'

Ik knikte. En toen ze daarna even opzij blikte, vroeg ze waarom ik huilde. Ik kon niet antwoorden, ik was in shock. Omdat ik op dat moment besefte dat er aan mijn nachtmerrie nog lang geen einde was gekomen. Joke zou nooit stoppen me te zoeken. Zij mocht dan medeplichtig zijn aan de moord op Peter, hoe lang haar straf ook zou duren, ze zou me altijd weten te vinden.

Dankzij José wist ze waar ik woonde en werkte, dankzij de uitweidingen van José zou ik me nooit meer veilig voelen. Vanaf dat moment zonk ik terug in het moeras van verleden en heden en raakte ik opnieuw verstrikt in de val die voor me was gezet. Dat duurde precies tweeënhalf jaar. Toen vond ik deze verlaten plek.

Nu luister ik naar de slotakkoorden van de pianosonate. Lieflijk klinken ze door de kleine ruimte van de houten boot. De regen is gestopt, de wind is gaan liggen. Ik staar uit het raampje over het water en ik denk aan mijn liefste zwemmer, die nooit meer bovenkwam. 'Het spijt me,' fluister ik naar hem.